遊撃隊隊長

伊《い》庭《ば》八《はち》郎《ろう》

戊辰戦争に散った伝説の剣士

野村敏雄

PHP文庫

○本表紙図柄＝ロゼッタ・ストーン（大英博物館蔵）
○本表紙デザイン＋紋章＝上田晃郷

伊庭八郎❖目次

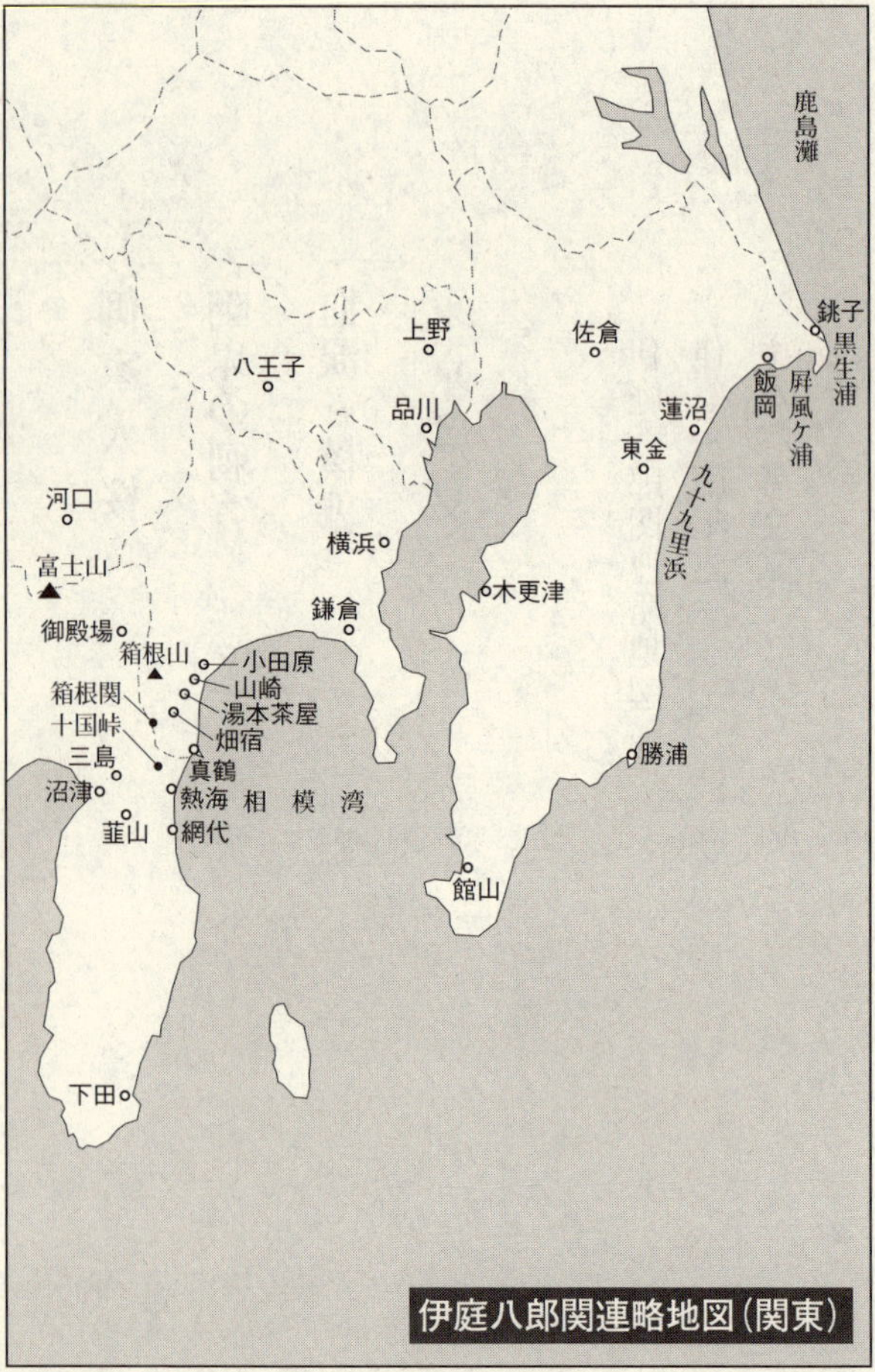

伊庭八郎関連略地図（関東）

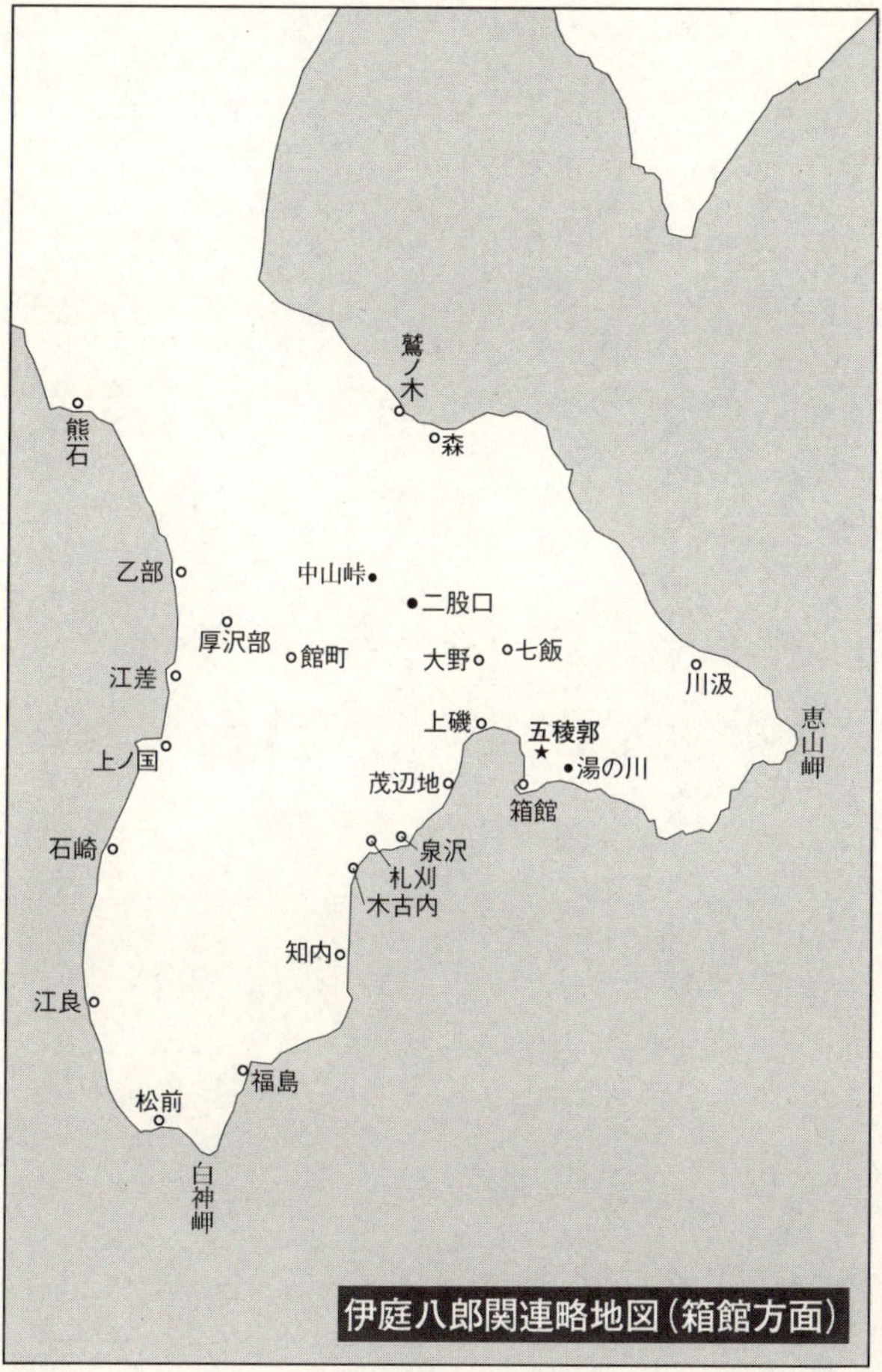

伊庭八郎関連略地図（箱館方面）

伊庭八郎

将軍上洛

一

春疾風《はやち》が駆け抜けた吉原五丁町は、こぼれるばかりの星空の下にあった。

今しがた大引け（午前二時）を告げる拍子木の冴えた音が、二階廊下から遠のいたが、この時刻になると、宵の喧噪が嘘のように廓内は静寂につつまれる。

柝《き》の音《ね》を合図のように、それまで座敷を賑わしていた芸者や幇間《ほうかん》、新造や禿《かむろ》が、「花魁《おいらん》、ご免なんして……」

挨拶をすませて引きさがると、十畳間の本部屋は、客と遊女の二人だけになった。

客は伊庭八郎秀穎《ひでさと》。下谷御徒町にある心形刀流《しんぎょう》・伊庭道場の養嗣子で二十二歳、「伊庭の小天狗」とよばれる白皙《はくせき》長身、美貌の剣士である。

敵娼《あいかた》の小稲は十九歳。吉原京町二丁目稲本楼抱えの昼三《ちゅうさん》(上級遊女)で、四代目小稲として御職を張る花魁である。

「八さま、お床の方へ」

小稲がにこやかにうながすと、

「寝るめぇに話がある」

そう言って、八郎は囲い屛風の内へ入った。

八郎はゆっくり着物を脱いで屛風へ掛け、寝巻姿で五つ重ねの床へ上がると、腹ばいになって枕元の煙草盆を引き寄せた。

一服すると小稲が入ってきた。小稲も鹿の子緋縮緬の長襦袢一枚になっている。島田髷から櫛、簪《かんざし》、笄《こうがい》を抜きとり、仕掛けや帯もさっぱりと脱ぎ捨てて、裾を踏めば肩からはらりと落ちて、素裸になりそうなあぶない姿だが、男から話があると言われたせいか、すこし表情が硬い。

「…………」

小稲が床へ上がり、八郎に寄り添って素足を絡ませると、八郎は小稲の襦袢をはだけ、ほどよく締まった豊かな乳房を、手の中に包みこんで、ゆっくり揉みはじめた。

「八さま、お話をうかがいます」

小稲は小さく喘ぎながら、不安な眼差しを八郎へそそいだ。八郎は乳房の愛撫をつづけながら、

「じつは旦那（将軍）のお供で上方へ行くことになった。四日前に、大名旗本衆が城中に呼ばれ、お上から西上の布告があって、奥詰衆にも警護の沙汰が下りた。進発は五月ということで、まだ少し間がある」

「上方へ……」

小稲はつぶやいて、ふっと目を遠くした。

八郎は、去年も将軍の警護で京都へ上っている。半年ほどで江戸へ戻ったが、わずか半年でも、愛《いと》しい男に逢えない毎日が、どんなに淋しく辛いものか、そんな日は二度と来てほしくない。

「また離ればなれになるのですか」

小稲は泣き出しそうな顔を男の胸におしつけた。八郎は女の背中に腕を回し、肩から腰へやさしく撫でてやり、

「伊庭家は代々徳川恩顧の直参だよ。直参てなァ何があろうと、将軍と宗家（徳川）を守り抜くのが務めなのさ」

「でも……」

「でも……どうしたい」

「先年は天子様の御所《ごしょ》で戦（禁門の変）が起こり、京の町が三日も炎に焼かれたとか。さいわい八さまは無事に江戸へ戻られたけれど、そんな物騒なところに行かれては、心配で心配で夜も眠れませぬ」

「物騒なところにいても、小稲を泣かせるようなまねはしねえから安心しなえ。この八郎秀穎が、そんなにあっさり成仏《じょうぶつ》なんどするものか」

八郎は小稲を抱きしめて明るく笑った。なぜか自分の「命」には強運を信じている八郎だった。

「お膝元へ帰れる日はいつになるのでしょう。こんども半年で帰府が叶いましょうか」

小稲は訊かずにいられない。

公方《くぼう》様のお供では仕方がないが、それならいつ江戸へ帰れるのか、こんどはそれが気にかかる。

「そいつは何とも分からねえ。三月か半年か、それとも一年先になるか、むずかしい」

じっさい、今度の将軍上洛については、幕閣当路の歴々でさえ意見まちまちで、先の見通しも立っていない。そもそも将軍の上洛自体が異例であり、寛永三年（一六二六）以来、絶えてなかったことなのである。

混迷を深める政局は、将軍後見職の一橋慶喜が在京したまま江戸へ戻れないという異常事態を生み、幕政は江戸から京都へ移ってしまった感さえある。

「一年なんて待てませぬ」

小稲が涙声になって訴えた。

「先が読めねえご時勢なんだ、めそめそするねえ、みっともねえ。江戸っ子は湿っぽいのは大っ嫌ぇだよ」

八郎はわざと叱りつけるような言葉を吐くと、小稲の息が止まるほど、力を込めて抱きしめてやった。

別れが辛いのは八郎も同じである。小稲に深く馴染んでやがて二年になるが、はげしいときは三日にあげず通いつめ、夫婦の起請《きしょう》まで交わした仲である。小稲も八郎を夫と思い定めて、二人のときは遊里《さと》言葉を使わない。

「いや、いや、八さま。いやです」

八郎の唇を激しく吸いながら、小稲は男のすべてを欲しがるように、夢中でしがみついていった。

二

元治二年（一八六五）四月七日、この日、年号が「慶応」に改まった。

前年の秋、上方から東帰した八郎は、部屋住みを召し出され、御書院番・松平駿河守の組下に配属されて御番入りし、その四日後に、三百俵十人扶持を給されて奥詰衆に抜擢されていた。

奥詰は将軍の「親衛隊」である。講武所から出役として武芸練達の者が選ばれるが、二十一歳で最年少の八郎が選ばれたのは、伊庭道場の嗣子という立場を除いても、八郎の武芸が高く評価されたことになる。

小稲と後朝《きぬぎぬ》の別れを惜しんだその日、八郎は和泉橋へまっすぐ帰るのが何となく気詰まりで、上野広小路の「鳥八十《とりやそ》」へ足を向けた。

鳥八十は行きつけの料理屋で、和泉橋通りの道場からも目と鼻の近さにある。料理も酒も旨いが、ここの板前で、鎌吉という男が造る料理が絶品なので、そいつを肴によく飲みに出かけるが、そもそも八郎を最初に鳥八十へ連れてきたのが、その鎌吉だった。

あれは生麦事件（横浜生麦村で島津久光の行列の前を、イギリス人が騎馬で横切ろうとしたのを怒って、護衛の薩摩藩士が彼らを殺傷した事件）があった年だから、三年前の秋になる。

その日——湯島聖堂下の地先で、店の仕入れ金を懐中にした鎌吉が、三人連れの浪人に狙われて、危うく斬られるところを、たまたま講武所帰りの八郎が通りかかって、不逞浪人どもを追い散らしたが、鎌吉は、助けられた礼に、自分の造った料理をぜひ食べてほしいと、無理やり八郎を引っ張っていった先が、鳥八十だったのである。

鎌吉はなまじ素人剣法を使うだけに、大金を預かりながら、つい心に緩みが生じたと恐縮し、しきりに頭を掻いたが、

「今日びは浪人ばかりか、町人や百姓までが、御用盗や辻強盗に早変わりするご時世だ。油断は禁物だねえ」

自分より、ずっと年下の八郎から諭されてしょげかえった。

それにしても鎌吉の驚きは一通りではない。助けてくれた侍が、若くて色白で、すらりと背が高く、役者にしたいような男振りで、胸のすくような剣を使ったのだ。その美丈夫が、高名な心形刀流伊庭道場の跡取り息子と知ってはなおさらである。

鎌吉はすっかり八郎贔屓《びいき》になり、以来、八郎を「若先生」と呼び、自分のことは、

「伊庭八郎先生の家来・荒井鎌吉」

と広言するようになった。贔屓というより骨がらみに惚れこんでしまったのである。

八郎が土間の暖簾を分けると、店の奥にいた家来が、すぐに気づいて店先まで出てきた。だが家来は八郎の前でニヤニヤすると、

「お帰りなせぇやし。若先生」

馬鹿ていねいなお辞儀をした。八郎の吉原帰りを見抜いて揶揄《から》かったのだ。

八郎は苦笑すると、黙って二階へ上がろうとした。昼どきで階下は立て込んでいた。すると階段の下で越前屋佐兵衛に出会った。上野黒門前役人屋敷の家主《いえぬし》で、家業は湯屋《ゆや》だが、この男も鳥八十の常連である。

越前屋は八郎が一人なのを見て、白髪まじりの頭をひょンと下げ、

「私の座敷で、ご一緒にいかがです」

と誘った。佐兵衛も一人でいたから話し相手がほしかったのだろう。誘われるままに八郎は佐兵衛の座敷へ上がると、あとから付いてきた女中に、あおくび（真鴨）の鍋と香の物に酒を注文した。

佐兵衛がさりげなく、うしろの腰高障子を五寸ほど開けた。八郎が煙草を吸うから、座敷に煙がこもるのがいやなのだ。

「四日前、赤坂へ出たついでに、檜坂の毛利侯の中屋敷跡を覗いてきましたが、草

ぼうぼうのひどい荒れようでした。外桜田の上屋敷跡も荒れ放題だそうで……」

佐兵衛が、八郎に酒を勧めながらそんな話をはじめた。

「半年前に破却したときは、町奉行所の御指図で、御府内の湯屋五百八十軒に古材が下げ渡されました。二日がかりの取り壊しで、あいにくと二日目は雨に崇られて難渋し、その跡始末が大変でございましたよ」

長州藩の江戸屋敷が幕府に没収破壊されたのは禁門の変の直後である。当時、七千人の鳶人足が動員され、壊した古材は風呂屋へ払い下げ、道具類は深川越中島の調練場で残らず焼き捨てられたが、湯屋株主の佐兵衛は、終始この一件に関わったようだ。

八郎が江戸へ戻って、部屋住みから奥詰衆に抜擢された頃で、江戸の噂は長州征伐と水戸の天狗党で持ち切りだった。

「天狗党の騒ぎで長州退治が遅れ、長州藩の服罪で将軍親征はお取り止めになりましたが、その後の長州は国情が一変し、正義派が巻き返して藩政を握り、噂によれば外国から密かに武器を買い入れているとか……」

「口では尊皇を称えながら、平気で禁裏に発砲する連中だ。何をやるか、信用できねえ相手だねえ」

八郎がはじめて口をきき、率直に応じると、佐兵衛はわが意を得たという顔で、

「いよいよ公方様が上方へ御進発になられるようで、今度こそしっかり灸を据えませんと……やはり先年の長州征伐は、少し手ぬるうございました」

そこへ酒と料理が運ばれてきて話は中断し、鍋の匂いが座敷にひろがった。

鳥八十を北へ歩くと忍ぶ川に出る。川に架かった三ッ橋を渡ったところが、佐兵衛の住む上野黒門前役人屋敷と上野仁王門前町だが、右へ行けば私娼の「けころ（蹴転）」で知られる上野山下の岡場所である。

家主の佐兵衛は月行事《がちぎょうじ》も勤めていて、この辺りの顔でもあり、なかなかの情報通で「地獄耳の越前屋」などとも呼ばれるらしい。

料理を運んだ女中が去ると、入れ替わるように鎌吉が座敷へ顔を出し、

「若先生ちょいとお耳を……」

八郎のそばへ寄ると、声を低めて言った。

「大《おお》先生のお嬢さまが来ています。階下《した》で待っていますが、どうします」

三

大先生というのは伊庭道場の当主の軍兵衛秀俊《ひでとし》のことで八郎の養父になるが、お嬢さまとは秀俊の娘で十七歳になる礼子のことだ。

（礼子が、何の用だ）

訝りながら八郎は階下へ下りた。

年頃の娘でも道場育ちのせいか、礼子は武芸が好きで、今では鼠木綿の羽織袴で両刀を差し、髪も講武所風の月代《さかやき》で下げ髪にし、白足袋に下駄を突っかけて歩く姿が凜々しくて、化粧っ気のない素顔から、かえって仄《ほの》かな色気が匂い立つ、下谷界隈では評判の女武芸者で通っていた。

今日もその容姿《いでたち》で、礼子は階下で八郎を待っていた。立ち話もできず、八郎は鎌吉が用意した小座敷へ礼子を連れて入った。

「おいらが鳥八十に居るとよく分かったな」

「八郎兄さまが留守のときは、御城か講武所か、鳥八十《ここ》と決まっています」

「もう一つある」

「――――」

言われて礼子は顔を伏せた。心無い言い方をしたと八郎はちょっと悔やんだ。八郎の吉原通いを礼子も知らぬはずはないのに、男装はしていても相手が若い女だということを、うっかりしていた。

礼子のことは少女の頃からよく知っていた。剣道は八郎が手を取って教えたし、礼子に今でも道場稽古は礼子の方から望んで、手加減なしの猛稽古が続いている。

子である。

は二つ上の兄の義蔵がいるが、実の兄より「八郎兄さま」になつき、慕ってきた礼子である。

「それで、おいらに何の用だ」

八郎は声を和らげて言った。若い娘が一人で料理屋を訪ねてくるなど、普通にはないことである。

すると礼子が八郎の前に両手をついた。

「八郎兄さまに、お願いがあります」

「どうした、改まって……」

「将軍家御上洛のことで、お願いがあります」

「言ってみな」

「礼子も御上洛の列外に加えていただき、京へお供がしたいのです。それで、このことを八郎兄さまから、お父上へお願いしてほしいのです」

「ちょっと待ちな、お供がしたけりゃお前が自分で頼めばいいだろう。何もおいらが出る幕じゃない」

「礼子がお願いしても、お父上はお許しになりませぬ。八郎兄さまの頼みなら、お父上は、どんなご無理も承知なされます。でも礼子は違います、許してもらえませぬ」

「そうかもしれねえな」

八郎はあっさり認めると、

「義父上《ちちうえ》のお気持ちはよく解っている。だから、おいらが出しゃばってはいけねえんだ。おいらが頼めば義父上を困らせることになる。それでなくても講武所師範役を勤めながら、伊庭の道場と大勢の門弟衆を束ねていくご苦労は並大抵のもんじゃねえ」

伊庭家当主の軍兵衛秀俊が、養子の八郎を大事にあつかうのは、八郎の実父である先代軍兵衛秀業《ひでなり》から、心形刀流九代目と伊庭家を譲り渡された恩義があるからだった。

先代秀業は安政五年（一八五八）にコレラに罹って急死したが、心形刀流には一子相伝の伝統はなく、秀業は大勢いる門弟の中から塀和《はが》惣太郎（秀俊）を選んで、伊庭道場を継がせたのである。

秀俊も八郎も、おたがいに遠慮や気遣いをするから、親子の間がしっくりいかない面はあるが、仲が悪いわけではない。そんな義理ある父子のどうにもならない関係が、ずっと続いていることも確かなのだった。

「礼子の気持ちは解るが、おいらにゃできねえ相談だ」

八郎ははっきりと言ったが、

「お願い、八郎兄さま」

礼子は両手を合わせて八郎を見た。

「いったい、何のために上洛のお供がしたいのだ」

八郎は訊いてみた。肝心なことである。

礼子は、一瞬たじろいだように肩を引いたが、すぐ身構えるようにして応えた。

「宗家（徳川）の恩顧に報いるためです。こんどの大樹（将軍）公御上洛は長州再征と聞いています。礼子も直参の末として、伊庭の一族と共に公の馬前で働きたいのです」

そこまで言うと、礼子はふいに肩を落として下を向いた。心にもないことを口にしている自分が恥ずかしくなったのだ。

徳川への忠誠心は嘘ではない。直参なら当然のことだが、ほんとうは胸の底にもっと切ない思いがあったのである。

幼い時から、礼子にとって男は八郎以外になかった。女武芸者でいるのも八郎の傍にいたいからで、八郎が戦に行くなら自分も行きたい、万一、八郎が戦死したら、そのときが自分も死ぬときだと、ずっと思ってきた。でもそんなことは、口が裂けても言えることではなかった。

「勇ましいこった」

八郎は言ったが、すぐに、

「礼子、お前は女だよ……」

と言い直した。

軍列に加わって徳川へ御恩報じがしたい。十七歳の女が口にする言葉だろうか。そのために必死になれる礼子が不可解だった。頭を冷やせと言いたい。

「女が戦に出てどうなる」

冷めた声で八郎は言った。礼子は応える。

「礼子は侍の子です。武士は戦場こそ誉れと心得ています」

「あきれたやつだ」

「あきれられても、礼子は本気です。死んでも悔いはありませぬ」

言葉が思うことと違うほうへ、どんどんいってしまう。

「いい加減にしねえか」

「八郎兄さま――」

「出来ねえことは出来ねえんだ」

八郎は礼子を見据えて、それきり口をつぐんだ。

「――」

礼子は唇を微かにふるわせて八郎を見た。八郎はその礼子から目をそらすと、

「こんどの将軍家御上洛には、義父上とおいらと義蔵と武司と、伊庭家からは四人もの男が随従する。留守をしっかり預かるのがお前の務めではないのか」

穏やかに諭した。礼子は黙って聞いていたが、やがて一礼して部屋から出ていった。

本山小太郎と鎌吉が部屋へ入ってきたのは、それからすぐだった。本山は戸口の方を見ながら、せっかちに八郎に訊いた。

「おい、どうしたんだ。今そこでお嬢とすれ違ったが、おれに言葉も掛けずに店から出ていった。何かあったのか」

本山小太郎は評定所《ひょうじょうしょ》（幕府の最高裁判所）書物方の御家人で、八郎とは講武所仲間の親友である。本山も伊庭道場にしばしば遊んでいるので、礼子をよく知っていた。竹刀を握って立ち合ったこともある。「お嬢」は本山たちが礼子に付けた愛称である。

「何でもない。いつもの口喧嘩さ」

八郎は笑ってすませると、二階座敷に待たせたままの越前屋佐兵衛を思い出して、

「小太郎、上で飲もう。黒門前の湯屋を待たせている」

すると、鎌吉が近づいてきて言った。

「若先生、口喧嘩てのは吉原の小稲さんが原因《もと》じゃねえんですか」

「下種《げす》の勘ぐりは止せ。礼子はそんな女じゃねぇ」

八郎は年上の家来を叱りつけた。

四

江戸は葉桜から新緑に衣更《ころもが》えした。日差しも日増しに強くなり、日中は汗ばむほどの陽気である。そして将軍上洛の日も確実に近づいていた。伊庭門流から上洛に随行する顔ぶれもほぼ決まった。

八郎の身辺も慌ただしくなっている。道場の稽古日、奥詰侍衛、講武所出仕、その合間に出発の支度や雑用に追われ、小稲に会う約束も果たせないでいる。

その日は義父の秀俊と、浅草松葉町にある伊庭家の菩提寺貞源寺へ来ていた。御家人で伊庭道場師範代の中根淑《しゅく》も一緒である。

伊庭家の墓所には、心形刀流の開祖で初代是水軒秀明から八代軍兵衛秀業まで、代々の墓が小松に囲まれて建ち並んでいる。上洛警護の報告をして墓参を済ませた三人は、寺の数奇屋で住職から茶の接待を受けたが、早々に退席して帰途についた。

ところが寺を出てすぐ、山伏町の曲がり角まで来て、秀俊が立ち止まった。

「わしは所用で他へ回る。お前方もそれぞれ多用の身体だしここで別れよう。ただし明日の昼稽古までには帰ってきてくれ」

「私も早く済ませてしまいたい用事を、たった今思い出した」

中根淑が調子よく言った。

八郎は無言で秀俊に会釈した。秀俊の言葉でピンと来たが、義父の前であからさまに喜ぶ顔はできない。

秀俊の後姿が町角に消えると、

「穎《さと》、よかったな」

中根が八郎の肩を叩いた。中根も秀俊の心遣いに気がついたのだ。

「淑さん、おいらは親不孝者だろうか」

八郎は歩き出してから言った。

「どうして、そう思う」

「おいらが吉原で遣う金はバカにならねえ。それでも義父上は文句一つ口にされたことがねえ。いっそ言われたほうが気が楽なのに、口うるさいのはお袋さまだけだ」

「穎、考えてもみろ。伊庭道場には大名諸家や旗本から、千人を超える子弟が入門してるんだ。節季ごとに付届けもある。出入りの商人《あきんど》からも結構な進物がくる。穎が吉原に落とす金なんざ大したこっちゃない」

「ところがその門弟の間でも、おいらの吉原通いに兎角の悪評が立っているらしい」

「気にするな。世の中、敵もいれば味方もいる。門弟の半分が非難をしたら、残りの半分は穎の理解者《みかた》と思え」

「おいらはいいが、悪口や陰口が広まれば、困るのは義父上だろう。放っておけば不平は道場主に集まる。世間にも聞こえる」

「なら言おう。九代目（秀俊）は剣術では先代に及ばなかったが、難しい人間関係を穏やかに収めてしまう徳を備えている。でなければ伊庭道場の今の繁栄はないし、公儀や大名家の信頼も長続きしなかったろう。だから、弟子どもが何をどう騒ごうと、黙って親父に任せておけばいい」

中根は自信たっぷりそう言うと、無精ひげが伸びた顎をさすった。

中根淑は八郎より五歳年長である。天保十年（一八三九）江戸の生まれで二十七歳だが、文人気質で「香亭」と号し、和漢の学問、詩歌に秀で、武芸も大好きで、少年時代から伊庭道場へ出入りして、先代秀業について剣術槍術の修行をした。長じて秀業の依頼で、八郎の諱《いみな》「秀穎《ひでさと》」を撰したが、「穎」とは穂先のことで「人に勝れる」という意味を持つ。そんな縁からか、中根は八郎のことを親しみを込めて「穎」と呼ぶ。八郎には兄のような存在だった。

八郎は中根の言葉にうなずきながら、早くに死別した父のことを思った。

「父上は剣術よりも人間を選んだということなのか。おいらも以前は、剣術以外は何もない父上と思っていたが、伊庭家の将来もちゃんと考えていたんだ」

八郎が知っている秀業は、十五歳のときまでで、記憶の中の父親像は十年くらいのものである。しかも八郎は秀業が死ぬ間際まで、剣術にはまったく興味を持たなかった。

ふしぎなことだが、高名な剣流の家に育ちながら、元服するまで竹刀を握るどころか、『軍記物語』や『水滸伝』を読み耽り、詩歌や作文に親しんでいたのである。

「あの頃の穎はいかにも文弱な少年で、伊庭の小天狗など想像もできなかった」

「淑さんの影響もあったと思う。軍記物を読めと最初に勧めたのは淑さんだ」

「『水滸伝』はあらまし諳《そら》んじていたな」

二人は浅草寺毘沙門前まで来たが、そこでこんどは中根が立ち止まった。

「さあ来たぞ。九代目に感謝しなけりゃ罰が当たるぜ、穎」

「うむ……」

八郎は素直にうなずいた。

ここから北へ真っすぐ行けば、突き当たりが編笠茶屋の並ぶ日本堤で、日本堤を左へ行けば見返り柳から衣紋《えもん》坂を下って吉原である。もうすぐ小稲に会えると思うと、わくわくするより逆に気分が落ち着いてきた。

「早く行って、喜ばせてやれ」

中根が八郎の背中を押した。

「え、淑さんも一緒じゃないのか」

今の今まで、一緒とばかり思っていたが、中根は笑顔になって半歩さがると、片手を上げて言った。

「おれは花より団子の方がいい。穎はどこへ行っても女に大持てだが、おれはからっきし持てねえから、やめておくよ」

中根は上げた手を無精ひげの顎へもっていき、さらに半歩さがると、

「じゃあ明日、道場で会おう」

くるりと背を回し、家並みの陰に消えていった。八郎はそっちへ向き直ると、

（ありがとう、淑さん）

頭を下げて礼を言った。義父の秀俊が墓参に中根淑を呼んだわけが今になって解った。義父と自分の二人だけでは、こうすんなりと事は運ばなかったろう。

八郎は踵を返すと、途中で町駕籠を拾い、小稲が待つ吉原へ飛ばした。

五

幕末の伊庭道場は、千葉周作（北辰一刀流）の「玄武館」、斎藤弥九郎（神道無念流）の「練兵館」、桃《ももの》井《い》春蔵（鏡新明智流）の「士学館」と並ぶ江戸四大道場の一つといわれた。

伊庭道場が他の道場と少し違うところは、八代秀業のときから、他道場では禁じていた他流試合を大いに奨励したことである。

秀業はかねてから、

「他流試合を禁じては武芸は細る」

として、隠居後も自ら諸国を回って他流試合をしたほどだが、他流の者が試合に来ることも歓迎した。

秀業の武芸は、天保改革を推進する老中水野忠邦に認められ、秀業は留守居与力に抜擢されて武術振興に尽くした。ために心形刀流も盛行したが、天保改革が挫折して水野が失脚すると、秀業も隠居して、伊庭家を高弟の秀俊に継がせた。

その後、安政三年（一八五六）に講武所が創設されると、秀業は剣術教授方に招かれたが、遠慮辞退して代わりに秀俊を推薦し、このとき秀業の甥の三橋虎蔵、湊信八郎らも、講武所剣術教授方になり、心形刀流は再び勢いを得た。

秀俊は文久元年(一八六一)、奥詰に選ばれ、三年には講武所剣術師範役に昇進したが、八郎もそのころ講武所入りして剣術方の一員になった。八郎が幕臣の山岡鉄太郎(鉄舟)と試合をしたのは、講武所入りしてまもない頃である。

八郎はようやく二十歳になるかならずで、剣術を本格的に習い始めてまだ五年と経っていない。一方の山岡は八郎より八歳の年長で、千葉周作の玄武館で北辰一刀流の免許を受け、槍の達人・山岡静山からも槍術を学んでいた。

山岡は突きが得意で、目にも止まらぬ速さで突き出される剣先は、「山岡の鉄砲突き」と恐れられたが、頑健な体軀の山岡と、色白で長身の八郎とが道場に立つと、誰の目にも八郎のほうが分が悪く見えた。試合前の予想でも山岡の勝ちは動かなかった。

ところが、立ち合ってみると、山岡の突きは一本目も、二本目も八郎に軽くかわされて空を突いた。思わぬ敗北に苛立った山岡は、

「伊庭さん、もう一本」

三度目の勝負を挑んできたが、八郎は表情も変えず山岡の申し入れを受け入れた。

山岡はこんどこそと、猛烈な勢いで突きをくれたが、これもはずされ、勢い余っ

た竹刀は道場の羽目板を突き破っていた。さすがの山岡も赤面し、竹刀をおさめて、

「参りました」

素直に八郎の前に頭を下げた。八郎は少しも悪びれず、その山岡に微笑で応えた。

もともと心形刀流は「突き技」を重視する刀流で、八郎にとっては、山岡の鉄砲突きも恐れるに足りなかったのである。

それにしても八郎の剣には天才の煌《きらめ》きがあった。「伊庭の小天狗」は、このときの試合から生まれた異名である。

八郎の剣術の師は実父の秀業ではなく、義父の秀俊である。父の秀業は四十九歳で急死しているし、その頃の八郎は漢学や蘭学に熱中して、剣術にはほとんど無関心だったから、秀業から剣術を学んだとしても、それは短い月日であった。

それよりも、八郎がとつぜん剣術をやる気になった動機は何だったのか。父秀業の死で何か悟るところがあったのか、それとも単なる気まぐれに過ぎなかったか、ここにもう一つ興味をそそる動機がある。宮本武蔵の絵を見て発奮したというのである。

武蔵の絵画は有名な「枯木鳴鵙図《こぼくめいげき》」を始め、気韻《きいん》鋭く迫力があり、観る者の心魂

を打つ作が多い。八郎が武蔵の絵に触発されて、剣に魅せられたとしても、それは充分あり得ることである。

晩年の武蔵は細川家の客分として、絵画や著作に専念したが、おそらく八郎は秀業か秀俊に伴われて細川家を訪ね、そこで武蔵の絵を観たのであろう。

伊庭道場には細川家中の門弟もいたろうから、そういう筋道をたどればこれも納得がいく。ただし武蔵の絵に感奮する八郎は、まだ十四、五歳の少年である。

(剣術をやってみたい)

八郎は思った。それも稲妻に貫かれたような衝撃を感じながら。

これほど人の心を惹きつける絵を描いたその人物が、古今希なる剣聖・宮本武蔵と知ったとき、これまで振り向きもしなかった剣に、すっと心が向いたのである。

八郎はすぐさま中根淑に会い、

「淑さん、長谷部旅翁先生の屋敷へ一緒に行ってくれ」

長谷部は読書《とくしょ》史家で二人の旧師である。

「何しに行く」

「宮本武蔵の『五輪書』が借りたい。請人《うけにん》(保証人)になってほしい」

絵だけでは見えない武蔵が知りたかったのだ。借りてきた『五輪書』の序文を読んで、二度目の衝撃が八郎の全身を襲った。

「我若年の昔より兵法の道に心をかけ、十三歳にして初めて勝負をす。その相手新当流有馬喜兵衛という兵法者に打勝ち、十六歳にして但馬国秋山という強力の兵法者に打勝ち、二十一歳にして都へ上り、天下の兵法者に会い、数度の勝負を決すといえども勝利を得ざることなし……」

（十三歳はおいらより子供だ）

八郎は身体を震わせて、十三の童子が大人の兵法者に立ち向かう姿を想った。じっとしていられなくなった。

八郎はあらためて秀業に入門し、剣術修行に打ち込んだ。だが秀業の持ち時間はあといくらも残っていなかった。まもなく秀業は頓死し、剣の師は秀俊に代わった。

その秀俊が舌を巻いた。恐るべき八郎の上達の早さである。まさに一を知って十を悟る発明理会《りかい》には、教える秀俊が、

（天狗の生まれ変わりか）

と疑った。やがて道場で八郎の右に出る者はいなくなった。他流試合が幾人もやってきたが、八郎を倒せる者はいない。講武所でも八郎に敵う相手はいなくなった。

一日、八郎に稽古をつけた秀俊は、心形刀流の目録を与えて言った。

「もうわしから教えることは、何もない」

秀俊には、ただただこの美形の天才がまぶしかった。

六

慶応元年（一八六五）五月三日、将軍家茂は駒場野で大調練を行い幕軍将兵を閲兵した。大調練はこの日だけではない。前後三回行われた。上洛を前にした一大示威運動といっていい。

江戸町年寄役所から御府内全域に、

「将軍家御進発は五月十六日の五ツ時（午前八時）」

と触れ出されたのはその翌日である。同時に、各町内へ廻状がまわり、

「火の用心、五ツ（午後八時）限り木戸締め切り、拍子木を打って往来の者を送ること」

「猿若町の芝居、両国広小路の見世物、大道商い、水茶屋、寄席などは御進発の前日と当日は休業すること」

などの達しが伝えられたが、それとは別に、財政難の折から御府内の富裕な町人、寺社に対し、五百万両の御用金が課され、近く調達されるということで、市中

はそれらの話で泡立つように騒がしくなり、用のない人間までが、なぜか往来を走り回った。

これより以前、「公方様御上洛」の噂が流れると、市中の物価が急騰し、とりわけ米の値が吊り上がった。

上野黒門前役人屋敷の湯屋佐兵衛は、

「米価騰貴は米が不足したためではなく、長州征伐に備えて大量の米を蓄えたからだ」

と『日記』に書いた。だが物価高騰は今に始まったことではない。

あきれたのかり（借り）ほどつらきものはなし
わが着物《ころも》までついに売りつつ
今から五年も前に詠まれた狂歌だが、庶民の暮らしはますます苦しくなり、社会不安は広がる一方となった。

黒船来航以来、この国は揺れに揺れ続けているが、将軍上洛は江戸の地盤を揺るがした。将軍のいない江戸など江戸っ子には考えられないことで、江戸は「御膝元」ではなくなってしまう。

上洛の日が近づくにつれ、御府内は政情不安にざわめきながら、将軍不在の八百八町を想って哀傷を深めていた。

五月十二日、幕府は和歌山藩主・徳川茂承《もちつぐ》を征長先鋒総督に任命した。将軍進発まであと四日である。

八郎はその日、神田小川町の講武所で本山小太郎と七日ぶりに顔を合わせた。評定所の公務に追われて、講武所を休んでいたという本山は、相変わらず元気で久々の稽古に気持ちのいい汗を流していた。

本山も今度の将軍上洛には、講武所方から選ばれて警護随行が決まっていた。上京も初めてというので張り切っていた。

稽古を終えると、二人は連れ立って講武所を出た。行く先は鳥八十である。

三崎稲荷の角から水道橋を渡り、川沿いの道を歩きながら本山は陽気に喋った。

「あの若さで、荷が重過ぎると思わねえか」

将軍家茂のことである。今年二十歳で、本山や八郎よりさらに二歳年下になる。

「思う」

「運命とは言いながら、天下の苦労を一人で背負い込んだみてえで、お気の毒を絵にしたようなお人だねえ」

「うむ」

「八郎は去年も二条城へ詰めたのだから、旦那のことは解っているだろう。話に聞くと公正善良な人柄だそうだな」

「彦根侯（井伊直弼）の後押しで一橋（慶喜）と将軍職を争ってた頃は、凡庸で頼りない、将軍職が勤まるのかと陰口まで叩かれていた人だぜ。反対に一橋は英邁利発、さすが水戸斉昭《なりあき》公の子と騒がれた。しかしおれは、豚一さんより将軍家の方が好きだねえ」

「うむ」

豚一とは豚肉を好んで食べるという一橋慶喜のあだ名である。

「天皇さん（孝明天皇）の信頼も篤いと聞いているが、そうなのか」

「うむ」

「おい、八郎。さっきから、うむ、うむって、気のねえ返事だな」

本山が口をとがらせて、こっちを向いた。

「すまねえ、考え事をしていた」

「考え事？　女のことか」

「分かるか」

「勘だよ、でも吉原じゃねえようだな」

本山は応えてから、

「当ててみようか、お嬢だろう」

「大した勘だ」

「やっぱりな。鳥八十で会ったときから、変だと思っていたんだ。ただの口喧嘩で、お嬢があんなに顔色を変えるわけがねえ」

本山が言ってうなずいた。

「小太郎の言うとおりだ」

八郎は応えると、本山にはありのままに事実を話した。聞き終わると本山は、

「好きなんだよ、お前のことが」

ぼそりと言ったが、八郎はさして気にもならないふうで、先を続けた。

「あの稽古好きが、あれから道場へ姿を見せないんだ。奥に籠もっているんだろう
が、どうしているのか気になってな」

「気になるくらいなら、呼びにいってやったらどうなんだ」

本山は吐きだすように言って横を向いた。その視線の先にある川筋の浅い流れ
で、番《つがい》らしい水鳥が餌を啄《つい》ばんでいるのが見えた。本山の目の中で、ほんの束の
間、その水鳥が八郎と礼子に映った。

七

鳥八十を出たのは六ツ（午後六時）過ぎである。鎌吉が店の外まで送って出てきた。

「それじゃ若先生、本山先生、ご無事で」

「当分、鎌吉の料理を口にできねえのが淋しいよ」

「あっしもできればお供がしたい……」

鎌吉は本当にそんな顔をした。

「おめえも、元気でな」

別れの挨拶がすむと、本山も八郎もごく自然に、東照公（家康）を祀った上野の山内（東叡山寛永寺）に向かって一礼した。この季節、まだお山は明るいが、そろそろ暮色が忍び寄る気配もある。

小太郎とは、広小路から御成街道の途中で別れ、八郎はまっすぐ道場へもどった。辺りがほの暗くなり、道場も門弟が帰ってしまったあとで、大きな建物がしんとしている。

内稽古がなかった日は、帰宅すると道場の神棚を拝礼するのが八郎の習慣である。道場へ廻って脇の戸口をくぐったとたん、五感に反応がきて、ぴたっと体が止まった。

何者か、道場の奥の暗がりにうずくまっているのが分かった。

「そこにいるのは、誰だい」

静かに言って、八郎は前方の暗がりに目を凝らした。と、暗がりの影が動いた。

「私です。礼子です」

影が発した声は紛れもない礼子のものだった。八郎が近づくと、礼子は姿勢を正して床に両手をついた。

「御師範、夜分、恐れ入りますが、稽古のほど、お頼み申します」

張り詰めた声である。八郎の帰りをずっと待っていたのだろう。

道場では八郎は師範である。大勢の門弟に稽古をつけるのは、伊庭一族の実力者と印可を受けた高弟たちだが、師範は八郎以外は道場主の秀俊ほか数人しかいない。

「明かりを用意して支度をしなさい」

おだやかに八郎は応えた。

いつもと変わらぬ礼子に出会えて、ひとまず八郎もほっとした。

礼子が道場の柱に取り付けた灯台に火を入れてまわる。それから防具をつけて板壁を背にして正座した。八郎は防具をつけず、竹刀だけで無造作に床に立った。

「では、参ろうか」

ゆったりと構えてから、気合のこもった立ち合いになった。得意の鷺足ですっすっと間合いを詰めてくる礼子の動きには、長く稽古を怠った者に現れる鈍さも隙もなかった。

（道場の稽古は休んでも、下慣らしは続けていたようだ）

八郎は満足した。

激しい申し合いが三番まで続いた。

礼子の息が弾み、防具の下は汗みずくである。最後は八郎に面を取られて、足がもつれる場面もあった。八郎はいつもと同じで呼吸も正常だし汗もかかない。稽古の前とまったく同じである。

八郎から稽古を受けるたびに、礼子は思い出すことがある。それは、二年前に行われた、八郎と三橋虎蔵の連続三十番という激烈な申し合いであった。

三橋は八郎の従兄弟になるが、講武所剣術教授方で、かつて池田新之助という者と立ち合い、突きで池田の喉を破って死なせるという記録を残し、「虎突き」と評判されて、心形刀流の第一人者と目されていた。

だが初めて立ち合った三橋との三十番勝負は、周囲の予想を大きく裏切って、八郎が二十五番を制して圧倒的な強さを見せたが、これほどの試合の後でも、八郎は息も上がらず平然としていた。逆に三橋虎蔵は立っているのがやっとだった。

これはもう人間技というより、人間を超えた何かと思うしかない。眉目秀麗で華奢にさえ見える八郎のどこにそんな力が潜んでいるのか、礼子はその八郎に胸がドキドキし、顔が火照って、ひどく恥ずかしかったのを、昨日のことのように憶えている。

「今夜はこれまでにしよう」

八郎が言った。礼子の疲労が限界と見たからだが、礼子は面具の奥から八郎に言った。

「もう一番お頼み申します」

「これから先は何番やろうと、お前のためにはならねえよ」

「御師範や父上が京へ行かれたら、礼子の稽古を見てくれる人がおりませぬ。留守中の稽古も含めて、今この場でご教授を……」

「無茶を言うな」

八郎は相手にならず、礼子にかまわず道場を去ろうとした。するとそのとき、

「おりゃぁーッ」

鋭い気合とともに、礼子が猛然と背後から襲いかかった。無手の八郎は、ふり向きざま体をかわし、壁際にある竹籠から竹刀を抜き取った。礼子は体勢を入れ替えて突きの構えをみせた。疲れなど吹き飛ばしたような凄まじい気勢である。

八郎は相手の剣に合わせて、押したり引いたりしながら道場の中央に出た。礼子

はひるまず遮二無二打ち込んでくる。

八郎は頃合いを見ると、礼子の竹刀をはじいて正確な突きを入れた。前進を止められた礼子の面具が後ろへ飛び、礼子の頭部と顔面が剝き出しになった。礼子は仇を見るような目で八郎をにらんだ。恨みを込めた眼光だった。

「おいらが憎いか」

八郎は言った。

応える代わりに、礼子は竹刀を振りかぶって猛進した。八郎の細い身体が撓《しな》ったと思った瞬間、礼子の全身は床に叩きつけられていた。足払いを食ったのだ。礼子はすぐに立ち上がった。と八郎の竹刀が今度はしたたかに礼子の籠手を打った。腕がしびれて竹刀が離れて床へ落ち、礼子は両腕をだらんと下げたまま呆然となった。

「どうした、竹刀を拾って掛かって来い」

八郎が言った。

「さあ、掛かって来い」

また言った。礼子は唇を嚙みしめて泣きそうな顔になったが、両手の籠手を引き抜いて床の上に叩きつけると、獣のような叫びを上げて、八郎に組み付いていった。

八

慶応元年五月十六日、予定通り、将軍家茂は江戸城を発して西上の途についた。

行列は神祖・家康の関ヶ原役出陣にならい、金扇と銀の三日月の馬標《うまじるし》を立て、軍列の前後を歩兵・騎兵・砲兵の幕兵部隊が警衛し、老中・松平周防守（棚倉藩主）、松前伊豆守（松前藩主）以下、旗本、諸藩兵が騎馬や徒歩《かち》姿で随行した。

その行列の中ほどを、金の陣笠に錦の陣羽織、小袴を着用した二十歳の若い将軍が、出陣を意識してか、心持ち胸を反らして、ゆるゆると馬を打たせていた。

行列は雨模様の空の下を、芝増上寺を経て金杉から海沿いの道を進んだ。沿道はこの威風堂々華麗な行列と若い将軍を、ひと目見ようと老若男女の市民であふれた。だがこの行列が、将軍を見る最後になるとは、誰一人知る由もなかった。

家茂の上洛はこれが三度目である。寛永いらい二百三十年も、絶えてなかった将軍上洛が、当代になって三度も続くというだけでも、江戸の市民は「公方様の御威光」にかげりを感じて不安になったが、この翌年の七月、家茂は大坂城中に客死するのである。

行列は品川の宿場へ入った。海風が吹き込んで磯の香が街道をよぎっていく。

品川は江戸四宿の一つで東海道の初駅になる。ここまでが御府内でここから先にもう江戸はない。旅立つ人と見送る人が、最後の別れを惜しむ駅路である。行列についてきた家族や縁者たちも、ここから引き返していった。

奥詰衆と講武所方は、奉公人も含めて総勢百人ほどが行列に供奉《ぐぶ》していた。八郎は奥詰衆と東海寺の塔頭《たっちゅう》へ入って昼食をつかった。塔頭の北側は御殿山につながっている。御殿山といえば、長州藩の志士によって英国公使館が焼き討ちに遭ったのが三年前である。誰もがよく憶えている。

御小姓組の夏目勇五郎が、

「あんな子供じみた攘夷なんかやりやがって、後で土蔵相模がえらい迷惑したんだ」

と一番に口を切った。

土蔵相模は攘夷派の志士たちがよく利用した品川歩行《かち》新宿の旅籠屋（遊女屋）だが、夏目は土蔵相模をよく知っていると言い、食事をしながらこんな話をした。

「御殿山の焼き討ちでは長州の高杉（晋作）、久坂（玄瑞）、伊藤（博文）、井上（馨）なんか十人余りが、宵のうちから相模に集まって、焼き討ちの手筈を打ち合わせたんだ……」

連中は密談がすむと、女郎や芸者、太鼓持ちを座敷へ呼んで遊興したが、酒がまわると久坂は大声で詩を吟じ、高杉は白刃をぶっこ抜いて剣舞をやる。周りはハラハラするが、尊皇攘夷を口にして場所柄も迷惑も頓着しない跳ねっ返りだ。杯盤狼藉《はいばんろうぜき》の後は馴染みの部屋へ入って、焼き討ちに出る時間まで女を抱いた。この連中は一月前にも英国公使の襲撃を図って土蔵相模に集会している。

「土蔵相模は連中が密談のたびに偽名で上がっていた女郎屋で、やつらの遊興代が六十両も溜まっていた。その借金を払わないので相模では、高杉と井上を〈桶伏《おけふせ》〉にして街道に晒し者にしたそうだ」

夏目がそこでにやっと笑った。つられて一同もそれぞれの表情を見せた。

遊里には無銭飲食をした客に対して桶伏という見せしめの刑がある。風呂桶に小さな窓を開けて逆さにし、その中に客を裸にして閉じ込め、往来に晒したもので、もともとは吉原で行われていた私刑である。

高杉も井上も幕吏に知られた尊攘派の志士で、久坂はこのあと禁門の変で重傷を負い自殺している。

「土蔵相模には水戸浪士も登楼した。外桜田のサイカチ河岸で井伊大老を殺害した連中だ。事変の前の晩、二十八人が上がったが、この連中も酒盛りで高吟乱舞の後は女と寝た。事挙げの前夜、勤皇の志士なんて連中がやることは水戸も長州も同じだよ」

夏目の言葉が妙に八郎の胸にひびいた。

公金を湯水のように使って身勝手な遊興をし、むやみに放火して、異人斬りに走る。それが勤皇の志士のすることなのか。勤皇というなら徳川だって勤皇ではないか。

「穎、たっぷり別れを惜しんできたか」

遊女屋が話に出たせいだろう。隣にいた中根淑が冷やかし半分に言った。

「淑さん、小稲ならさっきまで、そこに居たんだよ」

「ほんとか！」

中根は一瞬、目を丸くして小さく叫んだ。それからすぐに落ち着いて、

「嘘だろう、こいつ」

吉原の花魁が見送りに出て来られるはずがないという顔になった。

「嘘でもいいさ。居たんだ。あそこに」

八郎は笑いながら、前方の華頭窓を指さした。嘘ではなかった。しばらく前まで、夏目勇五郎の話が続いているあいだ、その華頭窓の横に、仕掛け姿の小稲がいて、ずっと笑顔でこっちを見ていたのである。

遊撃隊結成

一

将軍の行列が京都二条城へ入ったのは、閏《うるう》五月二十二日である。家茂は直ちに参内して孝明天皇に拝謁し、

「長州藩が先に悔悟、服罪したのに、その後、激徒が再発し、それのみか家来が外国へ渡って大砲、小銃を買い入れ、そのうえ密貿易の証拠もあるので、征長の軍を進めたい」

という奏聞書を呈し、二十五日には、長州再征のため大坂城へ向かった。

京から大坂までの短い道中も、家茂は陣笠に陣羽織を着して馬上にまたがり、軍列には金扇と銀の三日月の馬標《うまじるし》が立てられた。馬標はそのまま大坂城中の将軍御座の間に移された。

大坂での八郎の宿舎は、去年と同じ谷町筋寺町の大仙寺になった。この辺り大小の寺が密集しているのは、家康から大坂の復興を託された松平忠明（一五八三〜一六四四）が、軍事上の見地から、市内に散在する寺院を、天満村、小橋村、高津村の三カ所に集めたからといわれる。どっちを向いても寺ばかりだが、北へ行けば大坂城、南へ下れば四天王寺、西に出れば道頓堀である。

二間続きの座敷には、八郎のほかに気心の知れた中根淑《しゅく》と忠内次郎三《ただうちじろうざ》が起居を共にすることになった。

忠内次郎三は中根と同年で講武所剣術教授方だが、彼も少年の頃から伊庭道場に出入りして、八代目秀業《ひでなり》から心形《しんぎょう》刀流を学んでいた。銅銭のように色が黒くて丸顔だが、目に愛嬌があった。三人を同室にしたのも、義父秀俊の配慮であった。

小坊主の案内で座敷へ通されると、

「よう、いい眺めだ」

と忠内が手を叩いて言った。

境の襖や障子を開け放った明るい部屋の正面に、築山や池のある手入れの行き届いた庭が見えたからである。

「すぐに茶を持って参じます」

大人びた挨拶をして小坊主が去ると、とつぜん、庭の中の茂みから油蝉の鳴き声がおこり、あたりの空気を突き破った。ちょうど縁先まで出て、庭を見ていた中根が、

「上方は早や夏でござるな」

軽口にそう言うと、両手を腰にやって、いきなり歌を歌い出した。

「おまんが部屋で蟬が啼く

何と啼く　ヤア、

夫《つま》来い、来い、と三声《みこえ》啼く」

どこかの俗謡らしいが八郎は知らない。歌い終わると中根は忠内の方をふり向いて、にやっと笑った。すると忠内が、わざとらしく中根に訊いた。

「あの蟬は、吉原の花魁《おいらん》が、主《ぬし》さん恋（来い）、恋と啼いているのか」

二人ともわざと八郎を無視していた。

「……」

八郎は黙って苦笑するほかなかった。

中根が忠内に応えた。

「解釈は自由だが、歌は理屈じゃないよ」

詩人中根香亭らしい返答だが、中根にすれば、惚れた女と遠く離れて、戦をしに

きた八郎の気持ちを思いやったにちがいない。

「おまんが部屋で蝉が啼く。おもしょい歌じゃねえか。そう言えば、八郎が妙法寺で発句の名作を詠んだのも、去年の今時分じゃなかったか」

思い出したように忠内が言った。

「あれは閏月ではないが五月の末だった」

八郎が応えた。自分のことだからよく憶えている。

妙法寺は大仙寺の斜め向かいにある日蓮宗の寺だが、この寺の門の傍には、枝先が大仙寺まで届きそうな巨大な松があり、「妙法松」と呼ばれて界隈の名物になっていた。

去年、その妙法松を初めて見たとき、八郎は松の根元に芭蕉の句碑が立っているのを知り、思いがけない出会いに驚いたが、芭蕉の百五十回忌（天保十四年）に建立されたものという。芭蕉の句は、

御命講《ごめいこ》や油のやうな酒五升

というのだが、その句に触発されて、八郎も自作を二句詠んで『征西日記』に記したものである。

「（五月）廿六日晴早朝妙法寺へ参り
大松を見る実に広大也

朝涼《あさすず》や人より先に渡りふね

そのむかし都の後や蟬しぐれ」

わずか一年ばかり前のことだが、懐かしい思い出になった。批評に辛《から》い中根香亭に褒められて面映ゆかったが、自分でも何とはなしに気に入っている句である。

「去年の今頃は物見遊山であちこちずいぶん歩き回ったな。北野天満宮、鹿苑寺、妙心寺、鞍馬、比叡山、嵐山、三十三間堂、宇治の平等院……数え上げるとキリがない」

「京料理もよく食った。鰻に寿司、天ぷら、鮎、たけのこ、千枚漬、煮豆、豆腐、汁粉、羊羹、カステイラもあった」

「上方はもっと騒がしいと思ったが、案外と京都は穏やかだったな」

去年の京都が穏やかだったのは、尊攘派勢力を京都から締め出した公武合体派が政権を握り、朝廷幕府の関係が改善されて、しばしの平和が保たれたからである。

だから奥詰の勤務も楽なものだった。八郎の場合も四日に一度、二条城へ詰めて宿直《とのい》をするほか、将軍が御所へ参内するときとかに、出仕をすればよかった。

初めての京都で余暇もたっぷりあったから、八郎は在京中に、こまめに日記を付けたが、それが『征西日記』である。

征西とあるが、いわゆる陣中日記風のものではない。たとえば、いつどこの名跡、社寺を訪ねた、どんな料理を食った、景色や味がどうだった、何を買った、物価がどうだ、勤務がどう、稽古がどう、交友は、天気は、贈答、接待、見舞、貰い湯のことまで細かに記した日常メモ的な日記である。

もっとも八郎本人も、その表題に『御上洛御供之節旅中並在京在坂中万事覚留帳』と長たらしい名を付けているが、これが『征西日記』となったのは、八郎の死後、中根香亭が日記を整理編集し、序文を付けて『伊庭八郎征西日記』と改題したからである。

日記は六月二十四日付で終わり、八郎は七月に江戸へ帰っているが、その前後に京都では池田屋事件（六月五日）、続いて禁門の変（七月十九日）が起こっていた。

二

小坊主がお茶にカステイラを添えて持ってきたので、三人ともよろこんだ。江戸ではまだ庶民が口にできる菓子ではない。

「京都は烏丸《からすま》西入ル一文字屋のカステイラでございます」

小坊主がすまし顔でちょっと偉そうに言ってから、三人を一瞥して退《さが》っていった。

「一文字屋だよ、懐かしいな」

「所司代屋敷で出たのも一文字屋だ」

中根に続いて忠内が言った。

所司代屋敷でカステイラを馳走になったのは、池田屋事件のあとである。

池田屋事件は、京都に潜伏して劣勢挽回を図る尊攘派志士たちが、三条河原町の旅宿池田屋で密会したところを、新撰組に襲撃され、多数の志士が殺された事件だが、事件後、八郎たちは所司代の役人から、志士たちの恐るべき陰謀を聞かされて驚愕した。

「あの者たちは、北風が烈しく吹く夜、御所の風上から火を放ち、禁裏の四方を炎で包み、驚いて参内する守護職松平容保《かたもり》侯を襲って血祭りに上げ、その混乱に乗じて主上（天皇）を長州へ奪い去る計画をしていたのだ」

長州の桂小五郎、吉田稔麿《としまろ》、肥後の宮部鼎蔵など二十数人の志士という。

（これが尊皇を称える志士なのか）

八郎も唖然としたが、続いて起こった禁門の変にも強い義憤を感じた。

禁門の変は、池田屋事件に憤激した長州の尊攘急進派が、

「こうなったら武力で公武派を追放し、もう一度京へ進撃して天皇を奪回するほかない」

として長州藩の三家老ほか諸隊が伏見、嵯峨、山崎方面に集結し、これを阻止する幕兵および会津、薩摩、桑名の各藩兵とついに衝突し、市内と御所付近で激戦になった。

戦闘は一日で終わり、長州藩兵は圧倒的多数の幕藩兵に撃退され、有能な志士を多く失ったが、このため京都市中は三日も燃え続け、二万八千余戸の民家が焼失した。

禁門の変は八郎たちが江戸へ帰ってから起こっているが、このとき話を聞いて一番に爆発したのは、鳥八十《とりやそ》の鎌吉だった。

「ふざけるない。これが二本差しのやることか。こいつら、ゴロツキだ」

鎌吉には直参の誇りに代わる江戸っ子の意気地(正義)があって、曲がったことが許せないのだ。

藩兵が宮廷に発砲したこの事変は、長州追討の口実となり、朝廷は幕府に追討令を下し、将軍は諸大名、旗本に総登城を命じて長州征伐(第一次)を布告した。

長州藩ではその後、禁門の変の責任者三家老の切腹などを条件に、謝罪降服してきたので第一次長州征伐は、一戦も交えることなく終息したが、長州藩の処分問題はまだ解決していない。

そこで幕府は年が明けた慶応元年、

「長征のことは鎮静したので、将軍の進発は中止し、長州の処分は江戸へ移す」

と諸大名に告知した。ところが朝廷は、

「長州処分は重要急務のことである」

として将軍の上洛を促してきた。だが幕府が躊躇《ためら》っているうちに、長州では高杉晋作ら正義派諸隊が下関に挙兵して、長州藩の内情が一変した。驚いた朝廷はさらに強く将軍の上洛を要請した。

こうして将軍家茂の上洛と、第二次長州征伐の軍は起こされたのである。

お茶とカステイラは不思議と合う。甘いものに目のない忠内が一切れをゆっくり味わいながら、

「昔は勅使が東海道を江戸へ下向したものだが、今は将軍がご機嫌伺いに京都へ上る世の中になった」

と皮肉を言えば、中根は茶を啜《すす》って、

「おれたちは将軍《だんな》を守っていればそれで済むが、将軍はそんなわけにはいかねえ。征夷大将軍とは悲しい存在なのだ」

とこっちは詩文調である。

八郎は腰から煙草入れを引き抜いて吸いつけながら、

「上様が一橋派を抑えて将軍になったときはわずか十三歳だ。なりたくてなった将

軍じゃあるめいに、九歳も上の一橋慶喜といちいち比較されて、こんな迷惑で面白くねえ話はねえだろう」

旗本、御家人は当然ながら将軍を主人と仰いでいるが、とくに奥詰や講武所方は将軍侍衛だけに、家茂に対しては誰もが深い思い入れと同情を抱いていた。

「そうとも。和宮様との婚儀で公武融和の犠牲になったのは上様も同じだ。どっちも望まぬ政略結婚だったろうが、そのお二人の仲が睦まじいというから、皮肉と言えば皮肉だが、せめてもの救いだわな」

「初めての上洛も攘夷の実行を迫られて、二百三十年ぶりに入京し、できるはずのない攘夷実行を、『実行します』と答えてくるのも将軍の役目だ。しかも尊攘派で固められた京へ上るのは敵地へ赴くようなもので、第一回の上洛はさんざんな目にあわれたようだ」

八郎も将軍家茂を特別に大切に思う一人だった。自分の人生や幸せなんかどこにも存在しないのに、一生懸命生きている人のようで切なくなり、この人のためなら命を投げ出してもいいとさえ思えてくるのである。

風通しのいい縁側のすだれ越しに蚊遣りを焚いて、非番の昼下がりを、八郎は忠内と将棋を指していた。団扇《うちわ》をバタバタさせながら忠内の長考が続いている。

そこへ秀俊の使いで重助がやってきた。江戸から秀俊に付いてきた下僕である。

「大目付の永井様がお呼びだそうで……」

すぐ出かけてくれ、旦那様（秀俊）も行かれるという。呼ばれるのは、

「おれだけか」

と八郎が念を押すと、そうだという。八郎の方には呼ばれる心当たりがないが、ともあれ将棋はお預けで出かける支度をした。

三

大目付永井尚志《なおむね》の役宅は城南の上本町三丁目にある。大仙寺からそう遠くない。

役宅に着くと、控えの間にはすでに先着の士が四人いた。伊庭秀俊、三橋虎蔵、湊信八郎、速水三郎で、八郎に遅れてさらに二人がきた。諏訪隼之助と三橋審太郎だが、速水と諏訪を除くと、あとの五人は心形刀流の伊庭一門である。

それで一同の顔が揃ったらしく、奥詰上席の秀俊がこちらへ向き直り、改めて今日の用向きを一同に伝えた。

「卒爾《そつじ》（突然）ではあるが、諸君に集まってもらったのは他でもない。かねて上様には大坂にも臨時の講武所を設置したいとのご意向で、永井様にご下問があり、永井様より私が相談に与《あず》かったしだいだ。すでに講武所の敷地は玉造村に決まっているが、時節柄、旧い百姓家を改造したものになる」

話が済むと一同は書院へ移った。永井がすぐに姿を見せた。

永井尚志は五十歳。旗本中の進歩派の逸材で、幕府海軍の創立に尽力し、長崎海軍伝習所の監督時代には勝海舟がここで学んだ。築地海軍操練所の創設にも貢献し、勘定奉行から外国奉行に転じて露、英、仏の各国と通商条約を結んだが、そのあと安政の大獄に連座して免職になり、文久二年京都町奉行に召出され、元治元年大目付に累進している。

永井は一同を前に、幕府が直面する現状を淡々と述べ、内憂外患の危機を諸君と心を合わせて乗り切っていきたいと、後半はやや熱を込めて語り継いだ。

そのあと一同に酒膳が出されたが、そのとき八郎の隣に座ったのは、八郎と同年の諏訪隼之助だった。諏訪は新陰流の名手で、去年上洛したとき、二条城で行われた将軍上覧試合で、八郎と立ち合っていた。試合は八郎が勝ったが、内容のある勝負ができて八郎は大満足だった。将軍からも特に両人へ、刀の下げ緒と扇子が下賜された。

あれから一年が過ぎたが、寡黙で目立たない諏訪とはそれきり縁遠くなっていた。それでもあの上覧試合が素晴らしかったことで、八郎は諏訪には好感を持っていた。

その諏訪が、席に座ってまもなく、

「伊庭さん、あとで玉造へ寄ってみませんか」

と誘ってきたのである。

「玉造には真田幸村の出丸跡がありますね。いずれ行くつもりでいました」

「では付き合ってくれますか」

「よろこんで……」

八郎は永井屋敷を辞したあと、諏訪と肩を並べて玉造へ向かった。諏訪も肌が白くて長身で、身体つきも八郎に似ていた。

上本町四丁目から左へ折れて山家屋町を抜けると玉造村である。この辺りは御城役人の役宅や組屋敷が多いが、外郭を走る築土塀を右へ切れると、そこからは慶長の昔、大坂の役で戦場になった広野が一望に展ける。

夏の日はまだ明るいが風はようやく冷めて、落日が近いことを告げていた。緑の椀を伏せたような真田山が、夏草の茂った野道の向こうに浮かんで見える。冬の陣（慶長十九年）で真田幸村が砦を築いた山――というより丘だった。

八郎と諏訪は、ほとんど会話もないまま山上へ着いた。見晴らしは良く、北は空堀、東は水田、西は味原池の広大な田野の眺めは壮快だった。

山のはずれに稲荷の社があった。「真田稲荷」という。大坂も稲荷が多い。街中をちょっと歩いてもぶち当たるが、この近くの丘や森、藪や畑や池沼にまで大小の稲荷が祀られていた。仁徳天王稲荷、産湯《うぶゆ》稲荷、桃山稲荷……といったふうである。

「稲荷と伊勢屋の暖簾は江戸が専売と思っていたが、大坂の方がいっち稲荷づくしだねえ、諏訪さん」

そう言ってふり向くと、諏訪はそこにいなかった。どこか近くにいるのは分かっているので、八郎はそのまま城南に広がる雄大な田野の景色を眺めた。

入り日が近づく中で、八郎は今から二百五十年前、豊家の滅亡を知りつつ、ここを戦場にして、前田、井伊、藤堂の大軍を相手に機略縦横に勇戦し、壮烈に討死した真田幸村のことを想った。幸村のような生き方こそが、本来の武士ではないか、と思う。すると、

「早く戦がしたいですねえ、伊庭さん」

ふいに背後で声がした。

ふり向くと、諏訪が薄笑いを浮かべてこっちを見ていた。八郎が怪訝な顔をすると、諏訪は引きつったように表情を歪めて、

「だって、戦をしに来たんでしょう」

と強い調子で言い放った。

「たしかに……」

そうだと頷きながら、

（この人、面相が変わった）

と八郎は思った。夕陽と森のせいかとも思ったが、そうではない。あきらかに諏訪の面相は、山へ上る前と違っていた。青ざめた幽鬼といった感じに変化していた。諏訪は目を燃やして言う。

「そうでしょう。戦に来たんです」

「諏訪さん——」

八郎が言いかけると、諏訪は二の句をつがせず甲高い声で口走った。

「私は、伊庭さんの剣が好きです」

「……」

八郎は返答につまずいた。諏訪は、叫ぶような、歌うような調子でつづけた。

「先年の二月、二条城で試合をしてから、忘れられない。あなたの剣が好きです。ずっと好きだった。心形刀流ではない。伊庭八郎の剣が好きです」

そこまで言うと、あとは八郎の存在など無視したように、くるっと背を向けてさっさと山を下りはじめた。

八郎も少し後から諏訪につづいた。何やら稲荷の狐に誑《たぶら》かされた感じがしないでもない。相手の言うことも行動も、異常すぎてさっぱり意味がつかめないが、とつぜん狂ったとも思えなかった。

夕闇が背中から追いかけてきた。麓まで来ると、諏訪がこちらを向いて立っていた。諏訪は八郎に丁寧に一礼して言った。

「伊庭さん、いつか、今度は真剣で私と立ち合ってください。お頼みします」

それから八郎の返事も待たずに、早足で去っていった。

八郎は小首をかしげていた。言っていることは異常だが、諏訪の言葉づかいも態度も、普段の諏訪に戻っていたし、顔つきも和らいでいた。

（おかしな男だ――）

八郎は不思議なものでも見るように、夕闇に包まれて遠ざかる諏訪の後姿を見送った。

四

農家を改造した大坂講武所が、玉造村に完成したのは七月の中頃である。

開所を前に教授方や稽古の日割りが公表された。師範役三名は年かさの伊庭秀俊、三橋虎蔵、湊信八郎で、教授方四名は速水三郎、伊庭八郎、諏訪隼之助、三橋審太郎である。

稽古の日割りは、剣術方槍術方は、毎日、朝六時半から九時まで、稽古を理由なく懈怠《けたい》したときは、その分を翌日の稽古量で消化する仕組みである。

教授方になった八郎は遠縁の三橋審太郎と組んで、速水・諏訪組と毎日一交替で、玉造村通いを続けることになった。諏訪とも毎日顔を合わせるが、当たり前の挨拶を交わし合うだけで何事もなく過ぎている。

ただ、稽古の最中に、ふっと背中に強い視線を感じることがあり、そういうときは道場のどこかから諏訪がこっちを注視していると感じられ、真田山の諏訪を思い出さずにいられなかった。だが諏訪からふたたび「真剣勝負を」と望まれることはなかった。

七月、大坂は格別の激暑で霍乱《かくらん》（熱射病）に罹る者が記録的に出た。とりわけ江戸から来た幕兵、諸藩兵の中に犠牲者が多く、病人も死者もなかなか後を絶たなかった。

厄月がようやく沈静し、月が美しい八月を迎えると大坂はいっぺんに秋になった。熱射病に怯えて郷愁症《ホームシック》に罹っていた兵士も、涼風と共に元気を取り戻した。それと同時に、幕府内には長州征討の声が高まってきた。

先に幕府は、長州処分に関して事情聴取をするため、長州支藩の家老二人を大坂へ召喚したが、彼らは病気と称して召喚に応ぜず、その一方で、ひたすら恭順の態度を示し、家老連署の哀願書まで上せてきた。

すでに長州藩内部では、幕府の召喚には応じないことを決め、領内には、「敵（幕）兵が領内へ踏み込んだら、迷わず決戦すべき事、ただし小さい勝利を見て、安易に国外まで追撃しない事」といった軍令を発し、七月中旬には、薩摩藩と坂本竜馬の斡旋で、長崎のイギリス商人グラバーから、大量の銃や大砲を買い入れるなどして、まさに国を挙げて臨戦態勢を整えていた。

だが幕府はそれすら気づかず、家老の上坂を待ちつづけ、埒が明かぬとみると、こんどは四十日間の期限を切って上坂するよう命令した。最後通牒といっていいが、江戸にいる老中たちは、幕命に応じない長州藩を、「孤立無援のせい」だと受け取り、長州を討つのは容易だと考えていたのである。

江戸の湯屋佐兵衛から便りが届いたのはその頃である。日記魔の佐兵衛は筆まめだった。うれしいことである。八郎は非番の中根と一緒に手紙を開いた。

「今年、江戸の夏は雨が多く冷気続きで作物の出来が悪く、野菜が高値で市中は大いに難儀した。

六月は大雨があって深川海辺、洲崎、船橋辺りまで床上一、二尺まで潮が上がったが、土用明けから残暑が厳しく天気続きで、おいおい米や野菜の値も下がった。二十八日から両国回向院で〔奥州金華山大金寺、日本最初竜宮出現弁才天〕がご開帳になった。七ツ（午前四時）回向院の表門が開くと、諸所より大万灯を三味線など鳴り物入りで囃し立てた。子供万灯も八十本は出た。俄《にわか》を踊る者もいる。

両国近辺は白昼のように明るく、境内には群集が満ち満ちた。両国は将軍御留守中で川開きはないが、川筋には納涼遊山の船などが多く出た。盛り場にも芝居がかかり、吉原には早くも初秋灯籠が飾られて、廓内はとても賑わっているらしい。

鳥八十の鎌吉が下総の方へ鴨の買い付けに出かけて、しばらく帰らない……」

などと思いつくまま、江戸の様子をこまごまと報じていた。

「湯屋の文も瓦版よりはましだな」

例によって中根淑が辛辣に針を刺し、

「盛り場の賑わいは、政情不安の裏返しで、やけっぱち騒ぎだろう」

と分析した。

八郎は、吉原のところで小稲を思い出し、そこから脱け出せなくなった。

吉原灯籠は吉原の名妓玉菊の追善興行が年中行事となり、毎年七月一日から十二日まで、仲の町の茶屋が揃いの提灯を軒に吊るし、十三日から三十日まで、妓楼がそれぞれ工夫の提灯を吊るした。

玉菊灯籠とも呼ばれて吉原の景物となったが、八郎も何度となく小稲と一緒に玉菊灯籠の夜を過ごしている。

小稲からの手紙は、いざというとき未練になるから出すなと言ってあるが、今日の佐兵衛の便りは思わぬ刺激となって、八郎の血を騒がせ、若い肉体に火をそそいだ。

（会いてえなあっ！）

声に出せない声を上げて、八郎は背中から後ろに引っくり返った。両手を組んで枕にし、天井を眺めているうちに、ふと思いついて、中根に言った。

「淑さん、今夜あたり、久々に小太郎も誘って、皆で鰻を食いにどうだ。大和橋の向こうに江戸前の鰻を食わせる店がある」

「江戸前の鰻と聞いちゃ否やはねえな。上方のマムシ（間蒸し）も悪くはねえが、鰻はやっぱり江戸前がいい。上方の鰻は金串を刺して首尾のまま焼くから、鉄の匂いが付いて、いまいち味が落ちる」

「それじゃ、小太郎に声を掛けてこよう」

するとそこへ番明けで戻った忠内次郎三が顔を出した。

「お帰り、忠さん、早かったな」

中根が言った。いつもより一時間も帰りが早い。八郎が言った。

「いま淑さんと、皆で江戸前の鰻を食いに行く話をしてたところだ」

すると、忠内は片手をふって、

「鰻はお預けだな。いずれ触れがまわるが、奥詰は今夜は全員禁足だ」

「御殿（城中）で何かあったのか」

「明日、上様は早立ちで二条城へ入られる。長州征討の勅許を得るためらしい」

いよいよ戦が始まるか、三人はそんな顔つきになってたがいに目を見合わせた。

五

九月十五日、将軍家茂は大坂城を出て二条城へ入った。昨夜、奥詰の全員に禁足の触れがまわったが、奥詰の従者は十人に過ぎず、八郎はその中に入ったが、中根も本山も忠内も入らなかった。

五カ月ぶりの京都である。八郎の宿舎は二条城に近い千本通りのお茶屋の離れが充てられた。同室は講武所の先輩で十歳年上の速水三郎だった。速水は一刀流の皆伝で、諏訪隼之助と組んで玉造の教授方も勤めているが、八郎とは特に親しい関係ではなかった。

「わしは酒を飲むと鼾をかく性質《たち》で、すまんが伊庭さん、鼾も修行と心得て、我慢してくれんですか」

剣客とは見えないずんぐりした身体つきだが、講武所での速水の評判はよかった。同室して分かったが、なかなか顔も広くて情報通でもあった。夜更けに白粉の匂いをさせて戻ってきたことが何度かあったが、コトリともさせずにすぐ寝てしまう。

今度の将軍入京は長州征討の勅許を得るためだが、入京した翌日、厄介な事件が持ち上がった。

軍艦九隻を率いる外国連合艦隊が兵庫沖へ来航し、通商条約の勅許と兵庫開港を、七日の期限付きで幕府に迫ってきたのである。異国軍艦来航はあっというまに京坂神に広まり、長州征討の噂は逆に影をひそめた。

翌十七日の夜明けには二隻の軍艦が大坂天保山沖に現れ、一隻は安治川の河口まで進入して市民を驚かした。幕府は、大坂町奉行松平信敏、同井上義斐《よしあや》らが外艦へ向かい、イギリス人シーボルト、同マクドナルド、フランス人カションらと応接した。

八郎は速水に言った。

「ちょっと異人も脅しが過ぎませんか」

「脅しもあるが、朝廷が攘夷で凝り固まるのは困りものだ。いつまでも鎖港の必要はない。商人なんか開港を待ち望んでいるよ」

いつでも、酒の匂いを切らさない速水だが、話し方に紛れはない。

「外国に侮られる心配はないですか」

「国というのは利害が一致しないとなかなか一つに纏まらないものだ。いまフランスは幕府と仲がいいが、イギリスは薩摩や長州に肩入れしている。問題は日本が一つに纏まることじゃないのかね」

「速水さんは薩摩や長州をどう思います」

「幕府と協調して新しい日本を創るくらいの度量がほしいな、倒幕はよくない。幕府にもこれという人物はいるんだから」

「たとえば……」

「勝海舟とか大久保一翁、小栗忠順《ただまさ》、それに大目付の玄蕃《げんば》（永井尚志）さん。他にもまだ役に立つ人は沢山いるよ」

「薩摩や長州の尊皇攘夷はまやかしで、幕府の権力を根こそぎ奪うことが、はじめからの目的でしょう」

「人間には二通りあってな。旧いものを後生大事に守っていくやつと、新しいものをどんどん追っかけていくやつと、この二つがなかなか折り合わない」

「薩長や、土佐もそうですが、大藩の勤皇運動は下克上と変わらないじゃないですか」

「人の世は変わっていくものですよ」

速水はゆっくりと酒盃を口に運ぶ。

離れの前は猫の額ほどの狭い庭だが、花や樹木はなくて、苔と石と土だけで見せる侘び造りである。軒下で仕舞い忘れた青銅の風鈴が、乾いた音を鳴らしていた。

「ところで速水さん、昨日、新撰組の屯所へ行かれたそうですね」

八郎は話題を変えた。

「そのことだが、驚いたよ。伊庭さんは土方歳三と知り合いだってね。土方が言ってた。伊庭八郎君とは喧嘩友達なんだって」

「土方さんが、そう言ったんですか。喧嘩はちょっと意味が違います。喧嘩の助太刀を土方さんがしてくれたんです」

「わしと土方は同年で、やつが御府内へ薬の行商に来ていた時分からの仲なんだ。よく小石川の近藤先生の試衛館へ寄って、二人で稽古をしたもんだよ」

「その頃かな、土方さんがおいらの喧嘩の助太刀をしてくれたのは。まだ剣術を習い始めた頃で、性悪の権太五、六人に絡まれて困っていたところへ、通りすがりの土方さんが割って入り、『お前さんがた、この若い人に手出しをしたら無事には帰れないよ。うそだと思うなら掛かってごらん。わしは見ていて止めないから』って、ただそう言っただけなのに、相手は一人去り二人減りで、一人もいなくなりましたよ。後で名前を訊きましたが、土方さんて凄いと思いましたね」

「胆《きも》の男だ、土方は。喧嘩友達にも会いたいと言ってたが、新撰組は奥詰よりも忙しいからねえ」

六

政局は目まぐるしく動いている。条約勅許と兵庫開港問題に振り回され、長州征討も急がねばならず、将軍家茂は長征の勅諚を受けると慌ただしく大坂城へ還った。

ところが奥詰はそのまま京都に残された。将軍も老中も席が暖まる間もないが、在京になった奥詰はやることがない。将軍侍衛を忘れたわけではあるまいが、こんなことは初めてである。

「飲むしかないな」

宵から速水は酒を飲みはじめ、八郎も付き合うことになった。

「阿部老中は外国公使と折衝するため兵庫へ行った。松前老中の上京は委細を朝廷へ報告するためだ。要するに異国船の片がつくまで、奥詰は二条城の留守番をしろということさ」

軒下の風鈴の音が侘びしく聞こえる夜である。庭から蟋蟀《こおろぎ》の鳴き声もする。

「これで長州征伐が先送りされると、幕府はますます不利になりますね」

「長州は国中がやる気満々で、百姓たちまで新式の西洋銃を担いで演習している。森や林、堤防にも大砲が据えられ、主要な街道には地雷まで埋めてある」

「そのようですね」

信じられないが事実だった。それに比べて幕府は先鋒軍の武器でさえ旧式の種子島銃が主体で、新式のゲベール銃やミニエー銃は一隊に四、五挺というお寒い装備で、出兵に応じた各藩兵も、戦意の無い寄せ集めばかりである。時間が過ぎればこの差はもっと開いていくだろう。

「勢いというか、時の流れを感じるよ。運命は傾くものに残酷なんだ」

速水はときどき小さな溜息をついた。幕府の行く末を悲観しているのである。

「幕府軍が負けると思いますか」

「負けても不思議はないだろう」

「負けたらどうします」

「伊庭さんはどうする」

逆に訊かれた。八郎は応えた。

「最後まで戦います」

「徳川《とくせん》のために死ぬということかね」

「そうだと思います」

速水はしばらく無言でいたが、やがて正面から八郎をまじまじと見て言った。

「今業平《いまなりひら》みたいな男振りして、伊庭さんは、好きな女もいないのかね」

まるで咎めるような言い方だった。

「……」

こんどは八郎が沈黙した。ちらと小稲が脳裏を掠めたが、小稲との関係を明かすほどには、まだ速水に打ち解けていなかった。

速水がつづけた。

「女がいようといまいと、それはいいとして、以前、あんたを島原（遊郭）へ誘うつもりで、声を掛けようとした。ところが、なぜか出来なかった。なぜだろうと考えて、そのときは、惚れた女がいると思ったのさ。惚れた女がいたら、男は簡単には死ねないものだ」

「速水さんは、どうなんです」

八郎は言った。速水のことをもっと知りたくなった。

「わしには妻子がいる。子供は男児で三つになるが、妻の子ではない」

意外な返事がかえってきた。

「……………」

「じつは速水の養子になる前に、わしには吉原の仮宅《かりたく》で知り合った妓《おんな》がいたのだ。明石という花魁でこれが子供の母親だ。年（季）明けで夫婦になるはずが、妻と呼ばれる前に源氏名の明石で死んでいった。速水の家ではすべてを承知で父子を迎えてくれ、子供も速水の実子として御支配に届け出た。今の妻もよく尽くしてくれ、わしには過ぎた女房だが、それでも惚れた女と貞女は別物なのよ。恩知らずの罰当たりだが、明石のことを思い出すと、堪らなくなって悪所へ出かけてしまうのさ……ああ、いけねえ、何だか急に眠くなってきやがった。済まない、伊庭さん、少し横にならせてもらうよ」

たいして飲んだとも思えないが、速水は八郎に背を向け、肘を枕にごろりと横になった。途中で眠くなったふりをしたのは、たぶん、自己嫌悪におちいったのだろう。

八郎は速水の上に布団をかけてやると、行灯の灯を暗くして一人で酒を飲んだ。

大坂から秀俊の使いで重助がやってきたのは、その翌日の遅い朝である。

「昨日の七ツ（午後四時）過ぎ、義蔵さまがご逝去になりました」

うなだれて重助は報告した。

「義蔵が――死んだのか」

八郎はそれきり、絶句した。

伊庭義蔵、十九歳、秀俊の嫡男で礼子の兄である。心形刀流は免許皆伝であった。

八郎が上洛する前に風邪を引き、講武所稽古を休んでいたのは知っていたが、若さと責任感から無理をしたのが死につながったらしい。あまりに突然な若い死であった。

八郎は義父の秀俊にも複雑な重りを負った気持ちになった。秀俊は伊庭家を先師秀業の長男八郎に相続させるつもりでいるが、八郎にはその気がまったくないからである。

八郎はむしろ、義蔵に伊庭家と心形刀流の道統を譲るのが穏当と考える立場で、義蔵の将来に期待を掛けていたのである。

それを思い、これを考えると、秀俊の痛恨と悲嘆が胸に迫って、八郎も居たたまれない思いである。

「重助、大坂へはいつ戻れるか分からねえが、おいらの分まで、義父上《ちちうえ》を頼んだぞ」

八郎は、重助を家の外まで送り出すと、大坂の空へ向かって合掌した。

七

八郎と速水が在京中に、将軍と慶喜と老中の間で前代未聞の事変が起こっていた。

先の兵庫開港問題で老中の阿部正外《まさと》と松前崇広《たかひろ》が、朝廷の承認を待たずに兵庫開港を決めようとしたことから、これに猛反対した慶喜が、朝廷を動かして、朝廷の命令で阿部と松前の二老中を罷免したため、これを知った大坂城中が騒然となったのである。

「豊後守（阿部）も伊豆守（松前）も将軍家の家臣で、その任免は将軍家の権内にある。さるほどに朝廷の二老中免職は、将軍家の政権を取り上げたに等しい」

「すべては一橋の陰謀である」

激高する旗本たちの声である。当時、

「一橋は将軍家に取って代わり、天下を奪う非望を抱いている」

という世評は確かにあったが、その後の慶喜の行動から見て、慶喜にその意図があったとは思えない。

だが慶喜が将軍に対して出過ぎた行動をしたり、足を引っ張るような真似をしてきたことも事実で、そのたびに幕府も将軍も面目をつぶされてきた。

今の慶喜は将軍後見職を解かれて、朝廷から禁裏守衛総督に任命されている。いったい禁裏守衛総督などという役職は幕府には無いもので、従って慶喜は朝廷側の者か、それとも幕府側の人間か、すこぶる立場が曖昧なのである。

ともあれ心労で困憊憔悴した将軍家茂は、ついに重大な決意をして、自ら閣老会議が開かれた用部屋へ臨み、

「このようなことでは将軍の職責は果たせない。速やかに将軍職を辞して慶喜に譲り、余は関東へ帰還する」

と表明し、大坂城から退去するのである。

将軍の辞職も前代未聞のことで、憤激した旗本は、慶喜の屋敷を襲撃する動きさえ見せるのである。

八郎と速水が京都出張の任を解かれ、大坂への帰途に就いたのは、月が改まった

十月七日である。その間にも、政局は急激な展開を見せた。

「一橋公というのは、したたかにやり手だねえ。ほとほと感服した」

とくに慶喜の政治手腕を、速水三郎は見直したようである。

その後の慶喜は、将軍辞職まで決意した家茂を説得して、辞職を思いとどまらせたばかりか、朝廷会議を開かせて公卿たちを説き伏せ、一昼夜をかけて、ついに条約の勅許を取り付けたのである（兵庫開港は不許可になった）。

先の二老中の罷免といい、慶喜の豪胆不敵な腕力に、速水は唸ったのだった。

「幕府にとって、これほど頼りになる味方はいないな。問題は一橋派と閣老たちの対立阻隔、それと江戸と在京の老中たちの確執と権力争いだ。こいつを何とかしないと、幕府の屋台骨は危ない」

出立の朝は雲一つない快晴になった。風もなく穏やかで、京の冬にしては温暖である。今日のように無限に晴れ上がった良いお天気を、江戸では公方様のご機嫌とご威光に重ね合わせて、

「上様日和」

と呼んでいるが、その上様が心労が募って病気がちというのが心配である。

帰路は伏見京橋の船着きから、三十石舟で大坂へ下る。伏見は前回の上洛中、何度も訪ねているので八郎もよく知っていた。付近の名所や社寺も廻り歩いている。

秀吉が伏見の城を築いた城山の跡は、今は桃の名所になり、春は桃に酩酊した花見客で賑わうという。ここにも芭蕉の句碑がある。

わが衣《きぬ》にふしみの桃の雫せよ

船待ちのため、八郎と速水は川沿いの旗亭に入った。船着き場は都に通う高瀬舟、宇治川へ下る柴舟も往来し、夜船も出るので昼夜賑わいを見せている。

速水は盃をなめながら、八郎は煙管《キセル》をくわえて船着きの混雑を眺めていた。

「留守中の講武所教授を諏訪君一人に任せっ放しにして悪かったかな、何か土産でも買っていこうかな」

ふと速水がつぶやいたのを耳にして、

「速水さん」

八郎は向きなおった。この人ならもう何でも話せる、二十日余りの京都出張でそんな信頼が八郎の中に生まれていた。

「はい、何かね」

「諏訪隼之助のことで、ちょっと訊きたいことがあります。その前に土産物を先に買って来て下さい。話はそれからです」

すると速水は、八郎の目の奥を覗き込むようにして言った。

「伊庭さんの訊きたいことが何か、およその見当はつきますよ。わたしの一刀流も飾りじゃないからね。まあ、話は舟の中でゆっくり聞きましょう。土産を買ってきます」

速水は微笑を残して席を立った。

八

師走の十一日、今年最後の上覧試合が三の丸馬場で行われたが、将軍のお出ましはなかった。持病の脚気が進み、歩行もままならぬ容態という。条約勅許の問題が落着して、これから長州征討というときだけに、将軍の不例は城中に不安と憂いの影を落とし、幕軍の士気にも影響した。

馬場は朝から小雪が舞っていた。今年の大坂の寒さは格別という。試合は手足も萎える寒冷の中で、熱の入った勝負が繰り広げられたが、教授方伊庭八郎の演目は、一門の市川信也を打太刀にして、心形刀流の組太刀と抜合（居合）を披露した。

その一つ前には、諏訪隼之助が新陰流の形を独りで演じたが、両人には将軍家より刀の下げ緒がご褒美に下賜された。

八郎が講武所の表口で諏訪隼之助とばったり出会ったのは、その数日後である。諏訪は稽古を終えて宿舎へ帰るところだが、八郎は逆に稽古に来たところである。

ふだんはすれ違いであまり会うことのない二人だが、

「伊庭さん、ちょっといいですか」

用事ありげに、諏訪は講武所の脇の陽だまりへ八郎を誘って入った。諏訪の端正な面貌をこんな間近に見たのは真田出丸以来である。諏訪はやや早口になって言った。

「心形刀流組太刀の演武は見事でした。雪の舞う中で、武芸というより演能を観ているようで、感動して酔い痴れました」

真顔であった。ほんとうに感動したのだろうと八郎は思った。だが、続けて、

「やはり伊庭さんとは真剣勝負をしたい、この気持ちは変わりません。討たれるならそれも本望と思っています。後悔はしません。いつか必ず、お相手ねがいます」

言い終わったときは、諏訪の目は据わっていた。端正な顔立ちがくずれ、目と口元が薄笑いにゆがんで、引きつっていく。

（あの時と同じだ）

八郎は思った。どう見ても異常である。

八郎は京都からの帰り、淀川の三十石舟の中で、速水三郎から聞かされた奇怪な話と、彼の忠告を思い出した。

『――諏訪隼之助には近づかぬほうがいい。前からどこか変だとは思っていたが、

あれは剣の魔力に取り憑かれた男だ。自分が最高と認める剣士を求めてその相手と命を賭けて斬り合いをし、そのことに異常な歓びを感じる一種の狂人だ。昔から希にそういう剣士はいたが、まさしく諏訪は剣の魔性に魅入られた妖剣士だ。そして、やっと至上の歓喜を与えてくれる相手を見つけたのだ。伊庭八郎秀穎《ひでさと》がその相手だ。普段の諏訪は講武所教授方で、常人と変わらないし、不意に襲いかかるような卑怯な真似はしないと思うが、用心するに越したことはない。狂人に付ける薬はないのだから……』

語りながら、あのときの速水は淀川の流れにじっと目を注いでいた。話は多分に八郎に好意的だが、今日まで講武所教授方として一緒に組んできた諏訪隼之助に対しても、何がしかの同情を感じていたのだろう。

「伊庭さん」

諏訪が高い調子の声で言った。

「もう一つ聞いてほしいことがあります。真剣勝負は別として、その前に、伊庭さんがほんとに人を斬るところを見たいものです。早く戦がしたいと言ったのは、戦になれば伊庭さんの殺人刀が見られる、そう思ったからです。さぞかし謡曲のような殺人刀が見られるでしょう」

（こいつは酔っている。おいらの剣にそんなものはねえ）

八郎は相手を黙殺した。

諏訪はつづける。

「しかしこの様子だと、長州との戦はないかもしれません。でもそれは困ります。戦がないと伊庭さんの殺人刀が見られません。もっとも戦は長州だけが相手とは限りません。誰が敵でもよいのですから」

諏訪の目は据わっているが笑っていた。

「急ぐので、失礼する」

八郎は諏訪をそのままにして、講武所へ戻った。今日の諏訪は始めから挑戦的だった。八郎の武技を観たことが強い刺激になったのかもしれない。

九

「ちくしょう……」

本山が上げかけた握り拳を下へおろした。

「我慢、我慢」

八郎が言って、本山の肩を叩いた。

「だって、悔しいじゃねえか、将軍《だんな》の悪口を言われたんだぞ」

「ならぬ堪忍するが神崎与五郎だろう」

八郎は笑って、また友の肩を叩いた。

今しがた通り過ぎた瓦屋橋の近くで、四、五人の瓦職人が、昼間から振舞い酒に酔って、高声で歌って歩くのと行き違ったのだ。

軍装束《いくさすがた》で大勢つれて
諸品値上げに好うごんす

明らかに将軍と幕府を諷した戯れ唄で、それも八郎と本山が幕府の武士と見て、わざと歌ったフシがある。

本山が職人たちを睨み付けるのを、八郎が腕を押さえてむりやり引き離してきたのだ。

「おまえは、自分の主人が辱《はずかし》められて悔しくはねえのか」

「君辱めらるれば臣死す、か。仕方がないだろう。事実は事実だ」

「なにっ」

本山が目を剥いた。誰よりも将軍（家茂）想いを自認している男である。

「事実じゃなくても、あの連中が悪いわけじゃない」

八郎は、悔しいよりも哀しかった。いまの大坂には、将軍や幕府を皮肉り、当てこする歌や漫画はいくらでもあった。こんな数え歌も子供にまで歌われている。

三ツトセ　見ても強そうな陣羽織
行かず戻らずうかうかと　この人でなし
五ツトセ　威勢ばかりを高ぶって
心いやしい旗本の　この食いつぶし

市中へ出ればあちこちに幕府を批判する張り紙が出ている。幕府の人間、幕府の兵隊と見れば、市民は無遠慮に白い目を向けた。無理もない。大坂市民から見れば関東のよそ者が、大勢でやってきて、何にもしないで大きな顔して、一年も居すわっている。その親玉が将軍なのである。

もとから上方には「太閤びいき」という言葉がある。大坂の街を創ったのは秀吉で、それを乗っ取ったのが家康だとする庶民感情である。

この五月（十四日）には大坂でも打ち毀しが起こり、難波、木津、上町辺りまで広がったが、打ち毀しに加わった者たちを捕えて、「発頭人は誰じゃ」と訊くと「発頭人は城内に居る」と応えたという。すでに将軍も幕府もここまで民心を失っていたのである。

（これで戦争に勝てるのか）

八郎も時々そのことが気になった。

今年（慶応二年）の正月、幕府は長州処分について、封地十万石削減、藩主の隠居謹慎など、これまでにない寛大な案をまとめた。ところがその前日、長州藩と薩摩藩は坂本竜馬の周旋で軍事協約を結んでいた。いわゆる薩長同盟である。

それとも知らず幕府は、処分案の勅許を得ると、老中小笠原長行《ながみち》がこれを長州藩へ伝達するため広島へ赴いた。しかし倒幕に踏み切った長州藩が、いまさらそんな処分を受け入れるはずがない。

幕府から呼び出しを受けた長州の家老たちは、病気を理由に誰も出て来ない。そういうことを繰り返しながら、長州藩は軍令を諸隊に下し、幕府軍の来襲に備えて国内の軍備強化を図った。四月の半ば、今度は薩摩藩が薩長同盟にもとづいて、幕府に約束した征長の出兵に反対し、はっきり拒絶してきた。

薩摩の変節も甚しいものがある。

そこで幕府は小笠原長行、永井尚志らに命じて、広島国泰寺に長州藩の家老らを呼び、毛利父子の蟄居、封地十万石の削減、高杉晋作、桂小五郎以下十二人の処刑を令し、二十日以内の実行を厳命した。

むろん長州藩は命令に服さなかった。すでに幕府を相手に決戦態勢を整えていたからである。こうなっては幕府も後へは引けない、戦うほかないのである。

本山は歯ぎしりして言う。

「そりゃあ、おれだって解っている。戦になれば迷惑するのはあの連中だ。だが、戦を仕掛けているのは公儀じゃないぞ。公儀は公正な話し合いを望んでいるのに、裏で汚ねえ真似をして公儀を困らせ、喧嘩を売ってくるのが長州や薩摩だ」

「分かっている。売られた喧嘩は買うしかない。それより小太郎」

八郎は本山の怒りをしずめるのに懸命である。一本気な気性は暴発寸前まで上昇するので、うっかり手放しはできない。

「江戸で奥詰の銃隊編成が進められているのを知っているか」

「銃隊って、鉄砲隊のことか」

ようやく本山の頭熱が下降して、こっちをふり向いた。八郎はすかさず言った。

「そうだ。鉄砲隊に変わるんだ」

「確かな話か」

「江戸から奥詰の交代要員で下坂した前田舎人さんから、うちの忠さんが聞いてきた」

「おれたちは剣術方だぜ」

「剣術方も銃を持たされるらしい」

「それじゃ、おれも鉄砲を担ぐのか。冗談じゃねえ、定九郎じゃあるめえし」

「江戸ではどんどん編成替えが進んでいるって話だ」

「いやだねえ、おれは、あんな飛び道具、使いたくねえ」

本山は顔中をしかめていやいやをした。

「いずれ、そんな日が来ると思っていたが、とうとう来たな」

「おまえ、いやに冷静だな。おれたちは剣で奉公してきたんだぜ。今日だって刀屋（研師）へ行く途中じゃねえか」

長州戦が近いことはたしかだが、将軍警護の奥詰がいきなり前線に立つことはまずあることではない。それでも刀剣の手入れは剣士の嗜《たしな》みというより常の心得である。その点は、本山も八郎も習慣が身についていた。

八郎は言った。

「刀は大事だが、これからは銃が主体の時代だ。剣で勝負が決まる世はもう過去のものだ。でも心形刀流はおいらの命だよ。だからおいらは、銃で勝つより剣で敗れる方に賭けるつもりだ」

「おう、よく言った。やっぱり天狗の子は天狗だ。それでこそ伊庭の小天狗だよ」

「おいらは天狗じゃない。人間の子だ」

八郎は言って微笑んだ。

十

幕府は六月五日をもって長州総進撃の日と決めた。そして征長先鋒総督徳川茂承《もちつぐ》、副総督松平宗秀は広島へ、老中小笠原長行は九州方面指揮のため小倉へ発向した。

七日、幕府軍艦が周防の大島（屋代島）を砲撃したことから戦闘は始まった。幕府軍は芸州口、石州口、小倉口の三方面から攻め込んだが、長州軍は精強だった。幕府軍は各方面で苦戦を強いられ、主力を率いる芸州口だけが一進一退で、幕府軍勝利の報は一報も伝わって来なかった。

将軍家茂が病死したのは、幕府軍の敗報が相次ぐ最中の七月二十日だった。脚気衝心（重症の脚気で心臓を冒されて、心悸亢進、呼吸困難を起こす）のためという。享年ようやく二十一である。

昨年五月、江戸城を出馬して一年余月、ついに征長の前途も見届けることなく早世したが、歴代将軍中、陣中で没したのも家茂のみである。十三歳で将軍職を襲《つ》ぎ、未曾有の難局に辛酸を嘗めながら、人事を尽くした家茂の苛酷な運命と短い生涯に、城中、涙しない者はいなかった。

後継将軍として一橋慶喜は衆目の認めるところだった。慶喜には大奥を始め政敵も多いが、資質は抜群で彼よりほかに将軍の適任者は見あたらなかった。幕閣も不測の事態を慮って、将軍家継承を懇請するが、慶喜は、

「自分には徳望がなく、人心が服さない」

としてなかなか承諾しなかった。このため家茂の喪は八月二十日まで秘匿された。

慶喜は七月二十七日に宗家（徳川本家のこと、将軍職ではない）を相続したが、宗家を継ぐと、将軍家茂をまだ病気中ということにして、自分が将軍の名代として、長州へ「大討込」をすると宣言した。

ところが出陣の前日、小倉城が陥落し、この方面の指揮官小笠原長行が長崎へ遁走したと知って出陣を中止、朝廷から停戦命令を出させる一方、勝海舟に長州藩と休戦交渉に当たるよう要請するのである。

すばやい転身と的確な判断だった。勝は休戦交渉に成功し、九月には幕府軍、諸藩兵は引き上げにかかり、幕府の権威は落ちたが、征長問題は一応のけりがつくのである。

湯屋佐兵衛の手紙がきたのは、八郎たちがまだ家茂の死で悲しみに沈んでいる頃

だった。本山などは初七日まで泣き通しで、両目を真っ赤に腫らしていた。春先から途絶えていた湯屋の便りは、こんな時でもあるので、みんなを喜ばせた。湯屋の「江戸ごよみ」は押込み強盗から始まっていた。

「師走に入ると宵のうちから商家へ強盗が入り、中には侍体の者二、三人が抜刀して、通行人まで脅して懐中物を奪い、殺されたり傷を負ったりも出た。年の市はいたって淋しく商いも不景気だった。大晦日も物騒だと、夜半から往来もめっきり減った。正月も押込みや追剥ぎがあった。鳥八十でも用心のため屈強の浪人を雇った。鎌吉の知り合いで身元は確かだそうな。皆さんが居てくれたら、こんな心配しなくて済んだのに、江戸へはいつ凱陣なさるのか。

五日夜、四谷伝馬町の酒屋の火事で類焼した者大勢が、店や土蔵を打ち毀し、酒や醤油を持ち去った。七日の初卯は晴天で暖かく、亀戸妙義社の梅屋敷が花盛りで賑わった。二月中旬から上野山内に花見物が出たが、昨春、山内でたびたび刃傷などがあったので、寺社奉行より花見中は山茶屋を差し止めると沙汰があった。東叡山開基以来のことだ。二月八日に、昨冬来、強盗などを働いた悪党ども二十七人が、獄門死罪になったため夜分の往来がだんだんに増えた。向島、日暮里、王子などへ花見客が群集し、中でも麻布龍土町の旧長州屋敷には、掛茶屋が十四軒も出て、池で魚つりに興じる者もいた。

近頃、腹立たしいのは、異人の男女が二頭立ての馬車に乗って、前後に日本人の士人を従え、得意になって都下を横行することで、憎むべき眺めで我慢がならぬ。公方様がいないお膝元は乱れ放題で、実に嘆かわしい。一日も早い御帰還を望みたい……」

湯屋佐兵衛はまだ将軍の死を知らない。

将軍の遺骸は九月三日、天保山沖から海路江戸へ向かい、五日の夜、品川沖へ着き、六日に江戸城へ入った。

将軍が去った大坂城は、気が抜けたように空虚になった。将軍の存在が今ほど重く大きく感じられたことはなかった。

やがて旗本陪臣たちも所定の順序に従って、大坂城を後にしたが、奥詰と講武所方は九月九日、陸路（東海道）をとって東帰した。

九月九日は重陽の節句で、例年ならば城中で菊酒が家臣に振舞われるが、むろん菊の節句も差し止めになった。

故将軍の葬儀は九月二十三日、芝増上寺でしめやかに行われた。

大坂から戻った奥詰衆を待っていたのは、新しく編成された軍事組織である。

幕府はこれまでたびたび軍制改革を行ってきたが、これもその一環で、奥詰と講武所方を主体とした剣術と槍術の二本立ての組織に、もう一つ銃（砲）術を加えることで、近代化した武力集団を発足させようと、少し前から再編に取り組んできたのが「奥詰銃隊」、つまり後の「幕府遊撃隊」である。

見返り柳

一

大坂で病死した伊庭義蔵の一周忌法要が、伊庭家の菩提寺、浅草松葉町の貞源寺で営まれたのは十月二十日だった。八郎が江戸へ戻ってちょうど一カ月目である。

法要の前日、道場で門弟たちの稽古をすませた八郎が、母屋へ戻りかけると、その時間を待っていたように、別棟の礼子が現れて八郎を呼び止めた。

「お父上からお話があるそうです。手間は取らせぬから奥へ来てくれと……」

その礼子は講武所風の男装ではなく、武家の娘に変わっていた。髪も島田に結い直し、衣服も結城木綿の女物で袴も着けていない。むろん刀も差していないが、懐剣は武家娘らしく胸に抱いていた。

一年半ぶりに江戸へ戻った八郎が、真っ先に驚かされたのが、その礼子の変身だった。

一月前、大坂表から帰府した伊庭家の男たちを、留守家族と門弟たちが、道場の前で出迎えてくれたが、その中から、

「八郎兄さま、お帰りなさい」

明るい声を上げて、八郎に走り寄ってきた若い娘がいた。一瞬、八郎は戸惑って、

「礼子か――」

と確かめたほど、講武所かぶれのじゃじゃ馬は、鮮やかに女返りしていた。

「はい、礼子です」

悪戯っぽい微笑を浮かべてうなずいた礼子は、上洛前とは別人のようで、どこから見ても艶やかでみずみずしい女だった。

（こいつ、化けやがった）

呆れたように見返したが、あれから礼子とは落ち着いて話す機会もなく、八郎も多忙な日々を送っているが、何が礼子を女返りさせたのか、そのことはずっと気になっていた。

伊庭家は下谷和泉橋通りに二百七十五坪を幕府から拝領し、そこに道場と二棟の家屋を建てて、秀俊の一家と八郎の家族が別々に起居している。八郎の家族は実母

のまきと弟の武司、亥朔の四人である。

秀俊は奥の自室で書見をしていた。謹直な人で大声で笑ったり、膝を崩して寝転がったりは絶対にやらない。

「お父上、八郎兄さまをお連れしました」

廊下へ膝をついて礼子が声をかけると、

「礼子も一緒にいなさい」

秀俊の返事がかえってきた。

八郎と礼子は部屋に入り、八郎は秀俊と向き合う位置に、礼子はその中間に正座した。八郎にはすでに何の話か見当がついていた。伊庭家相続の話にちがいなかった。

秀俊は書見台を脇へ寄せ、正面を向いて背筋を伸ばすと、

「八郎どの」

と言った。養子の八郎に対しても、先師の嫡男という立場と礼儀を守り、決して呼び捨てにしないのだ。

「明日の義蔵の法要を前に、改めて確かめておきたいことがある」

「家督のことでしょうか」

八郎は先まわりして言った。八郎の気持ちは以前から決まっている。このさい回

りくどい問答は避けたかった。秀俊も、うすうすは感じているはずである。

秀俊はゆっくりうなずくと、

「八郎どのの返答によっては、明日、貞源寺でご先祖に報告せねばならない。忌憚《きたん》なく言うが、わたしは八郎どのに伊庭家を継いでもらいたい。それがもっとも理に適った道だと思っている」

「義父上《ちちうえ》、家督のことなら八郎は最初《はな》からその気はありません。伊庭の跡目をしっかり守っていけるのは、八郎などより義蔵さんだと思っていました。その義蔵さんに死なれては、他家から養子を迎えるほかないではありませんか」

「心形刀流一子不伝の道統はそれで通るが、わたしの眼には八郎どのに優る跡目はいないと映っている。義蔵が生きていたとしても、それは同じだ」

「それは義父上の買い被りです。八郎は剣術は好きですが、とてものことに、伊庭家や道場を背負っていける器ではありません。自信がないのです」

「わたしにはそうは見えないが、再考の余地はないのか」

秀俊は眉間のしわを深くして八郎を見たが、さらに視線の先を礼子に走らせた。礼子は正座のままほとんど身動きしない。

八郎はわずかに首をふり、

「ありません。八郎には荷が重過ぎます」

はっきりと応えた。

じじつ八郎はそう思っていた。

(剣が優れていることと、伊庭家を守っていくことは別であろう。義父上ほどの器量もないおいらが跡目を継いで、かえって義父上が築いた伊庭家の名誉を貶《おとし》めてしまうより、今のままでいるほうが、まだしもご先祖に対して申し訳が立つではないか。義父上に、これ以上の迷惑はかけられねえ。おいら、遊撃隊士でいるのが分相応なのだ)

秀俊は腕を組み、しばらく考えるようにしていたが、やがてポツリと、

「亥朔どのは何歳」

と訊ねた。

「十六歳になります」

八郎は応えた。

亥朔は八郎の末弟で、剣技に非凡なものを持っていた。八郎に代わる跡目として浮かんだに違いない。もう一人の弟の武司は、すでに養子が決まっていた。

「うむ」

秀俊は短く応えたが、それきり秀俊の口から亥朔の名は出なかった。

初冬の日が翳って中庭を冷ややかな風が吹きすぎた。手元も暗くなりかけてい

る。

まもなく八郎は秀俊の部屋を辞した。礼子がその八郎の後を追ってきた。

二人は道場まで出ると、ごく自然に武者溜まりの框《かまち》に、並んで腰を下ろしていた。何となく、どっちも話し足りない気分なのだ。

「お父上、上方のお疲れが出たみたい」

家督の話題はわざと避けて礼子は言った。

「ご苦労も多かったが、やっぱり義蔵さんに死なれたことが堪えたろう」

「八郎兄さまは、お元気のようね」

「それより、おめえ、剣術は止めたのか」

「剣術は止めません。女返りはしましたが、稽古はずっと続けています」

「女返りは兄貴に死なれたせいか」

「違います。兄上は関係ありません」

「じゃあ何が原因だ」

「それは、言えません」

「おかしなやつだな」

「おかしくてもいいのです」

道場内は闇といっていい暗さである。相手の顔も見えないが、礼子の話す声は楽しげで、暗闇の中で弾んでいた。

二

十一月一日付で、中根淑《しゆく》が遊撃隊から海軍所取調方へ転任した。海軍所はこの年七月、築地の軍艦操練所を改めたもので、講武所もまもなく陸軍所と改称されるという。中根の転勤は彼の学識と語学力が買われて引き抜かれた、いわば栄転だった。

「祝ってやるか」

誰が言い出したわけではないが、親しい仲間が鳥八十《とりやそ》の二階に顔を揃えたのはその月の中頃である。

中根淑、本山小太郎、忠内次郎三《ただうちじろうざ》、伊庭八郎、それに湯屋佐兵衛と鳥八十の鎌吉、速水三郎が飛び入りで加わった。

八郎は早めに鳥八十へ出かけた。

前から佐兵衛に頼んでおいた『日葡辞書』が入手でき、今日手渡すと佐兵衛から連絡があったからである。佐兵衛はすでに先着していて、まず本を八郎に渡してから、

「伊庭先生、疱瘡が流行っています。用心してくださいよ。罹ったら、せっかくの色男形無しですからね」

めずらしく冗談を言って笑った。

「おいらのことなら心配は要らないよ。伊庭の隣は伊東玄朴先生の種痘所だもの」

八郎も冗談で応酬した。

ただし伊庭道場の隣に伊東玄朴の屋敷と種痘所があったのは事実である。

幕府の医官として高名な伊東玄朴は、長崎でシーボルトから医学を修め、江戸の蘭方医と共同で種痘所を創立したが、これが西洋医学所となり、現東大医学部の母体となった。

「じつは孫娘のために、種痘を勧められていましてね、ところが私には、その種痘というのが、胡散臭くていけません」

「種痘が胡散臭いからって、可愛い孫娘がアバタ面になってもいいのかい。そういえば、近頃は、あっちこっちで子供の葬式が目につくなあ」

「やだな先生、脅かしっこなしですよ」

そこへ鎌吉が中根淑と忠内次郎三、速水三郎を案内して上がってきた。

「誰が脅かしたって?」

耳ざとく、忠内が笑いながら口をはさんだ。

「湯屋の西洋嫌いが始まったのさ」

八郎が応じると、中根が、

「湯屋佐兵衛の益荒男《ますらお》ぶりか」

と冷やかした。

佐兵衛はかえって嬉しそうな顔になり、逆襲のつもりか若い連中をぐるっと見て、

「近頃の武士は西洋銃を使うから、主人も家来も段袋《だんぶくろ》（ズボン）を穿《は》いて出歩きますが、あれはぶざまでいけません。どうにも見苦しくて鬱陶しい」

「そいつは耳が痛えな。遊撃隊も三日に一度はミニエー銃の調練で、フランス式の洋服を着なきゃならねえ」

忠内が言って、ふと速水に目をやった。速水だけが、段袋筒袖の戎服《じゅうふく》（軍服）を着てきたからだ。だが服装に無関心の速水は、蛙に小便という顔ですましていた。

それを見て佐兵衛が微苦笑しながら、

「世の中どんどん変わりますねえ、馬具も西洋製だし、下駄屋が靴を売るし、軍鶏《しゃも》屋で豚肉を料理しない店はない……」

「おっと、旦那、そこまでだ。鳥八十の板場には四つ足は気《け》もねえんだから、真っ平悪しからずだ」

こんどは板前の鎌吉が水を入れ、みんなの間に笑いが起こった。

笑いがおさまると、佐兵衛が改まった口調で言った。

「皆さん長く江戸を留守にして、公方様のいないお膝元がどんなものか、お解りないと思いますが、そりゃ大変でござんしたよ」

それがきっかけで、しばらく佐兵衛の話になった。御府内の秩序が今ほど乱れたことはないと、佐兵衛は言い、

「いちばん怖いのは、民衆の暴走と商業（経済）活動の閉塞です」

五月に発生した打ち毀し騒動は、武州から上州へ、「世直し」一揆となって広がっていったが、打ち毀し騒動は形を変えて、日常的な貧窮人お救い運動となり、市中の広域にわたって止むことなく続いているという。

前将軍の葬儀が増上寺で営まれている最中も、御府内のあちこちで窮民の施米や炊き出しが行われた。

家主である佐兵衛自身が、受持ち八町の貧窮人のために、下谷一丁目常在寺の境内に大釜を二つ据え、町内の物持ちから米二十俵、琉球芋二十俵、味噌、醬油などを貰い集め、粥を炊いて食べさせ、佐兵衛自身も薪として松材百五十本を供出したという。

下谷一帯の窮民は、白木綿に町名を大書し、紙旗や幟を押し立てて、

「御門主様へ御救いの嘆願書を差し出したい」

といって東叡山黒門前（佐兵衛の町内）に平伏した。お山では嘆願をお聞き届けになったが、これなどは嘆願というより「強訴」ですよと佐兵衛は言った。

「やあ、遅くなって済まねえ」

話の途中で、いちばん遅れて本山小太郎が現れ、一座は宴席に切り替えられた。鎌吉が調理場へ下がり、酒と料理がどんどん運ばれて、宴は盛り上がっていった。

三

八郎は吉原にいる。江戸へ戻ってから、小稲と会うのは、これが三度目である。

色のよいのは見返りやなぎ
殿にしなえてゆらゆらと

遠く微かに、三味線の音と投げ節が、風に乗って流れてくる。間を置いて野良犬の遠吠えが聞こえる。外は冷えているようだが、部屋の中は獅噛《しがみ》火鉢に充分な熾き火があって暖かい。

「八さま、会いたかった」

小稲は目を潤ませていた。やっとまた愛しい男に会えて、幸せの絶頂なのに涙で男の顔が歪んで見える。そのくせ身体は指の先から耳朶まで熱く燃え上がっていた。

この前の逢瀬から一月近く過ぎていた。もっともっと会ってほしいが、わがままは言えない。その一月が無性に長く、身を焦がす毎日だったから、会えた瞬間、もうこんなにかっかと全身が火照るのだろう。

でもまたこうして会えたのだ。

「うれしい、八さま」

火のような身体を八郎に密着させ、片時も離すまいと力をこめると、細かな震えがおこって、女の芯が収縮する。

「ああ、八さま」

その小稲をゆったり抱きとめて、八郎は背中から腰へ優しく愛撫しながら、

「八（鉢）売りが来たようだ」

微かに笑って手をもどすと、指の先で小稲の頬をかるくつついた。

「いじわるな」

小稲は小さく肩をゆすって乳房を押し付け、「八郎さま」と言いなおした。

「八でいい、八で」

八郎は言うと、小稲の唇をふさいで、また抱きしめた。小稲は目を閉じて男のさ

れるままになった。あなた任せの陶酔がしばらく続き、八郎の腕がゆるむのを待ってから、小稲は甘えるような声音で言った。

「八さま、少しお話をしましょう」

八郎を迎えたそのときから、体内に滾《たぎ》り立つ熱い血と、高ぶりつづけている女の心気を鎮めようとしたのだった。

「そうだな、何を話そう」

八郎もやさしく受け入れていた。

「いつか宮本武蔵さまのお話を聞きました。八さまが剣術に目覚めたのは、細川侯の江戸屋敷で、武蔵さまの絵を観たのが動機というお話でした」

「おいら武蔵の絵に逢えなかったら、剣術とはたぶん一生縁がなかったろう。それに宮本武蔵は、この吉原とも縁が深いのだ」

「まあ、……どのように」

「肥前島原のキリシタン一揆を知っているだろう」

「天草四郎の乱ですね」

「武蔵はそのころ黒田家へ仕官が決まり、軍監として島原へ向かうことになった」

「江戸にいたのですね、武蔵さまは」

「江戸も元吉原にいることが多かった。それで武蔵は吉原《ここ》から島原へ出陣したのだ」

「まあ、遊郭《くるわ》から戦場へ……」

小稲は八郎の腕枕に巻かれて、夢見心地で男の話に聞き入っている。

「武蔵には雲井という馴染みの遊女がいたようだ。あの時代には戦国浪人から忘八《くつわ》になった者が多く、元吉原の忘八で、武蔵の門人になった者が何人もいたのだ」

忘八というのは、遊女屋の主人のことで、遊女屋渡世をするような男は「仁義礼智忠信孝悌」の八字を忘れている、という意味だが、別の意味では遊女屋は八字を忘れるほど面白いところというので、廓で遊ぶことを忘八ともいったという。

また忘八と書いて「くつわ」と読ませるのは、昔、豊臣秀吉の馬の口（轡《くつわ》）取りをしていた家来が、秀吉の許しを得て京都の万里小路《までのこうじ》（柳の馬場）に、初めて公許の遊郭を建てて遊女屋の主人になったからという。

ちなみに吉原の忘八で武蔵の門人だった者には、新町の野村玄意、江戸町の山田三之丞、角町の並木源左衛門がいるが、この三人の門人が中心となり、武蔵のために廓ぐるみで出陣の壮行をしたといわれる。

「武蔵の馴染みの遊女雲井は、新町河合権左衛門の抱えで、武蔵は同じ新町の揚屋甚三郎方で出陣の身支度をした。青い裁着袴《たっつけ》に黒繻子の陣羽織、篦《へい》（矢柄）の指物（旗印）を背に、廓の者たちに見送られ、大門から馬に乗って悠々と出立したという話だ」

「吉原にいて初めて聞くお話です」

小稲は八郎に身体を寄せていき、そっと目を閉じた。八郎が吉原から出陣する姿を想い浮かべてみたのである。

八さまなら、武蔵さまとはちがって、凜々しい若武者振りであろう。駒音もかるく大門を発し、衣紋坂をゆるゆる打たせて、見返り柳へ――、その光景は花魁道中の華麗さも及ばない美丈夫の絵巻物になって、小稲の瞼に焼かれていった。

だがそれもつかの間で、絵巻物は歩兵組の手によって、たちまち黒く塗りつぶされてしまった。

「歩兵組――」

小稲は思わず目を開いて口走り、八郎にすがりついた。

「歩兵組？　が、どうした」

「吉原で乱暴しました」

「そのことか」

「はい」

小稲は八郎の胸の中でうなずいた。

歩兵組は、幕府が征長のために町人や百姓を集めて作った軍隊だが、大方が長州戦の中止で江戸へ戻っていた。そのうち二百人が先月の半ば吉原で暴れ、家屋を破壊し、怪我人を出し、吉原を火事場の跡のようにして引き上げていったのである。

しかし小稲が「歩兵組」と口にしたのは事件のことではなかった。歩兵集団が着ていた軍服の黒い色が、墨汁となって八郎の絵巻物を黒く塗り潰した――そのことに不吉なものを感じたからだった。

でも八郎にそんなことは言えない。このさき、八郎にどんな運命が待ちうけているのか、そんなことを思うと空恐ろしくなってくるのだ。

「八さま、怖い」

小稲は八郎の胸に顔を埋めて、小さく叫んだ。

四

朝から底冷えのする昼下がりである。

いったん店の外まで出た鎌吉が、どんよりと重く垂れた空を見上げ、また店へ引っ込むと、傘を手にして戻ってきた。

「雪でも来そうでやんすね」

「店はいいのか」

「どうせ正月中は暇でやすから」

「天朝さまがお隠れで、江戸もとんだ正月を迎えたな」

「こんな淋しい江戸の正月は初めてです。松の内の四日から松飾は取り払い、音曲鳴物のご停止《ちょうじ》で獅子舞、鳥追い、三河万歳、書き入れ時の商いは上がったりでさあ」

時期が悪かったと八郎も思う。

孝明天皇の崩御は暮れの十二月二十五日。御葬送は二十七日の午後六時で、堂上公卿、将軍家、守護職、所司代などが供奉して蛤御門を出、烏丸《からすま》、三条、寺町と進んで五条橋から伏見街道を南下して泉涌寺へ入られたが、御葬列には在京の遊撃隊も供奉警護したと、八郎の耳にもとどいている。

「やあ、来やがったな」

下谷広小路の途中で鎌吉が立ち止まった。鉛色の空間に白いものがちらちら踊っていた。

鎌吉が鳥八十の番傘を広げて、八郎に差しかけた。八郎が言った。

「鎌吉、おめえ、深川へ行くんだろう」

「お祭しの通りで」

「湯屋から聞いたよ。お芳さん、たちのよくねえ風邪を引いたそうだな」

「へえ、そうなんで」

「どうだ、塩梅は」

「ありがとござんす。大分良くはなりやしたが、寒い日が続くんで、ゆっくり休むように言ってるんでやすが、何しろ勝気な女だもんで、なかなか言うことを聞きやせん」

お芳は深川櫓（永代寺門前）の芸者で鎌吉の愛人である。千代吉の名で座敷を勤め、鎌吉とは十年越しの深い仲だ。おたがい気ままな人間で所帯も持たず自由に暮らしているが、こんなときは心細いに違いない。

「大事にしてやれよ」

「へえ」

鎌吉が神妙にうなずいた。鎌吉までが元気がない。

広小路の家並みが切れて、大名屋敷が並ぶ下谷御成街道に入った。築地塀が真っ直ぐに続く道は、上野山内への行列でもなければ、ふだんは人気のない淋しい道である。

雪がいくらか増したようで、鎌吉の差す番傘に薄《う》っすらと白く積もっている。ときおり刺すような風が首筋を見舞った。

「若先生、稲本楼の太夫とは、その後、しっかり会っていやすか」

「何でそんなことを訊く」

「中根先生が心配してますよ。早くあの二人、何とかしてやりてえって……」

「淑さんが……」

苦笑をもらした八郎の口元がゆがんだ。同時に歩みを止めた八郎の目は、前方の築地塀の角をにらんでいた。

「どうしやした、若先生」

「鎌吉、おれから離れていろ。いや、おれにかまわず、回り道して深川へ急げ」

八郎は落ち着いた口調で命じた。

鎌吉は言われたとおり八郎から離れたが、後方の土塀までで、そこから動かなかった。

そのとき前方の土塀の角から、面体を頭巾で半分隠した人影が、ゆっくりと現れて、こっちへ向き直った。長身で痩せぎすの若い武士である。左手を腰に当てていた。

「あんたか」

八郎が先に声をかけた。

「伊庭さん、戦の日まで待てなくなりました」

諏訪隼之助が一歩前へ踏み出して言った。

「勝手なことを言われては困る」

「何と言われようと、私は勝負をします」

諏訪は二歩目を踏み出した。すでに抜刀の体勢に入っている。

「馬鹿を言うもんじゃねえ。おいら御免こうむるぜ」

「伊庭さんは御免でも私は勝負をします。勝ち負けを決めるのではありませぬ。伊庭さんの剣が好きだからです」

諏訪がゆっくりと刀を抜いた。小雪が風にあおられて、刀身の先に舞い上がった。

（狂っている）

八郎も鍔元に手をかけた。

青眼に構えた諏訪の切先が、静止したまま間合いを詰めてくる。否応なく八郎も抜き合わせるほかなかった。うかつに、背中を見せて逃げられる相手ではない。

八郎は四谷正宗の鯉口を切った。むろん勝負をする気はない。が、抜刀の呼吸は計っていた。どう抜き合わせるか、この瞬間は相手も下手に動けないからだ。このわずかな間を捉えて、八郎は背後の鎌吉に声をかけた。

「鎌吉、黒門町だ！」

「合点です」

鎌吉が応えると、同時に諏訪の手元から、手裏剣が放たれていた。雪中を裂いて矢よりも速く走った手裏剣は、鎌吉が投げ捨てた番傘を突きぬいて、鎌吉の足元に突き刺さった。鎌吉は、いちど飛び上がってから一目散に駆け出していた。

五

八郎と諏訪は、刀を構えたままほとんど動かない。動いているのは時間だけである。降りつのる雪が二人の肩に平等に落ちた。

「わああ、わああ――」

という騒ぎ声が八郎の後方で聞こえた。声はどんどん近づいてくる。鎌吉が引っ張ってきた黒門町の鳶の男たちだった。男たちは梯子一つと、手に鳶口を持って駆け寄ってくる。その先頭に鎌吉がいた。

「邪魔が入りましたね」

諏訪が落ち着いた声で言った。咎める口調ではない。諏訪は一歩下がって刀を鞘に納めると、ていねいに八郎に一礼し、

「勝負は預けます。いずれ、また」

くるりと背を向けて歩き出した。諏訪の後姿が遠ざかると、鎌吉が寄ってきた。

「あの野郎、何者です」

さすがに鎌吉も目つきが変わっていた。

「諏訪隼之助といって、おいらと同じ遊撃隊士だ。遊撃隊きっての新陰流の使い手だ」

「驚いた、それが何でまた、若先生を待ち伏せて襲ったのです。……積もる恨みでもあったんですか」

「おいらにも解らねえ」

八郎は応えた。もともと正気の沙汰ではない。解る方がおかしいくらいだ。

「若先生の剣が好きだとか、勝ち負けがどうとか、妙なことを言ってやしたね」

「その話はまたにしよう。とんだ暇っ欠きをさせちまったな。早くお芳のところへ行ってやれ」

「若先生は」

「朝のうち用事は済ませたし、今日はもう用なしだ。和泉橋へ帰るよ」

そこへ鳶の若い衆が、火消しの番傘を一本、八郎のために持ってきた。八郎は礼を言って番傘を広げると、鎌吉たちと別れて御成街道の角を左へ曲がった。

鎌吉には帰宅すると言ったが、八郎は陸軍所へ廻ろうと思っていた。講武所が陸軍所と改称されてからも、八郎は七日のうち四日は剣術教授方に出役している。今日は非番だが、今日の教授方には速水三郎と諏訪隼之助が出役のはずだからである。

雪は止むともなく降りつづいているが積もるほどではない。八郎はいったん伊庭へ戻ると袴を穿き替え、火消しの番傘を伊庭家の傘に代え、ふたたび小雪の中へ出た。

陸軍所は神田小川町の旧講武所にある。通いなれた道だが、雪と寒さで往来も途絶えがち、上水の舫舟《もやいぶね》に羽を休めた鷗さえぴくりとも動かない。

「おう、伊庭さん」

八郎を迎えた速水三郎は、ちょっと怪訝な顔をした。非番の八郎が雪の降る中をやってきたからだろう。だが八郎から、

「諏訪隼之助は出役していますか」

と訊かれると、さらに表情を変えた。

速水は無言で八郎を小部屋へ連れ込むと、あらためて諏訪は無断で休んでいると告げ、

「隼之助と会ったのかね」

声を潜めて八郎の顔を見た。

会ったどころの話ではない。八郎は言った。

「速水さん、おいら、少し前に御成街道で隼之助と抜き合わせたばかりです」

それから、ありのままを速水に話した。速水は何度もうなずきながら、聞き終わると、やっぱりそうか、という顔つきになり、

「隼之助には前からそれとなく、馬鹿な真似は止めるように、言ってたんだが……」

悔しそうに唇を噛みしめた。

八郎は、速水が陰でそういう努力をしていたと初めて知ってうれしかった。

「隼之助は役所へ戻って来ますかね」

「戻るといいが難しいな。三日や四日は病気で誤魔化せるが、それ以上は親元養家先も放ってはおけまい。そうなると脱走人だ」

「脱走人……」

八郎は考え込んでしまった。諏訪隼之助という男がまた解らなくなった。

速水が煙草盆を押して八郎に勧めた。一服すると少し落ち着いた。

速水は真顔で言った。

「悪女の深情けというやつだな。ここまで惚れられると後が恐ろしい。何しろこの手合いは執念深い。用心しねえと……」

「捕まったらどうなります」

「軽くて切腹、死罪が相当だろう」

「何とか引き戻す手はありませんか」

「あんたに同情されたら、隼之助は死ぬにも死に切れまいよ」

速水が厳しい目を八郎に向けた。そして冷めた口調でつづけた。

「伊庭さん、これはわたしの勝手な言いぐさだが、こんど諏訪に出会ったら決着をつけてしまいなさいよ。諏訪のためにもそうするべきです」

六

「礼子、お山へ花見物に行かねえか」

朝稽古がすんだあと、二人だけの隙をとらえて八郎は小声で言った。

「え、八郎兄さまと……」

礼子は目をはじいて義兄を見た。

「黒門前の佐兵衛から招ばれたんだが、佐兵衛が、よければお嬢さまもご一緒にと言うんだ。どうだ、付き合うか」

「まあ、うれしい」

礼子は袴を叩いて喜んだ。

「二十七日あたりが見頃だそうだ」

その二十七日の朝、八郎と礼子は別々に伊庭道場を出て、お山下へ向かった。

佐兵衛が住んでいる上野黒門前役人屋敷は、東叡山南麓にある小さな町で、通りを隔てて不忍池がある。家主は三軒あって交代で月行事《がちぎょうじ》を勤めているが、毎年二月下旬は、お山は花見物の人出で大変な賑わいになる。お山と関わる月行事が、一年を通してもっとも多忙な季節のはずが、

「今年は暇なんです」

と佐兵衛は意外なことを言う。今年は花見客を黒門でいちいち改め、脇潜りから入れていたが、今日からは一般花見客も入れないことになったという。

それというのが、かねて異人たちが御山内拝見を願い出ても、御門主様が頑としてお許しにならず、異人が馬で近づくと、そのつど御門を固く閉ざしてきた。ところが、近頃は府下を伸し歩いて、どこへでも勝手に入り込み、そのうえ洋服にザンギリ髪の武家も多く、どっちが誰とも見分けが付けにくいので、目の色で確かめねばならない。そこで二十七日からは、御本坊に用向きのある者だけを通すことになった、とこうなのである。

「贅沢な花見物ができますよ」

二人を茶屋へ案内して佐兵衛は言った。

山内の茶屋もほとんどが休業している。

全山満開の桜を独り占めに観られるのは、たしかに贅沢この上ないが、何か異様な感じもした。見晴らしのいい部屋に通され、酒肴が用意されると、すぐに佐兵衛は、

「私は、ちょっと御本坊まで用事がありますので失礼します。ごゆっくり」

と言って早々と座をはずした。

八郎は何となく落ち着かなくなった。

「さ、八郎兄さま」

礼子がうきうきして八郎に酒を勧めた。八郎はその盃を一息に飲み干すと、

「お前もどうだ」

とぎこちない手付きで、礼子に盃を突き出した。礼子はにっこりすると、

「頂戴します」

そう言って、一口飲んだだけで膳に置き、八郎の顔を斜めに見て微笑んだ。

八郎はさりげなく礼子の視線をはずすと、一望満開の山内の花景色へ目をやって、

「桜は、羶臊《せんそう》（獣肉の匂い、生臭い匂い）の風を嫌う、と佐兵衛が言っていた」

取って付けたように言った。そのわざとらしさが可笑《おか》しくて、礼子がまた笑っ

た。

「八郎兄さま、何が言いたいのです」

「つまり、桜は日本の名花だと……」

「うそ。もっと礼子に、言いたいことがありましょう」

こんどは八郎をやさしく睨んだ。昨日より今日というように、大人の女に成長していく、まぶしい礼子がそこにいた。

八郎もようやくいつもの自分に返って、

「なあ、礼子」

「はい？」

「お前、縁組の話が出ているだろう。相手は百石取りの御直参だってな」

「蘭学御用掛だそうです」

礼子は他人事《ひとごと》のように応えた。

「良縁だと思うがな」

「八郎兄さまは、縁組を勧めるために、礼子を花見物に誘ったのですね」

「いや、そんなつもりはねえ」

八郎が打ち消すと、礼子はまた笑って、

「分かった。お父上でしょう。礼子を説得して、嫁入りを承諾させるように、八郎兄さまに頼んだに違いありませぬ」

「そうじゃねえ。義父上が良縁と言われたのを思い出したから、おいらも勧めた」

「八郎兄さまは嘘をつくのが下手ですね。お顔にも嘘って出ている。でも、嘘をつくときのお兄さまって可愛い」

礼子が目を細めて手をたたいた。

からかわれても八郎は不快ではなかった。逆にそんな礼子が可愛かった。

「お前には負けたよ」

八郎は苦笑しながら酒を飲んだ。

たしかに礼子の言うとおりで、それとなく勧めてみてくれと義父母から頼まれたのだ。

秀俊夫妻が、なぜ八郎にそんなことを頼んだのか分からないが、この機会に八郎と礼子の気持ちが一つになってくれたらと、そんな淡い期待を持ったのかもしれない。そうなれば八郎の家督も望みが出てくる。

「でも、うれしい。八郎兄さまと二人だけで、花見物が出来るなんて……」

茶屋の前の爛漫の桜花が、二人のいる座敷まで花色に染め上げてしまいそうである。

「何だか、夢のよう……」

礼子は泣きたいような幸せを感じながら、一人ではしゃいだ。

七

江戸は将軍不在が続いている。

昨年十二月五日、やっと将軍職を襲《つ》いだ一橋慶喜は、そのまま京大坂の地にとどまり、関東の方は一顧だにしなかった。それでも慶喜は襲職以来、幕府内の「弊政改革」を大胆かつ強力に推し進めていた。

当面、フランス公使のロッシュを政治顧問に迎え、その助言に基づいて「兵機一新」を図り、これまでの幕府の軍事組織を根本から組み直した。

兵機一新の先頭に立ったのは小栗忠順《ただまさ》で、旗本以下の家臣をすべて銃隊とし、さらにフランスから軍事教官を招いて、横浜伝習所で三兵（歩兵、騎兵、砲兵）の教育を始めた。

またこの三月には、オランダに発注していた最新鋭の軍艦開陽丸が、オランダ留学中の榎本武揚や沢太郎左衛門らを乗せて、横浜へ入港した。

改革は軍制面だけではない。老中制度も月番制を廃止して五局制を創設し、各局総裁に老中を専任させて責任の所在を明確にし、その上の首班に首席老中を置い

た。すなわち、
首班（首相）板倉勝静
国内事務総裁（内相）稲葉正邦
外国事務総裁（外相）小笠原長行
会計総裁（蔵相）松平康英
陸軍総裁（陸相）松平乗謨
海軍総裁（海相）稲葉正巳
という任命で、今の内閣制度に近い組織である。
これらの改革が新将軍慶喜の巻き返しとして、朝廷内の倒幕派や長州、薩摩の倒幕派勢力を圧迫し、焦燥を募らせていることも事実であった。
長州の桂小五郎は、「一橋の胆力は侮れない。家康の再生を見るが如し」と言い、公卿の岩倉具視は「その志は小ではない。軽視すべからざる勁敵《けいてき》だ」と警戒を強めている。
ところが江戸における慶喜の評判は芳しくなかった。将軍不在が大きな原因だが、慶喜の不評を増幅させたのは、上方の政情が正確に伝わらないためもあった。慶喜が江戸を一顧だにしないのは、顧みるゆとりもない激忙の中に置かれていたというべきだろう。

五月一日、遊撃隊三十人が上京することになった。将軍警護ということだが、分かりにくい京坂の情報収集が一方の目的だった。三番隊長は忠内次郎三で、組下に八郎の次弟の伊庭武司がいる。

中根淑が久々に伊庭道場へ現れたのは、三番隊が出立する前日の午後である。中根は道場主の秀俊に挨拶を済ませると、八郎の部屋へきて二人きりになった。相変わらず無精ひげを絶やさない中根を見て、八郎は言った。

「淑さんとは正月以来だ」

「そんなになるか」

「御用繁多のようだな」

「書物《ほん》を読む間もないよ、剣も鈍《なま》っている。後で道場で潁《さと》に揉んでもらおう」

「忠さんと武司は、明朝六ツ（午前六時）に出立するよ」

「その忠さんのことで来たんだ」

そう言う中根の目の色が少し変わり、

「忠さん、二年前から隠し妻がいたんだ」

「え、忠さんに……」

八郎は驚いた。むろん初耳である。いつもにこにこして冗談がきつい忠さんに、隠し妻なんて……信じられなかった。

　中根は何かに急かされるように続けた。

「それも労咳を患って、かなり弱っているらしい。昨夜遅く、忠さんがきてすべて話していった。お直さんといって、商人《あきんど》の内儀だったが、亭主というのが、別れてやるが離縁はしないという偏屈な男のため、忠さんたちは夫婦になれず、ずっとお直さんは日陰の身だったというわけだ」

　中根はそこで懐中から、鬱金《うこん》木綿の財布を取り出すと、八郎の前に置き、

「これが、妻の薬湯代と万一のときの入用だと言って、昨夜、忠さんから渡された金だ。そこで頼みがある。じつは、おれも明日の夕方、例の兵庫開港問題で急に大坂へ行くことになった。行けば当分江戸へは戻れない」

「分かった。財布はおいらが預かるよ」

　身につまされる思いで八郎は言った。

「すまねえ。忠内にもそう言ってあるが、お直さんの養生先も、財布の中に書いて入れてある」

「淑さんも大坂か、向こうで忠さんに会ったら伝えてください。お直さんのことは引き受けたから、心配ご無用と」

「持つべきは友だなあ、穎。うれしいよ」

中根は無精ひげを撫でて目を潤ませた。

「一本、合わせますか」

八郎が竹刀を握る格好をして見せると、

「穎とはずいぶん稽古をしてねえなあ、よし、やるか」

中根は勢いをつけて立ち上がったが、ふと思い出したように、八郎の顔を見て言った。

「諏訪隼之助の消息は、何か判ったか」

「判りませんね。両国の雑踏でそれらしき人間を見たとか、浅草の弾左衛門の厄介になっているとか、噂もないではないが、どれもはっきりしません」

「そうか。近頃の市中取締りは、菜っ葉の肥やしで掛け声(肥え)ばかりだ。わが身はわが身で守るしかねえな」

中根は八郎の肩へ手をかけると、並んで道場のほうへ向かった。

八

先に上洛した三番隊に続いて、遊撃隊頭取駒井但馬守が率いる隊士百十一人が上京したのは七月二十四日だった。

ついで翌二十五日、頭取桃井春蔵が率いる隊士百二十六人が江戸を後にした。言うまでもなく桃井春蔵は、江戸四大道場の一つ鏡新明智流「士学館」の当主である。

さらに翌八月二十二日と二十八日には、榊原忠五郎ほか二十五人、小林邦三郎ほか二十五人の隊士が追加要員として上京した。激動する京坂の情勢に応じるためである。

秋も深まった一日、八郎は忠内の隠し妻お直を養生先に見舞った帰りみち、本山小太郎を誘って鳥八十へ出かけた。

道々、もっぱらお直さんの噂になった。この夏がどうかと心配されたお直だったが、どうにか暑さの峠を乗り越えて、少し元気も出てきたようで、ひとまずほっとしたところである。それもこれも、

（小太郎と礼子のおかげだ）

と八郎は思う。

礼子はお直に同情し、せっせと養生先へ通って、親身も及ばぬ世話をしてくれている。また隣家の伊東玄朴に頼んで高麗人参を手に入れたり、とにかく一生懸命である。

本山小太郎は伯父の漢方医に無理を言い、月二回の往診と投薬を約束させて、これも大いに助かっている。

「小太郎にも面倒かけたな」

八郎が礼を言うと、本山は、

「おれは口を利いただけだ。礼を言われるなら、おれよりお嬢の方だろう」

と自分のことは問題にしない。

お直の養生先は、隅田川東岸の三囲《みめぐり》稲荷の百姓地で、そこの農家の離れを借り、通いの婆さんを頼んで養生に努めている。静かで空気も澄んでいて、病人には申し分ない環境だが、川向こうで少し遠いのが難である。

「和泉橋を朝早く出かけても、病人の世話をして帰るのは午後だろう。ほとんど一日がかりだ。伯父からの又聞きだが、お嬢の世話は痒いところへ手が届く、ありがたいと、病人が泣いて話をするそうだ」

そう言われると八郎も悪い気はしない。

「剣法しか能がないやつだと思っていたが、女らしいこともやるんだ」

つい本山に調子を合わせると、

「お嬢はいい女房になる、どうして八郎はお嬢と夫婦《いっしょ》にならねえのだ」

話が妙な方へ逸れてきた。

「その話なら、しない約束だろ」

八郎はかるく言ったが、本山はやめなかった。

「お嬢はおまえに惚れている。おまえだって、お嬢を可愛がってきたじゃないか。吉原のは吉原でいい。伊庭（秀俊）先生も周りも、おまえとお嬢が夫婦になるのを望んでいる。おれだってその方がいいと思う」

「小太郎」

八郎はすこし強い調子で言った。

「分かっている。だから、もう言わないが、お嬢の気持ちも汲んでやれ、このままでは、お嬢がかわいそうだ」

本山はいつになく弱気になって、声までだんだん凋《しぼ》んできた。

家督の話や礼子の話は、八郎の気持ちや立場を考えて、なるべく触れないように、成り行きに任せようと、仲間同士の間で申し合わせがあったのだ。

「………」

「………」

すこしのあいだ気まずい沈黙が流れた。

だが、この程度でおかしくなる二人ではなかった。これまでも本音をぶつけ合って、喧嘩になったことは何度もあったが、たいがい朝が来れば元の仲にもどっていた。

鳥八十へ着いて飲みはじめると、わだかまりは跡形もなく消えていた。

「鴨はこれから脂が乗って旨くなるんだ」

鎌吉が煮込んできたおでんから、鴨のたたきを取り皿に受けていると、本山がその八郎の手元を見ながら、

「八郎、お直さんて美人だなあ、若い女が胸を病むと綺麗になるというが、肌なんか透き通るように真っ白だ。髪は漆黒だし、目は優しくて深いし、忠さんが岡惚れするのは無理もねえな」

うっとりするような目をして言った。

「小太郎、もう酔ったのか、忠さんに聞こえたら一刀両断だぞ」

「重ねて置いてか」

「ばあか、それくらいにしておけ」

鳥八十の階下がにわかに騒がしくなったのはそのときである。客が何か喚いているらしい。それも一人ではない。四、五人から七、八人もいて言葉が聞き取りにくい。

「歩兵組ではないか」

耳を立てていた本山が言った。

「のようだな」

八郎が応じると、本山が、

「長州帰りだろう、暴れ出すようなら放っておけねえな」

八郎は、歩兵組が吉原で乱暴したという小稲の話を思い出した。長州征伐の中止で江戸へ戻ってきた歩兵組の中には、江戸や諸国の無宿者もいて、それらが自棄を起こして、市中の盛り場へ大勢で押し出して、むやみと乱暴を働くのである。

鳥八十の鎌吉が、お芳の見舞いに深川へ出かけた日も、新地（越中島）の遊女屋へ上がった兵隊が暴れだし、遊女屋三軒を打ち毀したという。一方では面白がって、往来で犬を切り殺したり、天水桶をぶちまけたり、駒寄せを壊したり、手がつけられない狼藉をはたらく者もいた。

どうやら階下の騒ぎも無頼歩兵の言いがかりが、騒ぎになったらしい。怒声も物音も前より大きくなってきた。

「そろそろ灸をすえに降りてゆくか」

「そのうち手に負えなくなれば、鎌吉が呼びに上がって来るだろう」

「あれで鎌吉も気が強いから、怪我でもしたら大事だ。やっぱり降りていこう」

「それもそうだな」

二人が刀をつかんで腰を上げたところへ、鎌吉ではなく、店の主人の藤左衛門と小僧が、青くなって上がってきた。

「じきに騒ぎは収まるから心配するな」

本山が笑って言った。

大政奉還

一

将軍慶喜が大政奉還の上表書を朝廷へ提出したのは慶応三年（一八六七）十月十四日である。朝廷は翌十五日、これを承認した。

この報せが伝わると、江戸は騒然となった。大政奉還とは何なのか、旗本たちは言葉で解っても実感できなかった。

老中は総登城を命じて大評定《だいひょうじょう》が開かれたが、衆議紛々として収拾がつかぬありさまである。長い間、戦を知らずに来た男たちは、こういうときこそ冷静沈着に対処するのが武士であることを忘れてしまっていた。

そんな中で勘定奉行の小栗忠順がひとり泰然として主戦をとなえた。

「ただちに兵を上京させ、将軍に抵抗する諸藩と交戦して京都から駆逐せよ。さなくば、将軍を連れ戻し、江戸城に拠って関東を固め、西の諸藩を迎え撃て」

かくて、老中稲葉正巳、若年寄永井尚志《なおむね》、大目付滝川具挙《ともたか》らが、急遽、上京することになり、二十四日、幕艦順動丸に搭乗して西へ向かった。つづいて二十八日には、若年寄の石川総管《ふさかね》らが歩兵、騎兵、砲兵の三兵を率いて富士山丸に乗り組み品川を出帆した。さらにその後を、憤激した旗本が続々と陸路を西上した。

その頃、京都の情況はどうであったろう。

薩摩藩と長州藩が倒幕挙兵の盟約を結んだのは九月十八日である。二十日には広島藩と長州藩が出兵盟約を結んだが、この間に土佐藩と薩藩が接触し、倒幕派は武力討幕の方向に大きく進んでいた。

十月三日、土佐の山内容堂が大政奉還建白書を老中板倉勝静《かつきよ》に提出すると、六日には、薩藩の大久保利通、長藩の品川弥次郎、公卿の岩倉具視らが会合して王政復古を協議し、八日には薩、長、芸藩が討幕の宣旨を賜うことを請願した。

ここにいたって十四日、つまり慶喜が大政を返上したその日に、岩倉と三条実愛《さねなる》は「討幕の密勅」なるものを極秘裏に作成し、これを薩摩の大久保と長州の広沢真《さね》臣《おみ》に授けた。これは慶喜を賊臣として討伐せよというもので、いざというときは、これを討幕の名分にするためである。

当然ながら遊撃隊にも衝撃が走った。

遊撃隊は一番隊から十五番隊まである。一隊が約二十五人から三十人で計四百人余の編成だが、各隊に隊長がいて、その上に頭取並（副頭取）十二名、頭取七名がいる。少数精鋭である。本を質《ただ》せば奥詰（将軍親衛隊）、講武所（幕府武道場）から選りすぐった剣槍術の手練者ばかりの、しかも生粋の旗本、御家人の集まりである。

この中で、伊庭八郎は「奥詰銃隊」が「幕府遊撃隊」に改編されたとき六番隊の隊長となり、同時に速水三郎は七番隊、本山小太郎は十番隊、忠内次郎三は三番隊の、それぞれ隊長になっていた。

精鋭を誇る遊撃隊の激高は格別だった。火山の噴火に似ていた。

「将軍慶喜の大政奉還は、薩長の狡猾奸悪な策謀に乗せられたものだ。われわれも幕府のためにただちに上京して、事の真相を見極めねばならぬ」

総じて旗本、御家人は徳川に仕える武士という意識が強く、誇りと忠誠心で固まったものが多い。その意味では、八郎も本山も忠内も徳川に忠節な御家人だった。

それでも中には、速水三郎のように冷静に事態を見ている男もいないではなかった。速水はその日、遊撃隊屯所で会った八郎をつかまえて話したものだ。

「将軍が政権を返上するはずがないと、将軍以外は、敵も味方もみんな信じていた。そこへ慶喜さんが政権返上と出た。これで討幕派が虚を衝かれた。政権を返上されては幕府を討つ名分が無くなるからね」

速水はかねて慶喜の政治手腕に感服した男である。今も感服の表情をしていた。

「朝廷だっていきなり政権返上されては困るだろう。朝廷が天下の政治をすぐ行えるわけがない。そこで朝廷が諸侯会議を召集したら、慶喜さんが議長になって会議を主導すれば、政権は一時御所へ預けるだけで、また徳川にもどることになる。慶喜さんはそこを狙ったのさ」

（なるほど……）

と八郎は思った。八郎は昨年の京都出張いらい速水を敬愛していた。中根淑とは異《ちが》った意味で速水が好きになった。中根は兄貴のようだが速水は大人の感じである。しかもこの大人は、自分の弱さや醜さ恥までも、平気でさらけ出して隠そうとしない。

「代々の将軍はみんな大らかで、朝廷や家臣まで騙そうなんてことは考えもしなかった。将軍はその方がよかった。ところが慶喜さんは違う。老中や謀臣がやるような術策まで自分で考え実行してしまう。そこいらが周囲から誤解されてしまう因《もと》なんだろう。慶喜さんは、政権を投げ出したのではなく、旧幕府の権力温存を図り、兵備を増強しながら、大政奉還という奇手を用いて武力倒幕派に肩透かしを食わせたのさ。まさに貴種だね、慶喜さんて人は……」

ひとくさり、慶喜礼賛をブチ上げると、速水は、

「明日、遊撃隊にも上京命令が下る。進発は二十四日と二十五日の両日だ」

と小声で知らせてくれた。情報の早さはさすがだった。そして最後に言った。

「伊庭さん、別れを惜しむひとがいたら、今日明日しか時間はないよ」

二

翌二十二日、遊撃隊の西上命令が下り、屯所に張り紙が出された。

「十月二十四日、遊撃隊副頭取服部駒一以下、十一、十二、十三、十四の各隊百八名。

十月二十五日、遊撃隊頭取今堀登代太郎以下、六、七、八、九、十の各隊百四十名。」

そして八郎は、本山や速水とともに今堀登代太郎頭取の指揮下に入った（以下、しばらく今堀の率いる遊撃隊を、とくに今堀遊撃隊と称することにする）。

夜道を八郎は吉原へ急いでいた。あいにく駕籠屋が出払っていたが、小稲と会うには今夜しかなかった。

この時刻では、御職の小稲には客がついているだろうが、小稲のことだから、たとえ短くても二人の時間を作ってくれるだろう。ただ会いたい気持ちでひたすら歩

いた。

下谷広徳寺の地先まで来たときだった。前方の暗がりから人影が現れた。気が逸《はや》っていたためか、その気配に気づくのが一瞬遅れたが、八郎には人影の正体がすぐに分かった。すると相手の方が先に声を発した。

「伊庭さん。私との勝負を決めないうちは、西上はさせません」

(また、おめえか)

八郎は油断なく身構えて立ち止まった。闇に慣れた目が、はっきりと諏訪隼之助の姿を捉えていた。ちょうどそこへ、八郎の背後から按摩が早足で近づいて来た。客に呼ばれて急いでいるのか、目の不自由な按摩はそのままひたひたと進んできて、

「お晩でございます」

挨拶しながら、杖先を泳がせて二人の間を通り抜けようとした。

瞬間、諏訪の抜き打ちの一刀が鞘走って、按摩の肩口を見舞っていた。

「――」

按摩は悲鳴を上げるゆとりもなく、その場に即死していた。

(何てことをする)

罪もない相手を――八郎の中に怒りの灯が点った。以前、速水から言われたよう

に、決着をつけるときだと思った。八郎は息を測ってゆっくりと四谷正宗を抜き放っていた。

「諏訪隼之助、望みどおり、おいらの剣で地獄へ送ってやろう」

八郎にしては無駄口に近い言い方だが、

「ふ、ふ、ふふ、ふふ……」

薄気味わるい諏訪の笑いが返ってきた。

笑いが闇に呑まれたとき、二人は左と右に動いた、と思った瞬間、低い気合とともに、地を蹴り風を切って駆け違い、体《たい》を入れ替えていた。

すると、またもこのとき、八郎の後方に明かりが二つ、ぽっと浮かび出た。

「むうっ」

諏訪の苛立つ呼吸が、かすかにこっちへ伝わってきた。明かりは提灯だった。しだいに大きくなって近づいてくるが、ふいに途中で高く掲げられた。こっちの二人に気づいたらしい。にわかに提灯は速度を速めて接近し、人影もはっきり浮き出して、市中見廻りの御用提灯だと分かった。

諏訪は明かりをにらみながら、八郎からも目を離さずに、

「私は決してあきらめはしない」

そう言い捨てると、血刀を下げたまま後じさりして向きを変え、闇の向こうへ駆

け去っていった。

まもなく提灯をかざして三人の男が、八郎の周りへ走り寄って来た。別手組の市中警戒だった。

別手組は外国の公使やその家族、職員などに付き添って警護する小役人だが、八郎の足元に転がっている死体に気づいて、

「按摩が殺されている」

と驚いたが、死人が管轄外の市井の按摩なので、ほっとしたらしく、一人が近くの番屋へ連絡に走っていった。異人斬りが流行っているのだ。残った二人が八郎の身分を質してきた。

「幕府遊撃隊頭取今堀越前守御支配遊撃隊六番隊長・伊庭八郎秀穎」

八郎が形式通りに応えると、相手はにわかに丁重な態度になったが、番屋の者が来て事情を聞くまでは、ここに居てもらうと言って、八郎の身柄を拘束した。

やむなく八郎は彼らに従ったが、時間がどんどん過ぎていくのが気が気ではない。

ようやく自由になったときは、頭上には二十三夜の弦月が昇っていた。時刻にすれば九ツ（午後十二時）に近い。

吉原の大門は四ツ（午後十時）には閉ざされてしまう。その後は脇のくぐり戸が

使用され、中引け（午後十二時過ぎ）になると、どの見世も大戸を下ろしてしまう。小稲のいる稲本楼も例外ではない。

中引けに間に合うか、小稲に会えるか、一丁が五里に感じる夜道だった。八郎は歩きながら、ときどき頭上の月を見上げた。

二十三夜の弓張月に祈りを掛けると、願い事が叶うという。今は、子供みたいに、月に祈りを掛ける八郎だった。

三

稲本楼には無理も言える八郎だが、楼主の治左衛門も心得ていて、すぐさま八郎を客部屋へ通すと、二階回し（遣り手婆）に万事うまく運ぶように言い、二階回しはさっそく小稲に知らせ、あとは小稲次第になる。

しばらく待たされたあと、小稲が心配顔で部屋へ入ってきた。

「八さま、どうしました」

八郎がこんな時間に出しぬけに会いに来るなんて初めてのことである。

「藪から棒で済まねえ、客はいいのか」

「何とか言い繕って、小半刻（三十分）のおひまをいただいてきました」

「また京へ上ることになった。そいつを言いに来たんだ」

驚くと思いのほか、小稲は落ち着いて、

「急のお立ちでしょうか」

「二十五日だ」

「あと……二日」

小稲は、指を折りかけた手を膝へ下ろして、視線を遠くした。まだ見たこともない都や大坂の町が、瞼の裏に模糊と広がっていた。その風色の中に伊庭八郎がいる。

小稲はその八郎と目の前にいる八郎を、等分に見ながら言った。

「御公儀の軍勢があちらへ行けば、西国の雄藩と戦になるのでしょうか」

大政奉還のことは小稲の耳にも入っていた。江戸城中が鼎《かなえ》のごとく沸騰しているということも、小稲は先刻承知でいた。吉原は遊所だけのものではない。幕府や諸藩の社交場でもあり、商人たちの取引の場でもある。どこよりも早く情報は伝わる。

「それは分からねえが、戦の覚悟は必要だろうな」

「かくご……」

小稲は低くつぶやき返してから、手を合わせて八郎に言った。

「八さまにお願いがあります」

「小稲の願いなら、何でも叶えてやりてえが、いったい何だ」

「いつぞや武蔵さまのお話を聞きました。武蔵さまは馴染みの遊女に見送られ、元吉原から出陣したというお話でした」

「そうだ。雲井という格子（女郎）だ」

「その雲井さんの話を、楼主《とと》さんから聞きました」

小稲が楼主の治左衛門から聞いた遊女雲井の話とはこうである。

雲井は元吉原新町の河合権左衛門抱えで、武蔵が島原一揆に出陣するとき、自分が着ている小袖をほぐして、武蔵の陣羽織の裏に縫いつけ、武蔵はこれを着て戦場を駆け、無事に凱陣したというのである。

「忘八《くつわ》学問だな、面白い」

「お願いとはこのことです。私も雲井さんのように……」

恥ずかしそうに小稲は両手で頬を押さえると、上目で八郎を見た。前から考えていたことだった。はじめは単に思い付きだったが、今は本気でそう思っていた。

「わかった。おいらの陣羽織が要るんだな。しかし今から間に合うのか」

「朝になったら、廓の若い者を御屋敷まで取りに行かせます」

「それには及ばねえよ。こういうことは鎌吉に頼むに限る。おいらに任せな」

「うれしい」

小稲は目を潤ませた。

「おいらもうれしいぜ」

「離れていても、これからは八さまといつも一緒にいられます」

「それならおいらからも頼みがある。同じ縫い付けるなら、鹿の子の長襦袢がいい」

小稲の頬がぽっと赤くなった。

鹿の子緋縮緬の長襦袢は八郎と床を一緒にするときだけ、小稲が素肌へじかに着る寝巻きである。

「八さま」

「……」

八郎は無言で小稲を抱き寄せた。

「指切り、しましょう」

小稲が声を弾ませて、八郎の前に小指を立てた。細くてしなやかな小指だ。八郎はその手をとると、そっと指先を嚙んだ。

「かならずご無事で戻ること」

小稲が言った。

「よし、指切りだ」

八郎が笑って小稲の小指に小指を絡ませた。こんどの上洛は切迫した情況を孕《はら》んでいる。命の保障があるわけでもない。小稲にしても、指切りなんてその場の気休めだったかもしれない。それでもよかった。嘘でも気休めでも、無事に戻ると約束しよう。

八郎は絡めた指を上下させた。

「指切りげんまん……」

小稲の目から涙があふれてきた。

廊下の外で、このとき妓夫太郎のねずみ鳴きがした。約束の時間がきたという合図である。小半刻（三十分）はまたたく間のことだった。八郎と小稲は、しっかりと抱き合い、熱い唇をかさねて別れを惜しんだ。

四

鎌吉が小稲から託された陣羽織の包みを、和泉橋へ届けたのは、遊撃隊出立前日の夕暮れ近くである。八郎は別棟の秀俊に出立の挨拶を済ませてきたところだった。

「手間をかけたな」

「手間をかけたのは花魁の方でしょう。今朝、客を帰してから、お針子の手も借りず、一人で寝ずに縫い上げたんですよ。あっしが顔を出したときは、花魁、目を赤くしてやした。あれは泣きながら縫い上げて……」

「分かった、鎌吉。もう言うな」

包みを開くと、きちんと畳まれた陣羽織の上に、掌ほどの錦の袋があった。八郎も見覚えのある、小稲が愛用している銀拵えの懐中鏡だった。

(形見のつもりだろうか)

そう思うと、泣いて縫ったという鎌吉の言葉が胸に迫ってきた。

陣羽織を見ると、裏地をいったんほどいて、中へ襦袢を縫い込んでから、元通り、ていねいに裏地を当ててあった。

(ありがとよ、小稲)

八郎はいちど陣羽織に腕を通してから、懐中鏡と一緒に包み直すと、

「鎌吉、ちょいと出ようか」

鎌吉を連れて向こう通りの蕎麦屋へ入った。

まだ宵の口というのに客は一人もいなかった。

小座敷に入ると、里芋の煮付けに蕎麦掻で鎌吉と一杯やりながら、八郎はいつに

ないしんみりした口調で話した。

「こんど上方へ行ったら、当分、江戸へは戻れねえだろう。今も義父上《ちちうえ》と話をしたんだが、戦は出来れば避けたいが、討幕一本の相手ではそれも難しいということだ。戦となれば何が起こるか分からねえ。万一ということもある。そこでおめえに頼みがある」

「ちょいと待ってくださいよ、若先生。縁起でもねえ」

鎌吉の口がとがった。

「万一の話だよ。おいらだって死ぬなんて思っちゃいねえさ」

「当たりめえでしょう。そんなに安っぽく死なれてたまるもんか」

「まあ聞いてくれ。おいらが万一死んだときは、小稲を頼む。あれのことを頼めるのは、おめえと佐兵衛しかいねえのだ」

「そりゃ若先生の頼みとありゃ、鎌吉は何でもしやすが、今から死ぬなんてことは言いっこなしだ。大丈夫、花魁のことなら任しておくんなさい」

「それを聞いて安心した。ありがとよ、恩に着る」

「そんな他人行儀な。あっしは若先生の家来なんですから。さ、いきやしょう」

鎌吉が徳利を上げて八郎にすすめ、八郎は鎌吉の酌を受けながら、

「小稲は五年前に父親を病気で亡くして、今は天涯孤独の身の上だ。この世で頼り

はおいらだけと思っているんだよ」

「ご浪人だったそうですねえ」

「高松藩の納戸役だったが、上役の罪に連座して召し放ちになった」

「帰参は叶わなかったんですねえ。お気の毒に、それで、おっ母さんは……」

「母親とは早くに死別したようだ」

「いけねえ、もう、その先は……」

江戸っ子の料理人は涙もろくて、それだけで俯《うつむ》いてしまい、言葉が続かない。

鎌吉とは蕎麦屋の前で左右に別れた。

外は星も見えない暗い夜で、薄ら寒い風が吹いていた。懐手をしてぶらぶら戻りかけ、ふと向こう通りの道場を見ると、表に面した武者窓から微かな明かりが洩れていた。

余程のことがないと、夜は道場は使わない。

(今じぶん誰だろう……)

内弟子は置かないから門弟が稽古をしているわけはない。礼子か、と思ったが、それにしてはいやに静かだ。稽古ならそれらしい物音や掛け声がひびいてくるものだ。

八郎は道場の脇から裏手へ廻り、連子窓《れんじまど》の隙間から中を覗いてみた。正面奥の神殿に灯明が上がり、その前に人が正座していた。背後の床板に巨大な影が伸びている。

（礼子――）

背後は真っ暗だが礼子だと分かった。礼子は熨斗目《のしめ》に袴をつけた武士の正装で、白襷を掛け、白鉢巻を締めていた。身動きもせず、神前に何かを念じているように見えた。八郎はどきりとした。武家が出陣前にする「戦勝祈願」が掠めたのである。

礼子が出陣のいでたちで神前に祈願をしているということは、礼子はまた戦立ちする気でいるのではないか。

相次ぐ遊撃隊の上洛に、礼子の中の武士の血がふたたび騒ぎはじめたのだろうか。礼子は剣術は続けても、武士はあきらめたものと思っていたが、そうではないらしい。

八郎は迷った。このまま知らないふりでいればいいのか、引き止めるべきなのか。

するとそのとき、思いがけないことが起こった。神殿の脇の戸口から、秀俊が道場へ入ってきたのだ。礼子がすぐに気がついて、

「お父上――」

声をかけた。秀俊は戸口に立ち止まり、そこから礼子に向かって言った。

「八郎どのを追うことは父が許さぬ。それでも行くというなら、父はおまえを斬る」

五

今堀遊撃隊は予定通り十月二十五日午前六時、江戸を発し東海道を西へ上った。

隊士の軍装は幕府が制定した洋式軍服の者もいたが、昔ながらの鎖帷子《くさりかたびら》に籠手《こて》胴を着け、高袴に打裂羽織《ぶっさきばおり》、陣笠を被った者も少なくなかった。剣客で構成された剣槍集団の軍装が古めかしいのは無理もないとして、小銃をはじめから携行しない者さえもいた。

この点、幕府の軍制改革は、遊撃隊には徹底しなかった。というより隊士のほうが素直に受け入れなかったと言うべきだろう。

その頃、京都では、慶喜が将軍の辞表を朝廷に提出していた。だが朝廷は、

「諸大名が参集して会議を開くまでは、将軍は従来どおり政務を遂行するように」

と命じ、将軍職辞職を許可しなかった。

そして朝廷は改めて全国二百六十余藩の藩主へ、十一月までに京都へ参集するよ

うに命じたが、召命に応じて上京したのは京都周辺のわずか十六藩で、ほとんどの大名は理由を構えて腰を上げなかった。

また先に討幕派に下された「討幕の密勅」も延期とされたため、ここまでは慶喜の「大政奉還策」は奏効していた。

今堀遊撃隊が江尻の宿場へ入ったときである。速水三郎が六番隊の宿陣へやってきて、八郎に言った。

「諏訪隼之助が江戸から隊の後をずっと尾けてきている」

「そんな気がしてました」

八郎はさほど驚かなかった。

「最初は神奈川の宿で見かけたが人ごみで見失った。だが二度目は興津の清見寺の茶店にいるのを確かに見た。菅笠を被ったままでいたが、わしの目が見誤るはずはない。あれは、諏訪隼之助だ」

酒好きの速水は竹水筒に酒を入れて携行し、今もそれを飲みながら話をしている。服装は呉呂服の上着と段袋《だんぶくろ》（ズボン）のままで、出発時と変わらず、めったに着替えもしないでそのまま布団へもぐりこむらしい。

八郎は言った。

「たいした執念だが、京都へ着くまでは仕掛けてこないでしょう。道中を狙うのはかえって危険だと諏訪も分かっているはずだ」
「こっちから仕掛ける手もあるよ。諏訪を見つけしだい討ち果たす、この方法なら京都まで待たずに早く片がつけられる」
「速水さん、おいら、無理に勝負をする気はない」
「だろうな。それなら、都へ行ってから、諏訪隼之助の墓標を建ててやるといい」
速水もかくべつ乗り気ではないようで、話はそれきりになった。そして京へ着くまでは何事も起こらなかった。

今堀遊撃隊が京都へ入ったのは十一月五日である。その京都ではふしぎな現象が起こっていた。「ええじゃないか」の狂騒である。

事の起こりは十月二十二日、京師《けいし》の空から皇大神宮の御札が降ってきたことに始まる。人々ははじめ白鷺の舞いかと思ったがそうではなかった。神札だった。「ありがたい」ということで、騒ぎはたちまち群衆の踊り込みとなって洛中洛外に波及したのである。

宿所へ入った今堀遊撃隊は、初めて目撃する民衆の爆発に目を見張った。それも昼となく夜となく、老若も男女も区別なく、男は女装し女は男装をして、三味線や太鼓を鳴らして踊り狂うのである。

ええじゃないか　ええじゃないか

こめこに　紙張れ
やぶれたら　また張れ
ええじゃないか

祭りでもない、暴動でもない、この異常なエネルギーが、関東しか知らない多くの隊士にはふしぎでならない。

「都は狂人の集まりか、いったいこれは何の騒ぎだ」

「朝から晩まで、毎日、踊りまくって暮らしはどうなってる」

「空から降ってくる御札も大神宮から大黒天、天満宮、住吉稲荷、地蔵菩薩、弘法大師、毘沙門天、何でもありで、ところ嫌わずだ」

この爆発的な「ええじゃないか」の喧騒が渦巻くさなか、河原町三条で二人の男が殺された。十一月十五日のことで、殺したのは幕府見廻組の佐々木只三郎ら六人で、殺されたのは元土佐藩士で薩長同盟を策した坂本竜馬と中岡慎太郎だった。

六

慶喜の大政奉還で、出鼻を挫かれた討幕派の焦りは頂点まできていた。このままでは幕府の勢力は温存され、政権はふたたび徳川に帰してしまう。

そこで討幕派が綿密に練り上げたのが「王政復古」のクーデターだった。武力をもって御所を固め、天皇を手中にして朝廷から幕府の勢力を一掃する計画である。新天皇はまだ政治力も備わらない十六歳の幼帝(明治天皇)である。首謀者は西郷隆盛、大久保利通、木戸孝允、岩倉具視ら討幕派の首魁たちであった。そしてその日はやってきた。

十二月八日に行われた朝議は、慶喜の参内がないまま翌日まで及んだが、九日の夜明け、ついに「王政復古の大号令」が下り、天皇親政の方針が打ち出されて、幕府の廃止、慶喜の辞職、京都守護職、京都所司代の解任が決められた。

その頃から御所の周辺はにわかに騒がしくなり、陣羽織を着た騎馬武者たちが東西に走り抜けた。御所の警衛は特にきびしく、建礼門、建春門には薩藩兵がびっしり取り詰めた。

慶喜のいる二条城には、退京を命ぜられた会津や桑名の藩兵が詰めかける。七条辺りには長州の兵が鳥羽方面から入り込んでくる。何だか分からぬが、戦争が起こるという噂で市中は一時に騒ぎ出した。

そうしてこのときも天から御札が降り、「ええじゃないか」の踊り込みが京の町中に起こっていた。

ええじゃないか　ええじゃないか

戦になっても　ええじゃないか
狂騒は夜も続き、その夜、さらに開かれた小御所会議で、最終的に慶喜の官位辞退、所領返納が決定するのである。

王政復古の大号令と小御所会議の結果は、十日の朝、松平慶勝《よしかつ》（尾張）、松平春嶽（越前）らによって二条城へ伝えられたが、すでに朝議の風聞は城中にも聞こえていて、城内は激高と興奮の坩堝《るつぼ》と化していた。

とくに奥詰侍衛以来の遊撃隊と会津、桑名藩士たちの憤激が激しかった。

「まさしくこれは、薩藩の陰険きわまる奸謀だ、薩摩藩邸を襲撃せよ」

「宮廷へ兵を向けて君側の奸を除け、不敬は問題ではない」

といきり立ち、収拾がつかなくなった。

翌十一日、城中では老中格松平正質《まさただ》、陸軍奉行竹中重固《しげかた》、会津、桑名の重臣らが軍議を開いて薩邸襲撃の可否が論じられたが、ここでも激高するのみで意見は一致しない。

慶喜は迷っていた。ここで取るべき道は二つあった。どっちを取るかで悩んだ。

一つは、ただちに薩長勢と戦って彼らを叩き潰すことである。いま慶喜の手元には、幕府の直属部隊に会津藩兵、桑名藩兵、その他の兵を合わせて一万ほどの大部隊がいる。それに比べると在京の薩長軍はわずかである。戦えば勝てないことはない。

もう一つは、後図《こうと》を策して部下の憤激を鎮め、いったん京都を退いて、大坂城へ下ることである。辞官・納地を命令されても徳川の勢力はまだそのまま残っている。大坂城に拠って持久策を講ずれば、形勢逆転は充分可能である。慶勝、春嶽らは、こっちを慶喜に勧めていた。

慶喜は、悩んだ末に十二日の午後、ようやく後者を選ぶ決心がついた。直ちに下坂ということになったが、日暮れてからの出発に、会津藩の隊長たちが反対した。

「すでに夜に入ろうというときに、倉皇《そうこう》と下坂するのは危険この上ないことです。今より斥候を放ち兵備を整え、明朝、正々堂々、下坂なされますよう」

これに対し、慶喜は、

「余は逃げるのではない。遅かれ早かれ必ず悪公卿と薩長らの罪を問わずにはおかない。余には深謀があるが、謀事は密ならざれば洩れるものだ。今は明言すべき時機ではない」

と応え、逆に部下たちの沈静に努めよと諭した。

二条城の留守は、水戸藩士をひきいる大場一心斎が命ぜられたが、若年寄の永井尚志も城中に残った。

慶喜が松平容保、松平定敬、板倉勝静らを従えて、ひっそりと二条城の西門を出たのは午後六時近くである。辺りは蒼然たる暮色に包まれていた。何やら「都落ち」の惨めさが、ずっとこのあとも付きまとった。

やがてやってくる暗夜を見越して、慶喜は白木綿の両襷をかけ、容保以下は片襷をかけて、たがいの目じるしとした。従う者は一小隊ごとに提灯を灯し、ひとまずみんな鳥羽を目ざした。途中、はぐれても鳥羽へは真っ直ぐ南下すればいい。むろん今堀遊撃隊もこの中にいた。

出発してまもなく、路地の暗さや混雑で、慶喜も容保も勝静も、たがいを見失ったが、鳥羽口まで来て合流した。それから淀へ向かう。淀から橋本村へ入り、慶喜、容保らは旅籠茶屋市川屋で休息した。

橋本からは慶喜も容保らも騎馬になった。八幡を過ぎて枚方へ着いたころ、ようやく空が白みはじめた。枚方から大坂まではあと五里である。篝火を焚き、旅籠で作らせた握り飯を山と盛って将士たちに配った。

慶喜は床机に掛け、容保、定敬、勝静らは車座になって、火を焚き、暖を取り、酒を温めて酌み交わした。ここからまた往き、森口に至って昼飯をつかい、十三日、午後三時過ぎ、慶喜は大坂城へ入った。

七

遊撃隊の屯所は、天満の町奉行組屋敷が充てられたが、屯所に落ち着いても隊士たちは、まだ二条城の興奮から覚めなかった。

二条城からは翌日も、残された幕臣が続々と大坂へ下ってきたが、彼らと前後して、近藤勇が旧新撰組六十六人をひきいて下坂してきた。

新撰組は慶喜が去ったあとの二条城へ警護に入ったが、留守を預かる大場一心斎の水戸藩士と折り合いが悪く、永井尚志の周旋で、永井に従って大坂へ下り、ひとまず天満宮へ入った。

それを知って八郎と速水が、天満宮の新撰組屯所へ、見舞の鯛を下げて、久びさに土方歳三を訪ねたのは翌日の午後である。

土方とは池田屋事件の直後に所司代屋敷で会って以来である。おたがいに京坂の間にいながら思うように会う機会がなかった。今日は会えるかと楽しみにしていたが、またもあいにく土方は留守をしていた。

「ただいま副長は、近藤隊長と城中へ上がっていますが……」

応対に出たのは田村銀之助という十二、三歳の少年隊士だった。この春、新撰組に入ったばかりで、今は副長付をしているという。まだあどけない顔つきだが、はきはきした物腰で利発そうな少年だった。

いつ戻るとも知れないので、出直すことにして、速水が見舞の鯛を渡していると、そこへ副長助勤の永倉新八が通りかかった。

「やあ、速水さん」

永倉も速水と顔見知りである。

「副長は出ています。あいにくでしたな」

永倉も同じことを言ったが、速水が、

「明日にでも出直します」

と言うと、永倉は太い眉を寄せて、

「明日は新撰組はもうここにはいませんよ」

「いないって、どこかへ移るんですか」

「（会津）公用方から伏見鎮撫を命ぜられましてね、伏見奉行所へ入ります」

「それはまた忙《せわ》しない」

「副長にはよろしく伝えておきます」

そう言うと、永倉も忙しそうにして去っていった。

八郎と速水は屯所の外まで少年隊士の田村に送り出されて帰路についた。

「守護職が廃止になって、新撰組は『新遊撃隊御雇』と改まったのに、そんな名は受け付けず、永倉君もあの田村君も、みんな今までどおりの新撰組で押し通していた。そういうところが新撰組らしいねえ」

歩きながら速水が感心したように言った。

「近藤さんや土方さんの精神が隊風に反映しているんだな。近藤さんは二条城の親藩会議でも諸侯を前に『長州征伐は朝命による行動で幕府に非はない。それをいまさら暴挙とするのは筋道を誤っている』と堂々と自説を主張していますよ。世間は薩長の勤皇派を志士、志士というが、薩長の尊攘派だけが志士じゃない。おいらに言わせれば近藤さんや土方さんこそ本物の志士だと思う。同じ志でも一本筋が通っている」

八郎も新撰組の行動や近藤たちの生き方には、かねて共感するものがあった。

「狡さがないだけ純粋だ。ひたすら幕府のために尽くす誠忠は、恩義に慣れすぎた直参の忠誠とは一味ちがうな。ひたむきで、いじらしいものを感じるな」

「新撰組を伏見奉行所へ入れたのは、永井（尚志）さんの意向でしょう。このまま大坂へ置くより、伏見に配したほうが朝廷にも薩長にも睨みが利く」

「永井さんの目配りは相当なものだ。慶喜さんは、原市之進をはじめ切れ者の部下を、つぎつぎに暗殺されてしまったが、これからは永井さんが頼りになるだろう」

「どうなんです、慶喜さんは……」

八郎は訊いてみた。

陰険な手段で慶喜を締め出し、王政復古と天皇を手中にした薩長や討幕派公卿は、もちろん許せないが、親藩、譜代、旗本たちの激高をよそに、夜陰に紛れて逃げるように二条城を忍び出た慶喜にも、八郎は一抹の不安を感じていた。速水が言うほど慶喜の腕力に信が置けないのだ。

速水は言った。

「討幕派はとりあえず玉《ぎょく》（天皇）を得て、天下に号令できる立場になった。しかし慶喜さんがこのまま引き下がるはずはない。かならず巻き返しをするだろう。辞官・納地を決めたからって、朝廷も、どうすればいいか解っちゃいないし、徳川の領地も兵力もまだ削られたわけじゃない」

「慶喜さんは、武力行使はあくまで避けて、公議に従う考えですか」

「武力解決にはわしも賛成しかねる。幕府側には土佐の（山内）容堂、尾張慶勝、越前春嶽といった朝廷に影響力を持つ公議政体派の有力諸侯がいる。また幕府には強大な海軍力もあるし、外交上でも従来から徳川政府が日本の主権者として認められている。これだけ材料があって、慶喜さんの腕力があれば、武力を用いずとも政権は充分に奪回できると、わしは確信している」

速水は自信にあふれた口ぶりで応えた。ひところは幕府の将来を悲観していた速水だが、慶喜の政治力を見直してから、すっかり元気になっていた。

天満宮の境内を出て、大工町から同心町の角まで来たとき、速水が立ち止まった。

「伊庭さん、あすこを行くのは中根君じゃないか、ほれ」

速水が指差す方を見ると、同心町小路の先を歩いている一人の武士の後姿が、中根淑にそっくりだった。

「そうだ、淑さんだ」

二人は小走りに足を早めた。

中根は遊撃隊の屯所を訪ねていくところであろう。大坂湾の天保山沖には、慶喜が陸軍部隊と共に江戸から呼び寄せた幕府艦隊が停泊している。中根はその幕艦のどれかに搭乗していて、遊撃隊が大坂へ下ったことを知り、仲間に会うため上陸してきたにちがいない。

八郎は、すぐ背後まで近づくと、

「淑さん」

声を掛けた。中根がくるっとふり向いた。

無精ひげの顔が人懐こくにやっと笑った。

八

「新撰組の近藤隊長が、高台寺党一味の者に狙撃されて重傷を負った」

という報が大坂城に入ったのは、十八日の夜中だった。中根淑が屯所を訪ねてきた二日後のことである。

高台寺党は、新撰組から裏切り者として暗殺された伊東甲子太郎《かしたろう》の残党で、かねて復讐のため近藤を狙っていたが、たまたま一味の阿部十郎らが街中で近藤をみかけ、鉄砲を用意して先回りして近藤を待ち伏せた。

午後二時過ぎ、近藤は肥馬に乗り隊士二十人を従えて、街道を伏見へ向かっていた。一味の富山弥兵衛がそこを狙って狙撃した。弾は近藤の左肩を撃ち抜いて鮮血が流れた。近藤は馬上に伏すと鞍壺につかまったまま駆け去り、伏見奉行所の屯所へ走りこんだ。

左肩の傷はかなりの深手という。

近藤は、その夜、伏見の屯所で応急手当てを受けたあと、症状が落ち着くのを待って大坂城へ後送されたが、近藤の負傷を案じた慶喜は、直ちに幕医の松本良順を城中へ呼んで治療に当たらせた。

「命に別状ないようだ」

「当分、新撰組の指揮は近藤隊長に代わって、副長の土方さんが執るらしい」

新撰組は幕臣たちに人気があった。ことに近藤が隊長になってからの豪気な行動に好感が寄せられた。厳しい「隊規（局中法度書）」の中で一日一日命を張って生きているような男たちの鮮烈な姿勢も愛された。

要するに半分居眠りしてきたような幕臣たちにとって、死力を尽くす新撰組の忠節ぶりは、彼らが新参者であるだけに、快く受け入れられたのである。

近藤遭難は遊撃隊にもすぐ伝わった。夜更けに、速水三郎が八郎の部屋へやってきた。

「新撰組は近藤さんと土方の二人で持っているようなところがある。どっちか一人が欠けても、新撰組は崩壊の危機に直面するだろう。とにかく隊長が無事で良かった。傷が癒えるまでは副長の土方も大変だろうが、もうしばらくの辛抱だ。来年には徳川政権が戻って、いい正月が迎えられるよ」

外は朔風《さくふう》が吹き荒れていた。

相変わらず速水は竹筒の酒を離さない。八郎はその速水に鶉の味噌漬けを出した。

「鳥八十の鎌吉から、昨日、届いたところですよ」

「これは、珍味、頂戴する」

速水は鶉肉を箸に挟んで口にすると、

「ときに伊庭さん、諏訪隼之助は相国寺の薩摩屋敷で厄介人になっているよ」

「薩摩屋敷ですか」

「今まで黙っていたが、じつは京にいたころ、今出川でばったり諏訪と出会ったのだ。しばらく話をしてみたが、やつの頭にはもはや徳川も薩摩もない、あるのは伊庭八郎ひとりだけだ。わしの推量だが諏訪は戦の機会を待っているようだ。それもあんたの殺人刀が見たいからだろう」

「諏訪隼之助のことは、考えないことにしています」

「それがいいなあ」

速水はうなずくと、諏訪の話はそこで止め、近頃、うちの隊士がこっそり野良猫を飼い始めたが、これが今は隊中の人気者となり、名前を遊撃隊の一字を取って「ゆう」と付けて、可愛がられていると楽しそうに話した。

そうして、帰り際になって、またこんなことを八郎に告げた。

「わしは、世の中が新しく落ち着いたら、学塾を興して大勢の子供らに学問を教えることに決めたよ。これは一昨日、中根君が来たときも二人で話し合ったことだが、中根君もわしと同じ気持ちだと言っていた。諸外国が虎視眈々と見ている中で、日本人同士が国を二分して争って何の得がある。人間の争いほど愚かで醜いものはない。争いが戦になれば犠牲になるのは、いつの時代も無辜《むこ》の民だ。人間はそんな虚しい戦を昔から繰り返してきた。わしはそのことを子供たちに教えたい。どうしたら争いや戦のない平和な国が作れるか、人間が本来の善に帰るにはどうすればよいのか、それを子供たちと一緒に学んでいきたい。学問することは、人たることを学ぶことだと雨森芳洲も教えている。『学びて思わざれば則《すなわ》ち罔《くら》し』ですよ。はっはっはっ……」

と最後は豪傑笑いをした。

速水はすでに三十の半ばに近い年齢である。もう若いとは言えない。剣客としても限界が見えている。彼は彼なりに時代の節目を今からにらんで、進むべき新しい道を自身に課したのであろう。

まもなく速水は帰っていったが、北風の音が聞こえる夜寒の部屋で、八郎は、速水の言う「新しく落ち着いた世の中」とはどんな世の中なのか、しばらく考えていた。

九

あと十日余りで慶応三年は逝き、新しい年を迎える。速水の言い方をかりれば、「徳川政権が戻ってくる佳き正月」である。

たしかに下坂以来、大坂城中の慶喜は、全力をあげて巻き返しを図っていた。クーデターで獲得した討幕派の新政権は安定しないし、天皇親政といっても朝廷に今すぐ政治を行える能力はない。辞官・納地の決定で徳川の領地が右から左へ没収されたわけでもない。

慶喜が戦う余地は充分にあった。

二条城から下坂した時は、惨めだった慶喜も、十六日にはフランス公使ロッシュの後押しで、フランス、イギリス、アメリカ、イタリア、オランダ、プロシアの六カ国公使を引見し、徳川政権が国際的に日本の正当な政府であることを認めさせ、朝廷と討幕派に大きな圧力と脅威を与えていた。

さらに慶喜は「辞官・納地」についても、容堂、春嶽らの粘り強い宮廷工作によって、

「天下の公論に従って、徳川家も他の諸藩と同列に、政務経費を献上する」

という主張を貫いて、ついに朝廷から「内定書」を取り付けた。天下の公論とは平たく言えば諸侯（列藩）会議のことである。諸侯会議に従うことになれば、会議の主導者は前内大臣の慶喜が推されるのが至当自然の成り行きとなろう。

二十八日、慶喜は「内定書」に対する「請け書」を書いて春嶽らに渡した。

「一、辞官の儀は、前内大臣と称すべく、御政務御用途の儀は、天下の公論をもって御確定遊ばさるべしとの御沙汰の趣、謹んで承り候

一、御政務御用途の儀は、天下の公論をもって御決定、皇国高割をもって相供し候様相成らず候ては、臣子の鎮撫行き届き申さず、容易に御請けも申し上げがたく候えば、この段厚く御心得、御尽力これあり候様致したく候こと」

この瞬間、慶喜は会心の笑みを浮かべたにちがいない。「請け書」の文面には「どうだ」と言わんばかりの顔が透けて見える。

春嶽らは三十日、これを朝廷へ提出した。これで巻き返しは九分九厘成功した。あとは慶喜自身が参内して、辞官・納地の命令を謹んで受諾すればすべて完結である。

輝かしい新年は目前にあった。まさに勝利の喜びに浸っていた二十八日、江戸からの飛報が慶喜のもとへとどいた。その瞬間、慶喜の顔色がさっと変わった。

江戸でいったい何が起こったのか。

江戸では、しばらく前から、不逞浪人たちの強盗騒ぎが続いていた。それも一人や二人ではない。十数人から、時には数十人もの集団で、物持ちの家に押し入り、軍用金と称して大金を強奪した。

いわゆる「御用盗」である。幕府は府内十数カ所に仮屯所を設け、別隊組、撤兵組などが警戒取締りに当たったが、騒ぎは静まるどころか師走に入るとさらに激増し、一日に数カ所で発生するほど頻発した。

やがて、御用盗は三田の薩摩藩邸が雇った不逞浪人や無頼漢の仕業と判った。煽動者は薩藩士の益満休之助、伊牟田尚平らであることも判明した。これは先に慶喜の大政奉還で討幕の名分を失った西郷隆盛が、幕府を挑発して開戦の糸口を作るための謀略だった。

西郷の密命で江戸へ下った益満と伊牟田が、藩士の上京で空き家同然となった藩邸へ、五百人ものあぶれ者を集めて、江戸市中や関東各地の後方攪乱を始めたのである。

こうなると薩摩藩士の名を騙って御用盗をはたらく悪者まで出て、江戸の混乱はますますひどくなり、そのうち、

「薩摩屋敷の浪士たちが、大風の日を狙って市内数十カ所に放火して江戸城を急襲し、静寛院宮（和宮）と天璋院（島津斉彬《なりあきら》の養女・十三代将軍家定夫人）を奪い、薩摩へお連れする計画らしい」

という噂が市民の間に広がった。むろん噂を流したのは薩摩である。

江戸城中では、薩藩の暴戻《ぼうれい》に腹を据えかねた小栗忠順ら主戦派の幕臣たちが、薩

摩藩邸の焼討ちを強硬に主張した。

ところが二十三日の早朝、噂が現実になった。天璋院が住む江戸城二の丸御殿が女中部屋から失火して御殿が全焼したのである。薩摩浪士の放火とか、女中と浪士の通謀といった流言が市中に飛び交った。

しかも事件は二の丸炎上で終わらない。その夜、市中警戒中の庄内藩の三田屯所に、薩摩浪士が発砲したのである。庄内藩には、新撰組から分かれた新徴組が属している。ついに幕府強硬派の忍耐も限界にきた。

彼らは、即刻、薩摩浪士の討伐と薩藩邸の焼討ちを幕閣に迫った。幕閣もこんどは抑止できず、翌日、庄内藩、上ノ山藩、岩槻藩、鯖江藩の四藩に討伐命令を下した。

十二月二十五日の夜明け前、庄内藩兵二千人を主力に四藩兵が赤羽橋に集合し、三田薩摩屋敷へ向かった。薩邸は四藩の砲撃にあってたちまち火炎に包まれた。邸内には益満、伊牟田以下二百人がいたが、五十人ほどが討たれ、残りは捕えられたり脱出したりした。

鳥羽・伏見戦

一

その夜、慶喜は風邪気味だった。疲れが出たというより、薩藩への怒りが熱をともない、身体を重くしているのだった。それでも無理をして、奥祐筆の西周助に書かせた「討薩の表」の下書きに目を通した。

慶喜は大坂城中の憤激を思い出していた。

江戸で起こった薩州藩邸焼討ちの飛報が、大坂城へ達したのは十二月二十八日である。かねてから薩藩の陰険さに憤懣を募らせていた旗本や会桑藩士たちは、血を逆流させて震怒雷憤した。

「薩摩を討て！」

「奸臣どもを誅殺せよ！」

彼らの激情は、もはや誰も抑えることは出来なかった。

辞官・納地の問題が解決し、あとは慶喜が参内して、朝廷から議定《ぎじょう》に任命されることで、朝幕の関係は円満な方向へ向かうはずで、あと数日、辛抱すれば、徳川政権は奪回できたのである。だがその慶喜までが薩藩への怒りを抑えられず、挑発に乗ってしまっていた。

「臣・慶喜が十二月九日以来の事態を考えるに、これは一々朝廷から出たことではなく、すべて松平修理大夫（島津久光）奸臣どもの陰謀から出たもので、天下のよく知るところである。ことに江戸、長崎、野州、相州各地に乱暴、強盗をはたらいたのも、すべて同家の家来の謀略であり、東西呼応して全国を乱す所業は、別紙の通りで天人ともに憎むところである。よってこの奸臣どもを引き渡すよう、朝廷より命令を下されたく、万一、これが採用されないときは、やむをえず誅戮を加えるまでである」

これが「討薩の上表」で、慶喜はこれに薩摩藩の罪状を箇条書きにした別紙を添え、大目付・滝川具挙《ともたか》に持たせて朝廷へ差し出すことにした。同時にこれと同じものを諸藩へ配り、薩賊を討伐するから早々に出兵せよと下命した。

事態は朝廷を敵にまわしたも同然となったが、慶喜には戦になれば充分勝つ自信があった。兵力で幕軍は一万五千、在京の薩摩は長州、芸州を合わせても五千である。勝ってしまえば後で朝廷はどうにでもなる。

正月二日、幕軍は老中格・松平正質《まさただ》を総督に、若年寄・塚原昌義を副総督として、旗本諸隊、会桑の藩兵など一万五千が、慶喜入京の先駆として「討薩の表」を掲げて大坂城を進発した。

その夜は淀（城）に宿営し、ここを本営とした。淀は江戸にいる老中・稲葉正邦の所領である。翌三日、幕軍は鳥羽街道と伏見街道の二道から京へ向けて兵を進めた。

鳥羽口からは桑名藩兵を先鋒に大目付・滝川具挙の別軍が「討薩の表」を掲げて進軍し、伏見口へは会津藩兵を先鋒に陸軍奉行・竹中重固《しげかた》の本軍が向かった。

遊撃隊はその半数を駒井但馬守が掌握して大坂城に残留し、あとの百五十人を今堀登代太郎が率いて本軍に従い、三日朝、淀を発って伏見街道を進み、正午前には伏見に着いて伏見奉行所に布陣した。

伏見奉行所には昨年暮れから新撰組が守備に就いているが、負傷治療中の近藤隊長に代わって、指揮は副長の土方歳三が執っていた。

八郎は六番隊士を引き連れて奉行所の前に陣取り、出撃命令が下りるのを待っていた。そこへ土方が顔を見せた。少年隊士の田村銀之助が、背後に付き添っていた。

「いつぞやは明石の鯛をご馳走さま」

土方は気軽に声をかけてから、大手筋にある御香宮の方へ目をやると、

「通せんぼで、埒は明かんな」

と言って苦笑をもらした。

御香宮は伏見一郷の鎮守である。

土方はさらに、今朝早く、薩藩兵を中心に長州、土佐の藩兵が、御香宮の東西三方から、伏見奉行所を包囲する態勢で陣を張ったと、八郎に告げた。

幕将の竹中重固は、伏見へ着くと、すぐさま薩軍司令の島津式部へ使者を送り、

「われわれは前将軍入京に先供する部隊である。通行の道を明けてもらいたい」

と書面をもって要求した。

厳戒態勢を敷いた薩軍が、すんなり要求を通すとは思えないが、拒否すれば強行突破するまでである。

八郎は土方に一礼してから言った。

「だいぶ手間取っているようですね」

「戦になるでしょう」

平然と土方は言ってから、

「伊庭さんと最後に会ったのは所司代屋敷でしたね」

「ええ、池田屋事件のあとです」

「カステイラを一緒に食べましたな。妙なもので、あれからカステイラを見ると伊庭さんを思い出しますよ」

土方は懐かしそうに目を細めた。

その土方も美男である。沖田総司も美男だが土方には風格が漂っていた。だんだら模様の新撰組の正装もよく似合う。

「いつかゆっくり、土方さんの話が聞きたい、そう思っているんですが、なかなか……」

「それより伊庭さんは、将棋がめっぽう強いそうだねえ」

「速水さんが言ったのですか」

「こんど一手指南してもらいたいねえ」

他愛もない話を交わしただけで、土方は屯所へ切り上げていった。

やがて、竹中軍将の使者が奉行所へ戻ってきたが、薩軍司令の返書は、

「何分にも朝廷よりご沙汰あるまでは、通行は差し控えられたい」

というもので要領を得ず、交渉は長引くばかりでいたずらに時間が過ぎていった。その間に両軍とも増援部隊が増えつづけ、将兵は苛立ちを募らせて逸り立って

きた。

冬の日は早くも暮れかけて日没と思われた頃、鳥羽方面から砲声が響いてきた。

二

鳥羽で起こった砲声は、やはり「通せ」「通さぬ」の押し問答を重ねた末に、強行突破をしようとした幕軍に、薩軍が砲撃してついに戦端が開かれたものである。

伏見でもこの砲声を戦端と解して戦闘に入った。

八郎は奉行所の正面に陣を取っているが、すぐ後方に、会津藩の大砲隊長・林権助が陣を敷き、大砲三門を据えて戦闘開始の号令を待っていた。

林は布陣を終えると、八郎のところへ挨拶に来た。赤い陣笠に猩々《しょうじょう》緋《ひ》の陣羽織、堂々たる恰幅だが、八郎とは親子ほども年齢が離れた老武者の髪は真っ白だった。

「会津の大砲隊長・林権助安定でござる」

林はそう言ってから、

「先ほど幕軍の伝騎が馳せてきて、この場所はわれらの持ち場で、貴隊の持口は東の柵門であるから、そちらへお向かいあれ。ここは敵の本陣に近く一番の難所であると申すので、拙者は答えた。難所と聞いては武門の習い、退くわけにはまいらぬ。ここは拙者にお任せ願いたい」

「伝騎はどうしました」

「怱々《そうそう》に立ち去り申した」

林は豪快に笑って正面を見た。

たしかにこの場所は薩軍の関門にいちばん近く、関門には薩摩の淵辺直右衛門、有馬藤太、長州の林半七らが守備していた。

「しからば、ご免」

権助老は上機嫌で持ち場へ戻った。ところが昼前から待機しているのに、通行交渉が長引いて一向に進軍命令が出ない。六十三歳の気短な老武者は、いらいらが高じてくると、暇つぶしにまた八郎の陣地へやってきた。

「拙者のご先祖の権助様は、関ヶ原役の初め、東照（家康）公の命で伏見城を守った鳥居元忠様に仕えた武士でのう……」

話し出すと老人の話は長かった。

鳥居元忠は家康の側近で信頼が厚く、関ヶ原役の前、家康が上杉征伐で関東へ向かうとき、元忠に伏見城の守備を託し、再会は叶わぬとして水盃をして別れたが、はたして元忠は敵中に孤立する伏見城に籠り、上方勢九万の包囲攻撃を受けながらよく持ち堪え、ついに主従華々しく討死した。権助老の先祖もそのとき主君元忠に殉じたという。

その伏見城跡は、奉行所のすぐ背後の宇治川の畔にあり、八郎も『西征日記』を記していたころ訪ねている。

鳥羽方面に砲声が轟いたのは、まさに権助老の長話に付き合っているときである。

「すわ、合戦じゃ」

老武者は勇み立って持ち場へ引き返した。

八郎は立ち上がって関門の方を見た。薩軍も動き出した気配である。八郎の小隊は半分しか小銃を携行していない、あとは剣のみで八郎も銃は持っていない。銃を交えた実戦がどんなものか、想像はしても、八郎にもまだ解っていなかった。

辺りはすでに暮れようとしていた。樹々の葉がざわざわと騒ぎ、夕冷えの風が吹きすぎた。鳥羽の砲声が激しさを加えていた。

八郎は抜刀した。

このとき背後で大音がとどろいた。権助老が率いる大砲隊が第一弾を放ったのである。足元の大地が揺れ、薄暮の頭上に白煙が流れ、木の葉が落ちてきた。

それを待っていたように、御香宮の後丘に砲列を敷いた薩藩の大砲が一斉に火を噴き、その一発が奉行所に命中して炸裂した。

「行くぞ！」

真っ先に新撰組が抜刀して出撃した。隊長のいない新撰組は、副長の土方歳三が出撃前に、隊士を屯所に集めて、決死の覚悟で敵に当たれと督励していた。

遊撃隊も会津藩兵も諸隊も、新撰組に遅れじと続いた。後方の銃隊が援護の銃撃を開始したが、それをはるかに上回る敵陣からの銃砲火は凄まじく、幕軍は十歩と進まぬうちにばたばたと倒されていった。

それでもひるまず、幕軍は斬り込みを繰り返したが、敵兵は民家に潜んで巧妙な狙撃を続け、味方の犠牲は増える一方である。

すでに奉行所は数カ所に火の手が上がり、やがて火炎は一つになって、巨大な火柱となり、辺り一面を昼のように明るくした。

八郎の率いる小隊も数度の斬り込みを敢行して死傷者を出していた。銃砲の前に刀や槍は歯が立たないことを、八郎は寸秒の戦闘で、はっきりと思い知らされた。

「槍隊を入れエーっ！」

背後で喉を裂くような下知が聞こえた。会藩大砲隊長の林権助である。その下知を受けて、槍襖《やりぶすま》を作った槍隊が大砲の陰から躍り出てくると、陣笠の頭を低くして一斉に突進した。その槍隊の真ん中あたりを、ひときわ目立つ赤い陣笠を被った権助老が、六十過ぎの老体とは思えぬ気迫を漲《みなぎ》らせて走っていた。

まさにそのときである。

八郎の胸部に敵弾がぶち当たった。八郎の身体が二尺も跳び上がって後方へ弾かれ、地上へ投げ出された瞬間、八郎は口から血を吐いていた。

「隊長！」

部下たちが駆け寄ってきたまでは憶えていた。そのとき八郎の瞼に映ったのは、巨大な火柱に照らし出された赤い陣笠だった。吐血したあと、八郎は卒倒し気を失っていた。

三

八郎の意識が目覚めたのは五日の夜である。大坂城中だった。まる二日、眠り続けたことになる。だが意識が覚めても朦朧《もうろう》として、起き上がれる状態ではなかった。手足を動かすと胸部に激痛が走った。

あとで判ることだが、敵弾を受けたのは左胸部で、その衝撃で血を吐いたが、奇跡的に一命を取りとめたのは、鎖帷子《くさりかたびら》を着込んだ上に陣羽織の内側に入れた小稲の懐中鏡に、弾が命中したからだった。

（小稲のおかげだ、おいらついている）

後々まで八郎は思ったものである。

意識不明の八郎はいったん後方の中書島へ護送され、さらに舟で大坂へ送られたが、同じ舟に重傷の権助老が乗っていたことも知らずに昏睡を続けていた。

意識が途切れた二日間の空白で、八郎が踏んだ舞台はがらりと暗転していた。

三日夜、惨憺たる敗北を喫して淀まで退いた幕軍は、翌四日、頽勢挽回を期して、朝霧の中を再び鳥羽・伏見街道へ進撃した。戦闘は夜に及んだが、結束と調練の行き届いた薩長軍と銃砲火器の前に、またもあえなく敗走し、明け方には淀堤まで後退した。

明けて五日午前八時、征東総督の仁和寺宮が東寺を進発、「錦の御旗」を先頭にひるがえして南進した。

赤地錦に日と月を金銀で刺繡した錦旗は、昔から天皇の軍が賊軍を討つときに使われた旗だが、これも薩摩が「討幕の密勅」のときに、勝手に作って用意したものである。

錦旗の効果は歴然だった。幕軍は賊軍となり、慶喜は朝敵とされたのである。官軍の士気は大いに上がり、逆に意気阻喪した幕軍は、淀城に入って軍を立て直そうとした。

ところが思いもかけず、淀藩は幕軍の入城を拒絶するのである。淀藩主は老中の稲葉正邦で、江戸にいることは前に触れたが、留守を預かる淀藩士は、旧恩の幕府を裏切って官軍に寝返ったのである。

寝返りは淀藩だけではなかった。幕軍はやむなく淀を退いて橋本、八幡に布陣したが、橋本の対岸には淀川を挟んで山崎の要衝があり、藤堂家の津藩が守備していた。ところが、あろうことか、その津藩兵も橋本の幕軍に砲撃を加えてきたのである。

相次ぐ味方の裏切りにあって、今や、戦意さえも失った幕軍は総崩れとなって、大坂城さして潰走した。

大坂城の慶喜は味方の敗報に接すると、会桑両藩主、老中、諸将を呼び集め、
「事すでにここに至る。この上はたとえ千騎没して一騎に成るとも退くべからず。この地敗るとも関東あり、関東敗るとも水戸あり、断じて半途に止まるべからず。明朝は余みずから出陣するであろう」

と激励し、この言葉を翌朝、幕軍総督・松平正質の陣営に伝えさせた。

夜に入ると慶喜は、こんどは旗本や諸隊の幹部を城中大広間へ集め、慶喜自身の進退について、どうしたらよいかと一同に諮った。血気に逸る一同は口々に、「慶喜の出馬」を懇願した。

「あいわかった」

慶喜は一同に応えると、いったん広間を出てから老中の板倉勝静と若年寄の永井尚志を呼び、他のことは一切口にせず、

「余には東帰の意思がある」

とだけ告げた。両人は困惑したが、

「ともかく、いったん東帰なされるが、よろしかろう」

仕方ないという表情で慶喜の東帰に賛成した。そこで慶喜は、大坂城脱出の手配を板倉に命じると、ふたたび大広間へ引き返した。

大広間には旗本諸隊長の熱気が充満していた。慶喜の入室を見て、ふたたび出陣を要請する声が上がった。慶喜はその彼らに向かって力強く応えた。

「されば余は、これより打ち立つであろう。皆々、用意をいたすべし」

大広間にどっと歓声が湧き起こった。慶喜出馬を約束されて意気上がる一同は、先を争うように持ち場へ戻っていった。

時刻は午後十時を廻っていた。将士が出払った城中はにわかに静まり返っていた。その隙を盗むようにして、慶喜はすぐさま城中脱出にかかった。

会津藩主・松平容保、桑名藩主・松平定敬、老中・板倉勝静、酒井忠惇、大目付・戸川安愛、外国奉行・山口直毅ら少数が従った。一行は濃い闇にまぎれて、京

橋口の桜門から城を脱出し、天満八軒家から川舟で天保山沖へ出ると、幕艦・開陽丸に乗り移り、翌七日朝、大坂湾を出航、江戸へ向かった。

これらの事実を八郎に伝えたのは、気絶した八郎を大坂城へ収容した、大坂在番の遊撃隊第一隊長の人見勝太郎だった。

人見は先年の王政復古の政変に憤激して、遊撃隊入りしたという京都出身の幕臣で、剣は鞍馬流を能《よ》くした。八郎より一つ上だが、八郎に劣らぬ強硬な主戦派だった。

その人見の前で、八郎は目に涙を浮かべて、慶喜の脱出を悔しがった。命懸けで戦っている家臣たちを置き去りにして、江戸へ帰った慶喜が信じられなかった。淀藩や津藩の裏切りどころではない。頭と戴く徳川の頭領が、部下を欺いて逃亡したのである。

城中でも慶喜の敵前逃亡が、将兵たちのあいだで問題になったが、

「おれたちは旦那（将軍）から見捨てられたんだ」

誰もが、そういう思いを持った。

その夜、速水三郎と忠内次郎三、本山小太郎の三人がそろって八郎の見舞にやってきたが、そこでも真っ先に話題になったのは、慶喜の東帰である。

速水は三日夜の戦闘で、右足に被弾して歩行が不自由になっていたが、かねて慶

喜の才気と腕力を信じていただけに、失望は大きく、

「貴種の傲慢《おごり》だな。見損なった」

と吐き出したきり、慶喜のことは口にしなくなった。忠内と本山は元気でいるが、忠内は丸い目を丸くして、

「親が子を見殺しにして夜逃げするなんざ、子は考えてもいないものだよ」

と言った。本山の考えは少し違った。

「君、君たらずとも、臣、臣たらざるべからずだ。臣には臣たる道がある」

あくまで忠節を貫くべきだと言った。

（淑さんは何と言うだろう）

八郎はこの場にいない中根淑のことを思った。中根は大坂湾上の榎本艦隊にいる。しきりに会いたい気持ちが動いた。

四

主のいない大坂城は規律を失い、てんでんばらばらになったが、老中・松平正質と若年寄・永井尚志の扱いで旗本は江戸へ、諸藩兵はそれぞれ藩地へ帰還することになり、榎本釜次郎の率いる旧幕府艦隊（富士山、蟠龍、翔鶴）は、十二日、敗兵と

傷兵を満載して江戸へ向かった。

そのさい榎本は、城内金蔵の軍用金十八万両を富士山丸に積み込んだが、遊撃隊と新撰組はその富士山丸に乗船した。八郎は富士山丸で中根淑と再会した。大坂の組屋敷屯所で会って以来である。

「そうか、銀拵《ごしら》えの懐中鏡が身代わりになってくれたのか、運のいいやつだ。江戸へ帰ったらすぐ吉原へ駆けつけて、花魁に礼を言わなきゃなあ」

半分真顔で中根はまず八郎の無事をよろこんだ。少し寒いが二人は甲板に出ていた。船室は人で溢れているからだ。中根が潮風を吸い込み、そして吐きだすと、やや思い入れを込めた声で言った。

「なあ、穎《さと》。その運を今から大事に育てていく気はねえかい」

「淑さん、どういう意味だ、そりゃあ」

「分からねえか」

「分かっているさ、分かっているから、淑さんの言うことに合点がいかねえのさ。おいらも淑さんも徳川の御家人だろう」

「その徳川が崩壊したんだ。しかも崩壊寸前の徳川に殉じようとしている旗本幕臣を捨てて、おやじ（慶喜）は夜逃げをした」

「その通りだよ、それでもおいらは徳川のために戦うつもりでいるよ。ここで下りたら、おいらってものが無くなってしまうよ」

「気持ちは分かるがなあ」

「誇りも意地も捨てて、好きな女と一緒に暮らしたって、幸せでいられるはずはねえんだ」

小稲だって解っていると、八郎は思う。

「そりゃそうだが……」

中根は歯切れの悪い言い方をしてうなずいたが、八郎の抗戦の決意が固いのを知ると、それ以上は何も言えなくなった。

「すこし寒くなってきたな、船室へ下りようか」

間をおいて中根は言った。八郎は、もうしばらく海風に吹かれていたい気がして、

「一服してから下りていく」

と言って甲板に残った。

鷗が舷側すれすれに低く飛んでいった。予定通りなら、船は十五日に品川沖に着くという。ぼんやりと水平線の彼方を見ていると、小稲のことが思い出された。すると自然に右手が陣羽織の内側へ伸びた。

小稲の懐中鏡が内懐に入っている。八郎は鏡を取り出してみた。持ち重りのする

銀拵えの手鏡の表面は、被弾の痕をとどめていびつに窪んでいた。覗き込むと八郎の顔も歪んで映った。八郎はしばらくその自分の顔を見ていた。

「伊庭さん」

声に気づいてふり向くと、ザンギリ頭に太い髭を蓄えた船将の榎本釜次郎と、きりりとした美男の土方歳三が、肩を並べてこっちへ近づいてきた。

「やあ、これは……」

八郎は懐中鏡をしまいながら、向き直って会釈をした。榎本が先に言葉をかけてきた。

「いましがた、蟠龍丸からの報せで、会津藩の大砲奉行・林権助さんが亡くなったと伝えてきたよ」

（あの白髪の美しかった老台が……）

八郎の脳裏を赤い陣笠が鮮烈に浮かんで消えた。あの陣笠を見たとき、八郎も敵弾を受けて卒倒したのだった。

土方が腕組みをして言った。

「新撰組も近藤隊長と沖田（総司）が寝たままだし、副長助勤の山崎（蒸《すすむ》）とあと二人が死んでしまった」

山崎と隊士二人は乗船の翌日、前後して死んでいったのである。彼らの追悼には八郎も顔を出していた。そのとき土方がもらした呟《つぶや》きを八郎は忘れていない。

「もう剣や槍では戦争はできないね」

新撰組は、旧式な軍装で剛強に火力に立ち向かったため、犠牲が最も多く隊士の半数以上を失っていた。

「速水が乗っていないようだが」

土方が改まって八郎に訊いた。

「速水さんは別の船で紀州へ行きました。紀州で用を済ませたら、それから江戸へ行くと言っていました」

「紀州に親類でもいるのかな」

「さあ、分かりません」

「足の傷はどうしたろう」

「だいぶ良くはなりましたが、骨をやられていますから」

紀州に何の用なのか、速水は八郎にも話さずに黙って去っていったが、そのことも八郎は少し気になっていた。

榎本と土方が、船室へ下りていくと、八郎はまた海を眺めた。

広い海を見ていると、心が広くなることもあるが、反対に閉ざされてしまうこともある。八郎は閉ざされていた。ろくな働きもしないうちに被弾して、戦線から離脱してしまった自分の不甲斐なさが、恥ずかしくて情けなくて仕方がなかった。

さっきの鷗だろうか、こんどは反対側から海面すれすれに飛び去っていった。その海面を、敗残の将兵を満載した富士山丸は、喫水を深くして一路東へ航行していた。

五

吉原京町二丁目の角にある、九郎助稲荷の初午《はつうま》太鼓が、朝から賑やかに響いてくる。稲本楼も京町二丁目にあって稲荷に近いから、やかましいくらいである。

「早《はえ》えもんだな、もう初午かえ」

「八さまも私もまた一つ年を取りました」

「あとでお参りにいこうか」

「はい」

小稲の給仕で朝飯をとりながら、そろそろ召集が来る時分だと、八郎は思っていた。

江戸へ戻った八郎は、足繁く吉原通いを続けていた。流連《いつづけ》もめずらしくない。いずれお上から呼出しが来るまで、短い間だけでも小稲と一緒にいてやりたかったのだ。

むろん小稲は喜んだ。それでも不安は残った。幕府軍が敗北し、将軍が江戸へ逃げ帰ったことを、もはや知らない者はいないし、官軍が錦の御旗を押し立てて、関東へ攻め下ってくるという噂も広まっている。

だから八さまは、ご無理をしてでも、こうして私の傍に居て下さる。小稲はそう思っていたし、事実そのとおりだった。

徳川慶喜が上野寛永寺大慈院に蟄居して、恭順の意を表したのは、その月十二日のことである。十五日から新撰組が上野の警備に就いたが、いずれ遊撃隊にも警備下命が予測された。

その日、吉原から朝帰りした八郎は、末弟の亥朔から簡単な文を手渡された。

「礼子姉上からです」

という。開いてみると、『大事なお話があります。明後日九ツ（正午）、不忍池畔の料理茶屋「夕月」にてお待ちしています。お返事は稽古のときに伺います』とあった。

八郎は、首をかしげた。不忍池畔には男女が密会する出合茶屋が多い。まさかそこまで礼子が悪ふざけするとは思えない。だいいち礼子がそんな場所を知るわけがない――と考えるうち、湯屋佐兵衛の顔が浮かんだ。佐兵衛の住居は不忍池のすぐ近くで、前に上野山内の花見茶屋へ招かれたことがある。

だが「大事なお話」となると見当がつかなかった。それでも別に不都合はないので、道場稽古で礼子と顔をあわせると、八郎は承諾の返事をしてから、

「わざわざ呼出したりして何の話だ」

と訊いてみた。

「それは、お会いしてからのこと」

礼子はいつもの調子で快活に応えた。

それで八郎も、

「良からぬたくらみをしているな」

冗談めかして笑ったが、まさか、それが礼子の一世一代の賭けとは、そのときは気づかなかった。

不忍池界隈は蓮の花見や月見の季節は賑わうが、春とは名ばかりの寒さが続く今時分は、閑散として往来もまばらである。

薄曇のその日、編み笠を被った八郎が「夕月」の暖簾を分けると、心得顔の女中が現れて座敷へ案内した。すぐに茶が運ばれたが、しばらくすると奥の座敷へまた案内され、

「こちらでございます」

そう言って女中が引き下がっていった。

次の間があるらしく境が襖二枚で仕切られている。すると次の間から声がした。

「八郎兄さまね」

「礼子か」

八郎が襖を開けに立とうとすると、その気配を早くも感じて、礼子が、

「開けないでください。襖を開ける前に礼子の話を聞いてください」

強い声音で言った。ふだんの礼子とは別人のようだった。

「分かった」

八郎は立ちかけた膝を戻して座り直した。

しばらくしてから、礼子の声だけが襖の向こうから聞こえた。

「八郎兄さま、今から礼子の偽らぬ気持ちを申します。礼子は八郎兄さまが好きです。死ぬほどお慕いしています。でも八郎兄さまには想う女性《おひと》がいて、礼子の想いは届きませぬ。ならば、一度だけでいい。礼子の熱い想いを叶えてください」

「馬鹿を言うんじゃねえ」

八郎は言った。冗談かと思ったがそうではないらしい。

「いいえ、礼子は本気です。八郎兄さまに抱かれたら、それだけで礼子は独りで生きていけます。でも今のままでは、恋焦がれて死んでしまうかもしれませぬ。礼子

は女です。女だから八郎兄さまが欲しいのです」

だが、ふしぎなほどその礼子は冷静に感じられた。襖一枚がそうさせているのか、相手が見えないだけで大胆になれるのか。

「八郎兄さま」

「……」

「襖を開けてこちらへ来てください。そして礼子を抱きしめてください」

「──」

八郎の方が何も言えなくなり、身動きもできなくなった。しかも礼子にここまで言わせて、襖を越えられない自分自身に、無性に腹を立てていた。

(だめだ、だめだ。おいらにゃ出来ねえ。すまねえ、礼子、堪忍しろ。おいら意気地なしのコンコンチキだ!)

六

遊撃隊が上野の警衛を命ぜられ、上野大慈院に恭順中の徳川慶喜を護ることになったのは二月二十五日からだった。それまでは山岡鉄太郎の精鋭隊や新撰組が慶喜を護衛していたが、新撰組が新たに甲陽鎮撫隊を組織して、甲府城乗っ取りに出撃することになり、新撰組と交替したのである。

　八郎もその日から上野警衛の任務に就いたが、六日前に気まずい別れをした礼子のことで、今までになく気が滅入っていた。あの日から礼子は屋敷にもいないらしい。むろん道場の稽古にも出てこなかった。

　八郎が、義父の秀俊に呼ばれたのは上野警衛に就いた翌日である。

「大慈院のお上の様子はどうだ。元気でおられるか」

　穏健派の秀俊は、今日まで遊撃隊江戸留守役に任じてきたが、周囲への気遣いは相変わらずである。

「上様は、ひたすら恭順の態度で、髪も梳《す》かず月代《さかやき》も剃らず、木綿の袴で終日、座して黙したままと聞いています」

「お労《いたわ》しいことだ。それはそうと、新撰組が甲州鎮撫に浅草・弾左衛門の手下《てか》二百人を引き連れて行くそうではないか。隊長の近藤は若年寄格に昇進し、お手元金五千両に大砲二門、小銃五百挺を賜ったと聞くが、八郎どのはどう思う」

「一部では、薩長官軍が蛇蝎のごとく嫌う新撰組を、一時江戸から遠ざけるための勝安房（海舟）の策略という見方もあります。わたしもそれはあると思っています」

　八郎は応えたが、そのことよりも弾左衛門の名を耳にして、今日まで忘れていた人物を、ふっと思い出した。諏訪隼之助である。

弾左衛門は浅草の非人頭で府内に二万の配下を持つ裏の世界の大立者だが、諏訪隼之助が一時期、弾左衛門の溜《たま》りで厄介人になっていたという噂が前にあったからである。

秀俊が言った。

「幕閣の勢威も地に堕ちたが、新撰組も頼りにならぬ烏合集団に堕ちてしまった」

それから視線を遠くした。時流の行き着く先を見ている目だった。

八郎は、その秀俊を見て思った。

（おいらの戦はこれからだ）

八郎には義父の秀俊に明かしていない秘密があった。それは、慶喜が東帰したあとの大坂城中で、徹底抗戦を主張して共鳴した在京の遊撃隊士・人見勝太郎や岡田斧吉らと、江戸へ帰ってから、脱走して挙兵を図ろうと、密かに誓い合ったことだった。

すでに二月初め、人見と岡田は、徳川家の嘆願使者として西上する大目付・堀錠之助の従者という名目で、先鋒官軍が通行する甲州、駿州方面の偵察に出発し、三月上旬には江戸へ戻るはずである。

徹底抗戦とか脱走挙兵とか、そんなことをこの義父に話しても、余計な心配をさせるだけである。

「ところで八郎どの」

ふいに秀俊の声があらたまった。八郎はすこし緊張して、続く言葉を待ちうけた。と、

「礼子の婚姻がやっと決まった」

ほっとした表情で秀俊は言った。ほんとうは、このことを言うために、八郎を呼んだのかもしれない。いや、そうに違いない。

「八郎どのにも、いろいろ心配をかけてきたが、わたしも肩の荷が下りた。婿どのは木原又助という旗本だ」

「おめでとうございます」

複雑な思いで八郎は応えた。

縁談があったとは知らなかった。礼子も言わなかったし、以前の縁談が不調に終わったこともあって、秀俊もこんどは慎重になったのだろう。

「礼子は縁組に気乗りしない様子だったが、二十日の日に、とつぜん、嫁に行きたいと言ってきた。何があったか知らないが、別に普段と変わらぬ様子だし、私も何度も気持ちを確かめたが、嫁ぐ気は変わらないというので、先方に伝えて婚姻を取り決めたところだ」

「よかったじゃありませんか」

八郎はつとめて明るく答えた。

秀俊の心中も複雑なものがあったろう。礼子が八郎を慕っていることは、秀俊も以前から知っているし、それだけ娘への不憫も募ったにちがいない。

二十日という日は八郎と礼子が「夕月」で会った翌日である。あのとき礼子は、八郎の愛があれば独りで生きていけると言ったが、結果がどう出ようと、あの日が、礼子にとっては八郎との決別の日であったのだ。


三月一日、甲陽鎮撫隊が江戸を出発した。旧新撰組の少年隊士・田村銀之助が、土方歳三の添状を持って、八郎のもとへやってきたのは、その日のことである。

土方の添状は、田村を連れて行けぬから、上野警衛として貴下のもとで面倒を見てほしい、というだけのあっさりしたものだった。それでも土方の心が伝わってくるようで、八郎は快く預かることにした。

人見勝太郎と岡田斧吉が、甲、駿方面の偵察を終え、江戸へ戻ってきたのはそれからまもなくである。

「待ちかねたよ。早速だが榎本さんに会いにいこう」

八郎は両人を伴うと、海軍副総裁の榎本釜次郎を屋敷に訪ねた。

榎本は主戦派の強力な旗振りで、大坂から回航させた旧幕府の艦隊を江戸湾に停泊させていた。八郎たちが脱走挙兵計画を話して海軍の協力を求めると、快く承諾したばかりか、三人に酒を供しながら、海軍の戦略まで上機嫌で話した。

「わが艦隊を三つに分け、その一つは鹿児島を砲撃し、その一つは馬関を攻撃して九州との連絡を絶ち、その一つは旗艦の開陽丸を兵庫に置き、陸軍部隊とわが水兵が上陸して、中国筋より来る敵を支え、大軍が来たときは艦へ引き上げ、出没自由の行動をとって敵を翻弄する。いかがかな」

七

榎本の協力を取り付けた八郎たちは、ただちに行動を起こした。

伊庭道場の先にある和泉橋の河岸っぷちに「河竹」という船宿がある。伊庭家がよく利用する宿で八郎も懇意にしている。そこで八郎は挙兵に必要な武器弾薬、兵糧物資を、夜陰ひそかに河竹へ運び入れ、そこから品川沖の軍艦へ搬入する手筈をととのえた。

この仕事が終わった頃、東征大総督府参謀の西郷隆盛が江戸に到着し、翌日、西郷と旧幕府陸軍総裁の勝海舟との会見があって、江戸開城交渉が成立し、翌三月十四日、江戸城総攻撃中止が先鋒官軍に通報された。

なぜかその数日、江戸は穏やかな日和が続いているが、江戸の市中は平穏というわけにはいかない。江戸開城に絡んで流言蜚語が飛び交い、不安が急速に高まっていった。市中鎮撫に忙殺される勝海舟の筆をかりれば、

「都下の諸藩邸、旗本よりして、市街の者ども、貨物を輸（送）して近郊へ運ぶ、日夜を分かたず。これがため人夫数千、市街出火のごとく、命（令）しきりに出ずれども、さらに聞くものなし、旗本は知行所に蟄（籠もる）し、あるいは近郊に潜居す。ゆえに強盗、これを知って四方に起こり、貨物を略奪し、婦女を犯す」（『海舟日記』）

というありさまである。

その夜、八郎は鳥八十へ出かけた。武器弾薬の軍艦搬入を終えて、一息ついたところである。階下の小座敷で、人見勝太郎と岡田斧吉も一緒だった。

いつもなら本山小太郎、中根淑、忠内次郎三、速水三郎らの顔が並び、ときに湯屋佐兵衛が加わることもあるが、本山は勤務中、中根は軍艦、忠内は労咳の病妻お直を連れて、上総木更津の知行地へ出かけているし、速水は紀州からまだ戻っていない。

鎌吉が、蒸し鶏と隠元の胡桃酢和えを、三人分の小鉢へ盛り付けて、自分で運んでくると、しばらく八郎たちの相手をした。

「若先生、勝海舟というのは、江戸っ子の敵ですか味方ですか、どっちなんです」

江戸っ子鎌吉は、江戸城開城が気に入らないのである。降伏に映るのだろう。

「鎌吉、勝さんを憎むのは間違いだよ。勝さんたちとおれたちとは生き方が違うだけで、勝さんは勝さんのやり方で、徳川や江戸のために一生懸命なんだ」

「われわれの敵は薩人で朝廷ではない。朝廷には恭順するが、薩は許せない」

それがわれわれの立場だと人見が言った。

そのとき戸口の方を見ていた鎌吉の顔色がさっと変わった。血の気が引いて真っ青である。

「どうした、鎌吉」

気がついて八郎が言い、戸口の方を見た。

今しも暖簾を撥ねて店へ入ったのは諏訪隼之助だった。諏訪はまっすぐこっちへ近づくと、土間から小座敷の八郎に向かって言った。

「しばらくです、伊庭さん」

「お知り合いか」

と横から人見が八郎に訊いた。人見も岡田も在京の幕臣で諏訪とは面識がない。

「もと幕府遊撃隊の諏訪隼之助です。今は薩摩藩の食客《よりうど》をしています」

応えたのは諏訪本人だった。

「なに——」

岡田が諏訪を見て気色ばんだ。

八郎はその岡田を制して土間へ下りると、諏訪を土間の隅まで促して、二人きりで向き合った。すると諏訪は、あらためて八郎に一礼し、ひどく生真面目な様子で、

「忘れられては困ると思い見参しました。私は伊庭さんの剣に惚れこんで家も身分も捨てた男です。伊庭さんと勝負をすることが、今の私の生き甲斐ですから……」

「おいらには迷惑な話だが、決着をつける気なら、おいらはいつでも応じるぜ」

八郎は言った。いつまでこんな男に付け廻されるのはもう沢山だと思った。

だが諏訪は首を横にふり、

「私は、伊庭さんの殺人刀が見られると思い、伏見の戦では薩摩の関門にいて、奉行所の前に布陣した遊撃隊の戦闘ぶりを見ていました。しかし伊庭さんは開戦直後に被弾して、殺人刀は見られませんでした」

「鉄砲玉には敵わねえ……」

「でも伊庭さんは、江戸城開城を機に、多分房総辺りへ脱走挙兵の計画でしょう。和泉橋の船宿から密かに品川沖の軍艦に武器を運んでいるのが何よりの証拠……」

「おめさん、薩摩で隠密を働いているのか」

「とんでもない、伊庭さんを見失わぬためで、薩藩とは関係ありません。それより挙兵となれば、今度こそ伊庭さんの殺人刀が見られるでしょう。だから勝負はその後にいたします。そのことも言いたくて、河竹からずっと伊庭さんの後をここまで慕ってきたのです」

言うだけ言うと、諏訪はまた丁寧に一礼して、鳥八十から出て行った。

八

四月十一日、江戸城は開城した。その日は大慈院に謹慎中の慶喜が、水戸へ去る日でもあった。その日、慶喜は未明に起きて髪を梳き、月代を剃り、こざっぱりした身に黒木綿の羽織、白地の小倉の袴を着け、麻裏の草履をはいて清水門まで歩き、そこから駕籠に乗った。

従う者、若年寄・浅野氏祐をはじめ遊撃隊、精鋭隊など百人余りだった。八郎も隊中にあったが、千住大橋まで供奉すると、そこで主戦派の若手隊士三十六名とともに本隊から離脱し、江戸へ引き返した。かねての打ち合わせ通り、品川沖に停泊中の榎本艦隊に合流するためである。

品川の宿場へ入ると、前方の茶店の縁台で菅笠を被ったまま、一人で茶を飲んでいる旅姿の男がいた。近づくと男が立ち上がった。鳥八十の鎌吉である。

「何だ、鎌吉じゃねえか」

「何だはねえでしょう、若先生。あっしは伊庭八郎秀穎様の家来ですぜ」

「家来にした憶えはねえがなあ」

八郎は鎌吉の上から下を見て言った。股引に手甲、脚絆、草鞋履き、腰には脇差を差していた。隙のない旅ごしらえである。

「あっしが決めたことだから、あっしの勝手にさせてもらいます。家来が主人に従《つ》いて行くのは当たり前のことでしょう」

「おめえの勝手と言うんじゃあ、おいらがだめだと言っても無駄だろうな」

「そうこなくちゃ、若先生」

鎌吉の気性は八郎も解っている。だめだと言っても従いてくる男である。それに傍にいれば何かのときは重宝する。

八郎が黙って歩き出すと、鎌吉はその後ろの隊列に割り込んで、すぐ横を歩いている田村銀之助に声をかけた。

「田村銀之助さんですね。話には聞いていますよ。あっしは上野広小路の……」

「知っています。鳥八十の荒井鎌吉さんでしょう。よろしく」

田村少年はきらきらする目を弾いて、元気よく応えた。

その日、陸上では、慶喜の水戸退去と江戸城明渡しを見て、歩兵奉行・大鳥圭介の率いる千五百と、これに甲陽鎮撫隊の残党を引き連れた土方歳三が加わって江戸を脱走し、下総市川に集結して官軍に抵抗した。夜に入ると、撒兵隊の福田八郎右衛門が千五百を率いて上総木更津で反政府の旗を揚げた。

海上では、榎本釜次郎の率いる軍艦――蟠龍、観光、咸臨、富士山、開陽、朝陽、回天のほか、汽船を含む十三隻が、夜になって錨を上げた。

旧幕府の軍艦については江戸開城のさい「五ケ条の朝旨」が下されて、その第三条に、

「軍艦・銃砲引き渡し申すべく、追って相当差し返さるべき事」

という条件が付されていたが、榎本はこれを黙殺した。江戸城中の武装解除、兵器引き渡しは無事に済んだが、江戸湾の軍艦引き渡しは、海上が荒れていたため、翌日に延期されたことも榎本には幸いした。

時化《しけ》の海は、八郎たち脱走遊撃隊が沖の船艦へ乗り移るにも、思いのほか手間取ったが、どうにか乗船を完了すると、榎本艦隊は暗夜の江戸湾を出て房州館山へ脱走した。

榎本はここで物資を積み込んでから大坂に向かい、艦隊を二分して一つは長州を、一つは薩摩を砲撃し、その虚を衝いて関東奥羽の諸藩と呼応して、旧幕府の挽

回を図るという、かねての戦略を実行するはずであった。

ところが積荷を終えて、いよいよ出航という十六日の朝である。勝海舟がたった一人で押送り（櫓船）に乗って、旗艦の開陽丸に漕ぎ寄せてきた。海風が冷たい朝で、勝は赤毛布にくるまって下から艦を見上げると、

「おい、釜さんはいるか」

と怒鳴った。かなり不機嫌な声である。

船中は緊張した。勝が何しに来たか分かっていたからである。榎本も勝の追跡を予期して積荷を急がせていたが間に合わなかった。血気に逸る若い部下の中には、

「斬ってしまえ」

と騒ぐ者もいたが、榎本は彼らを抑え、水兵を舷側に整列させ、捧げ銃の礼をもって勝を出迎えた。勝はその頃「軍事取扱」として旧幕府の全権を委ねられた第一人者で、旧海軍畑でも榎本の大先輩になる。

榎本は船将室に勝をいざなったが、三十分もすると勝は上機嫌で甲板へ出てきた。勝は血気の若い者たちの前に立ち、

「若い者は元気がよくて結構だ。だが方向を誤ってはいけねえよ。委細は釜さんに話したから、軽はずみだけはするなよ」

そう言って、艦から降りたが、結局、榎本は勝に説得されて軍艦の引き渡しに応

じ、艦隊を横浜へ回航することになったのである。

だがこれには、汽船の長鯨丸に乗り組んでいた脱走遊撃隊が承服しなかった。八郎、人見、岡田の三人が直ちに旗艦の榎本に会って談判した。

「遊撃隊は房総方面の上陸を望んでいます。房総には江戸から脱走した旧幕兵が、諸藩を説いて官軍と交戦中なので、遊撃隊は彼らに合流して協力します」

むろん榎本も遊撃隊には出来るだけのことをするつもりである。

「おのおの、その主張に殉ずるというのは尊いことだよ。上総辺りは遠浅の海岸が多いから、喫水の深い船では上陸に不便だろう」

榎本はそう答えると、手頃の船を用意して遊撃隊をこれに乗せ、自分も同船して木更津まで送っていこうと約束した。

木更津では、前に触れた撤兵隊の福田八郎右衛門が、義軍府を置いて大いに暴れまわっていた。

出発の時が来ると、開陽丸から小舟に乗って中根淑が八郎を見送りにきた。

「潁、またどこかで会おうな」

潮の香が匂う無精ひげを撫でて、中根は小舟の舳先に立つと、海軍式に片手を大きく廻して別れを告げた。

臣らが微衷

一

脱走遊撃隊三十八名が行速丸に乗って木更津へ上陸したのは四月二十八日である。その日のうちに、伊庭八郎と人見勝太郎は真武根《まぶね》陣屋《じんや》に請西《じようざい》藩十七代の藩主・林昌之助忠崇《ただたか》を訪ねていた。

請西藩は一万石の小藩だが、林家の祖は信濃の名族小笠原氏の出で、のち徳川家に仕えて代々三千石の旗本となった。十五代忠英のとき若年寄に進んで一万石の大名になったが、昌之助忠崇はその孫である。まだ二十一歳の純真な熱血漢で、強烈な徳川恩顧の徹底抗戦派であった。

房総地方はすべて譜代藩だが、小藩が多く、最大でも佐倉藩十一万石で、各藩が持つ実力は知れたものである。藩の動向もさまざまで、恭順派、主戦派、中間派、日和見派が複雑に絡み合い、揺れ動いていた。

　昌之助は、はじめ福田八郎右衛門の撤兵隊と同盟したが、撤兵隊は旗本の権威をかさにきて規律がわるく、村民に軍用金を強制したり、人馬を勝手に徴発、使役したりして、とかく驕慢無頼の態度が目立ち、正義感の強い昌之助は少なからず失望し、同盟関係を解消しようと思っていた。

　その矢先に会ったのが伊庭八郎と人見勝太郎である。伊庭八郎の名は昌之助も知っていた。江戸で高名な心形刀流の剣客・伊庭軍兵衛の子で、弱年で奥詰に抜擢されたことも聞きかじっていた。

「そこもとが伊庭の小天狗……」

　驚きとともに若い藩主は、高名ではあっても一介の御家人に過ぎない八郎が、徳川家のために士道を貫こうとしている志に強く打たれた。世代も近く共に戦える仲間だと思った。

　昌之助は、その場で八郎たちの同盟申し入れを快く受け入れ、たがいに徳川回復に働くことを誓い合った。

　昌之助は、請西藩単独でも挙兵する決意で出陣の準備を進めてきたという。その主君に殉じようという藩士は七十人もいた。一万石の家中だから家臣の数も少ないが、七十人も従《つ》いていったら、藩屏が成り立たなくなるだろう。たとえ一万石でも大名と名のつく領主が、地位も領地も投げ出して、政府軍に抗戦するというのである。譜代大名の中で、こんな殿様は林昌之助だけである。

八郎も人見も、その昌之助に感動した。

昌之助は端正な面貌を紅潮させて、今後の戦略を熱っぽく二人に語った。

「まず東海道へ出て箱根の関門を抑え、官軍の喉を断ち切り、大鳥軍や彰義隊、奥羽諸藩と呼応して、関東へ入った官軍を根こそぎ撃滅する。そのさい榎本艦隊の海上砲撃が威力を発揮するだろう」

この戦略は、すでに主戦派の小栗忠順《ただまさ》や大鳥圭介らが唱えているが、昌之助はさらに、

「房総諸藩から兵を募って同盟の勢力を強化し、相州真鶴に上陸して、小田原藩を説いて味方に付けるならば、東海道諸藩の佐幕派勢力も結集できる」

とし、遊撃隊と協同してこの戦略を遂行したいと熱望した。むろん八郎も人見も異存はない。意気投合した両者は、自分たちの連合軍をとりあえず、

「奉幕義軍」

と呼ぶことにした。

かくして閏四月三日午前六時、林昌之助の率いる請西藩兵七十人と、伊庭八郎、人見勝太郎が率いる遊撃隊三十六人は真武根陣屋に集合し、号砲一発を合図に、請

西の地を発して富津へ軍を進めた。

「たいした殿様だな」

「殿さんみずから脱藩するなんざ、徳川始まって以来の珍事だぜ」

行軍の道々、八郎と人見は話し合った。

富津には文化五年（一八〇八）に築かれた海防の砲台があり、前橋藩が守備していたが、昌之助は富津陣屋へ使者を走らせると、応援を強請して守備兵の滝沢研三以下二十三人、大砲六門、小銃十挺、金子五百両を取得した。

四日には飯野藩から大出鋠之助ら二十人が脱藩して奉幕義軍に加担した。五日には富津から佐貫へ、六日には天神山へ、七日には保田へ進軍し、八日には勝山藩から福井小左衛門ら三十人の兵を徴発して、さらに館山領へ入った。

館山藩主は稲葉正善が上京中で、隠居の稲葉正巳が留守を預かっていた。義軍は長須賀村に宿陣して薪水を要求したが、稲葉家がこれを拒絶したため、やむなく武力に訴えることとし、昌之助は稲葉正巳と宗真寺において会見をした。

会見中に館山湾で砲声が轟いた。

稲葉は老中格を経験した老巧だが、砲声の余韻が静まるのを待ってから、皮肉を込めておもむろに言った。

「肥後守（忠崇）殿の威風はまことに凛としてお見事でござる」

「恐れ入ってござる」

昌之助も微笑をふくんで応酬した。

砲声は、榎本艦隊の大江丸が湾内に進入して放った威嚇砲撃だった。

先に遊撃隊を木更津へ上陸させたあと、榎本釜次郎は船艦十三隻を曳航して品川沖まで戻ったが、政府軍との交渉で、軍艦は七隻のうち四隻を引き渡すことで話がついたため、ふたたび残りの船艦を率いて、館山沖へ引き返していたのである。

昌之助は、あらためて稲葉に、館山滞陣中の兵食の供給を要求し、山田市郎右衛門ら十五人の義兵提供を約束させ、会見を終えた。

その間に、富津砲台から前橋藩兵数人が脱走してきて義軍に加わり、飯野、佐貫、勝山の諸藩からも軍資金、兵糧、兵器などが非公式に送り届けられた。

義軍の数はここで二百余人に膨れたが、八郎はこれらの兵員を真鶴へ輸送する手配をするため、九日、豪雨の中を、鎌吉と銀之助を伴い、小舟を操って湾内に停泊している大江丸へ漕ぎ寄せた。

ところが大江丸の船将は、

「今、軍艦で輸送するのは憚りがある」

として、代わりに館山の船問屋に交渉し、二百石積と三百石積の和船を調達して、船頭とともに遊撃隊に引き渡した。

翌十日は豪雨のあとで快晴になった。午後四時、義軍は二艘の和船に分乗し、相州真鶴をさして館山湾を出港したが、凪の海上は穏やか過ぎて船足が遅く、途中までは大江丸が曳航していった。

二

三浦半島の沖を過ぎ、相模灘に入ってから風が出て天候が変わった。海は荒れ気味となり、二艘の和船は、半ば漂流状態を続けながら、十二日の午前十時、二艘とも運よく無事に真鶴へ着いた。漂着といってよい。

上陸後、義軍は江ノ浦まで進み、ここに滞陣した。小田原まであと四里である。

「小田原へはわしが行ってこよう」

昌之助が言った。

小田原藩十一万三千石の藩主は大久保忠礼《ただのり》である。大久保家は三河以来の譜代で徳川家との因縁が深く、とくに東海道の要衝・箱根の関を守るという重い使命を代々担ってきた。それだけ佐幕感情の強い藩で、昌之助もそこに望みをかけていた。

昌之助は三巴に一文字紋の陣笠、猩々緋の陣羽織を着た凛々しい姿で馬に乗り、家臣三人を従えて小田原城へむかった。

城中の客殿で応対したのは小田原藩筆頭家老の岩瀬大江進正敬である。

「われらは今朝、真鶴に上陸した上総請西藩の林昌之助忠崇と幕府遊撃隊にござる」

昌之助が挨拶すると、岩瀬はかすかに太い眉をくもらせた。慶喜の水戸退去と共に、幕府遊撃隊の一部が房総へ脱走したことは、岩瀬の耳にも入っている。

(挙兵の勧告にきたのではないか)

岩瀬はそう直感したのである。

だが昌之助はかまわず本題へ入り、箱根の天嶮に拠って東征軍を分断し、彰義隊や大鳥軍と呼応して、関東に入った官軍を撃滅しようという、かねての主戦論を熱く語り、小田原藩の協力を要請した。

「赤誠の心情、ごもっとも……」

岩瀬は、親子ほども年が違う昌之助の熱弁に、微笑をもって応えながら、腹の中では挙兵を断る口実をさがしていた。

この二月、三島に到着した征討軍の先鋒から、藩の存意を問われたとき、岩瀬は熟慮して、江戸家老の中垣謙斎と計り、

「いたずらに官軍に抵抗するだけが徳川への忠誠ではない。恭順して御家の存続を

図ることこそ、真正和平への道である」

と家中に説き、佐幕意識の根強い藩中を取りまとめ、ようやく「藩是」を勤皇恭順と決め、総督府へ忠勤の誓書を差し出したところなのである。

庭先の向こうの樹林から、ほととぎすの鳴き声がしきりに聞こえた。

昌之助の話を聞き終わると、岩瀬はささやくように声を低めて、

「小田原藩の本心は佐幕でござる」

そう言ってから、

「されど、いま官軍と事を構えるのは、徳川のためにかえって宜しからず、よって恭順を装い、時節を待って決起する所存なれば、このさい軍用金、食糧など必要とあれば、望みに任せて合力いたすでありましょう」

と誠意を見せて応えた。

一応の理解は示したものの小田原藩の腰は重く、昌之助の若さも熱意も老巧の家老には通じなかった。

昌之助は十四日、小田原を発って江ノ浦の陣営へ帰ってきた。昌之助から小田原の結果を知ると、義軍はその日のうちに小田原を退去して伊豆の韮山へ向かった。

韮山には代官・江川太郎左衛門英武がいて、先々代英竜《ひでたつ》時代からこの地方で勢威を張っていた。小田原藩に次いで味方にしたい韮山代官所だったが、ここも若干の

軍用金と武器を提供しただけで軍事行動は拒否された。

十五日、義軍は軍議を開いた。小田原に続いて韮山でも説得につまずき、いささか義軍の元気はしぼみかけていた。

伊豆の山中でも、ほととぎすがしきりと鳴いた。明るい鳴き声が胸にこたえた。

「甲府城を目指そう」

ということになった。

甲府城は、先鋒総督府の命で、沼津藩主の水野忠敬が城代として守備している。沼津藩も譜代忠勤の家柄で、協力が得られれば幸いだが、場合によっては一戦を交えることにならぬとも限らなかった。

(あすこは新撰組の近藤さんが最後に戦って敗れたところだ)

八郎は思い、何かいやな気分がした。

近藤勇はすでに板橋の東山道総督府本営に捕えられ、先月二十五日、庚申塚の刑場で斬首されているが、八郎はまだそのことを知らなかった。

日暮れ近くなって義軍は出発した。

韮山から三島を経て黄瀬川へ出た頃は夜になっていた。左方に見えていた雄大な富士山も闇に溶け、野路には蛍が飛び交った。黄瀬川沿いの山道を北上し、大砲を引きながら夜行軍が続き、翌十六日、義軍は疲れきって御殿場へ着いた。

御殿場はその昔、家康の遺骸を久能山から日光へ移送するさい、ここに仮御殿を造ったことから、御殿場の名がついたといわれるが、富士山麓にある標高四百五十メートルの荒漠たる村落である。ともあれ義軍は御殿場に着くと、翌十七日は充分に休養をとって甲府城への進軍に備えた。

三

翌十八日も晴れが続き、入り日が近づくと、霊峰富士が西の肌から赤く染まっていった。その霊山の山裾を巻く荒れ野の道を、こっちへ駆けて来る二騎の馬影を、水場に出ていた鎌吉が目にとめた。

騎馬はまっすぐ鎌吉に近づくと、

「遊撃隊の者か、伊庭隊長に会いたい」

と馬上から鎌吉に言った。目付きの鋭い男である。男に続いてもう一人の男が言った。

「われらは田安家の使者として、江戸から来た山岡鉄太郎と石坂周造だ」

「案内しやしょう」

鎌吉は即座に応え、

（このごっつい大将が噂の鬼鉄か）

と思った。すぐに頭に浮かんだのは、五年前に講武所で行われた伊庭八郎と山岡鉄太郎の試合である。勝負は山岡が三本取られて八郎に完敗し、御府内の評判になったが、

（ざまはねえや、鬼鉄だろうが何だろうが、うちの若先生に敵うわけはねえんだ）

鎌吉は得意顔でニヤニヤしながら、山岡を八郎の宿舎へ案内した。

勝海舟の場合と同じで、直参のくせに官軍のために働いているような、そんな山岡が、鎌吉は好きになれないのだ。

山岡はこの四月から、精鋭隊頭と大目付を兼務し、大総督府からは「大監察」の役目を担わされていた。いわば旧幕兵の動きを監視する役である。

そのためであろう。江戸開城後、大総督府から江戸の鎮撫を一任されている田安慶頼の命を受けて、遊撃隊に暴挙を慎むよう説得にやってきたのである。

「しばらくだな、伊庭さん」

山岡が懐かしそうに声をかけた。しばらく、といっても、慶喜が水戸へ退去したとき、途中まで一緒に供奉しているから、あれからまだ一月余しか経っていない。

八郎は人見勝太郎と林昌之助を本営へ呼び、あらためて山岡鉄太郎に引き合わせた。

山岡は三人を前に、かるい口調で言った。

「遊撃隊の豆相の活動を知って、田安屋敷が慌ててねえ。それで田安家から、遊撃隊の伊庭、人見の両人に、すぐ江戸へ出るよう伝えろという命令で、やってきたんだ」

　すると人見がうそぶくように言った。

「田安家は徳川宗家の連枝には違いないが、おれらのじき（直）の主人ではないから、その命令には従えませんね」

　問題にしないといった態度である。むろん八郎も昌之助も拒絶する腹である。

　山岡は苦笑すると、八郎に言った。

「伊庭さん、勝つ見込みもない戦を、これ以上続けてどうするつもりだい」

「勝ち負けは二の次でしょう、山岡さん。あんたには解っているはずだ。おいらが山岡さんの生き方を理解できるようにね」

「新しく生まれ変わる世の中のために、若い命を生かしたいとは思わんかね」

「新しく生まれ変わるって、どんな世の中です。無理無体に徳川を滅ぼしにかかる薩長や、その薩長に平気で寝返る親藩や旗本たちが生きる世の中が、新しいというんですか」

「世の中が変わるときは、いつもこういうものだぜ、伊庭さん」

「憚りながら、遊撃隊にはそんな汚ねえ世の中に生きたいと思う人間は一人もいませんよ、山岡さん」

「なるほど、そう言えば、おれをここへ案内した鎌吉という従卒も、その口だねえ。このおれを軽蔑の眼で見ていやがった」

山岡は腕を組むと、天井を見上げて微かに笑った。

「鎌吉は包丁を持たせたら一流の板前だ。その鎌吉が命の次に大事な包丁を置いて遊撃隊についてきた。そんな男だから、人間が命を捨てても守らねばならないものが何か、しっかり解っているんですよ」

鎌吉には、勝や山岡を誤解するなと諭している八郎も、山岡の前では鎌吉を褒めてやりたかった。鎌吉の生き方が、勝や山岡のそれに劣るとは思えない。

「山岡さん」

初めて林昌之助が口を出した。

日頃、八郎や人見に対しても、つとめて同志といった態度で接している年若い藩主は、山岡に対しても礼儀正しかった。

「われらは挙兵当時から、徳川の再興と紀伊、尾張、彦根三藩が見せた背信の罪を問い続け、臣下の道を貫いてきた。慶喜公は大政を奉還し、国土を捨て、官職を辞して恭順したのに、これをなお朝敵として討伐するのは間違っている。その間違いを正すためにわれらは立ったので、反逆や暴動を起こしたのでは断じてない。そこもとが田安家の命令や大総督府の意向を受けて、われらの説得に来たのであれば、その前に、われらの微衷をそこもとから大総督府へ、しかと伝えてもらいたい」

「林の殿さまの言われる通りだ。遊撃隊に解兵を求めるなら、その前においらたちの微衷を総督府に解ってもらいたい」

八郎が引きとると、続いて人見も、

「奉幕義軍の微衷を、大総督府へ伝達してくれるなら、おれたちもしばらく行動は控えるが、やってくれますか」

「よかろう、引き受けよう」

山岡はあっさりと頷くと、同じ訴えるなら簡単でいいから上表書を差し出したほうがいいと言った。

「それなら、おれが書いてこよう」

人見が気軽に腰を上げて部屋から消えると、山岡が片手拝みに八郎を見て、

「伊庭さん、馬を飛ばして喉が渇いた。酒があったら、すまねえが一杯たのむわ、表の周造にもな」

と言って、戸口に立っている石坂を呼び入れた。

四

人見が書いた上表書の文面はこうである。

「臣　君ヲ弑シ、子　父ヲ弑ス。大逆無道、天地容サル所ナリ。紀、尾、彦ノ徳川氏ニ於ケル臣子也。臣等ガ紀、尾、彦ニ於ケル義同藩ニ斉シ。故ニ今同志ノ徒ト其ノ罪ヲ攻メントス。是　臣等ガ微衷也

慶応四戊辰閏四月

林　昌之助
伊庭　八郎
人見勝太郎
外　遊撃隊
諸脱藩」

人見はこれを山岡に手渡すときに言った。

「山岡さん、上表書は参謀の海江田武次に渡してもらいたい」

「おめさん、海江田参謀を知っているのか」

「若い頃、京都でちょっとね」

「そうかい、薩人の中でも海江田は、敗者の痛みが解る男だよ」

山岡は言うと、あらためて見直したような目で人見を見た。

海江田武次は桜田門外の変に水戸浪士と共に加わった有村次左衛門の兄で、先鋒総督府参謀として西郷に信任され、山岡も勝の手紙を持って江戸開城の談判に、単身、先鋒総督府へ乗り込んで西郷と会ったときから、海江田と親しくなっていた。

「承知した、かならず海江田に手渡すよ」

山岡は請合うと、大総督府の返答があるまで十日間は待機するように言い、義軍もその間は行動を起こさず、甲府で待つことを山岡に約した。

山岡と石坂は翌十九日早朝、明るい顔で御殿場を去っていった。

義軍も予定通り十九日の朝、甲府に向けて進発した。その夜は籠坂峠を越えて甲州へ入り、河口に一泊。翌二十日は御坂峠を越えて藤野木で昼食を済ませ、黒駒に入ってここに陣を置き、四月いっぱい滞在した。

その間に、駿府勤番の蔭山頼母が三十余人の手勢を引き連れて義軍に加わり、三州岡崎からも和多田貢が二十余人の脱藩兵を連れて馳せつけた。和多田貢は二十三歳の若い藩医で、年少なのに統率力があって、同志の信頼を集めた。

小田原藩、韮崎代官所と続けて説得に失敗して、一時義軍の意気は消沈したが、ここでまた士気が高まった。

ところが約束の十日が過ぎて、五月一日になっても、山岡からは返事が来なかっ

た。全軍の士気が上がっているときだけに、これ以上は待てなかった。軍議を開いて、

「即時、甲府へ進撃」

が決まった。

昼近く、義軍は黒駒の陣を払い、甲府城へ向けて市之蔵まで来たときに、その義軍の後を沼津藩の使者が早馬で追いかけてきた。

使者は鞍を下りると、殿軍《しんがり》にいた遊撃隊の岡田斧吉に告げて、

「遊撃隊と請西藩兵は大総督府の命令で、沼津藩の監視下に置かれることになった。当藩も譜代だが、家中は勤皇、佐幕に揺れていて、遊撃隊や請西藩兵の処遇についても意見が分かれてよい思案が出ない。もとより義軍に敵対する気はないが、さりとて大総督府の意向も無視できず、ここは義軍に沼津へ移ってもらい、形だけでも沼津藩の監視下という体裁をとってもらえれば、出来るだけの便宜を図りましょう」

という。すでに沼津藩には勝や山岡からも連絡が入っている気配である。

岡田を交えて首脳陣は路傍で鳩首した。かなり重要な選択を迫られた形である。

「さあ、どうする」

「甲府城を奪えても官軍に抗しきれるか」

「沼津は東海道の要所だ。何をやるにしても足元が軽い。情報を得るのも早い」

「沼津を拠点にして時機を待とう」

　意外に早く結論が出た。

　すぐさま黒駒へ軍を返し、翌二日、黒駒を発つと、五日には沼津の東南、狩野川を隔てた香貫村に着いた。義軍はここで藩の役人に丁重に出迎えられ、その案内で霊山寺と付近の民家に分宿した。霊山寺は、鷲頭山（香貫山）の下にあり、以後、ここが義軍の屯所となった。

　香貫に陣を置いた翌六日、またも新たな同志が義軍に加盟した。岡崎から小舟に乗って脱走してきた小柳津要人《おやいづかなめ》、玉置弥五左衛門らの十余人である。これで義軍の総人数は二百七十五名に膨れ上がり、数日後、新たに編成替えが行われた。

　第一軍　遊撃隊長　　人見勝太郎ら　　十五名
一番隊　勝山藩脱兵　　福井小左衛門ら　　三十一名
二番隊　前橋藩脱兵　　滝沢研三ら　　二十三名
　第二軍　遊撃隊長　　伊庭八郎ら　　十三名
一番隊　遊撃隊　　前田条三郎ら　　十五名
二番隊　駿府脱兵　　蔭山頼母ら　　三十四名

第三軍　岡崎藩脱兵　和多田貢ら　二十三名
第四軍　請西藩脱兵　林昌之助ら　六十一名
第五軍
一番隊　館山藩脱兵　山田市郎右衛門ら　十四名
二番隊　飯野藩脱兵　大出鋠之助ら　十九名

他に小荷駄隊二十五名、ほか軍目付などを加えて合計二百七十五名である。

すでに霊山寺は梅雨の季節に包まれて、連日、雨が降りつづいた。前景の狩野川も、後景の鷲頭山も寒々と遠霞み、目に見えるすべてが蕭条として果てしなく暗かった。

五

その頃、大総督府は、先に小田原藩が遊撃隊と請西藩兵に合力したことを咎め、五月八日をもって因州鳥取藩士の中井範五郎と、日向砂土原藩士の三雲為一郎を軍監として小田原へ派遣し、小田原藩を厳重に監視させた。

五月十五日になると、江戸で彰義隊の戦が起こった。小田原藩にその報が伝わったのは十七日で、藩は評議して、十九日、箱根の関所に三百の藩兵を入れて守備を固めた。

　霊山寺に本陣を置いた義軍が、彰義隊決起の情報を得たのも五月十七日だった。ただし決起したというだけで、その後の状況までは伝わらなかった。このため義軍も軍議を開いた結果、詳しい後報が入るのを待ってから出撃することに決した。ところが、十九日の払暁、人見勝太郎が一通の書置きを残し、第一軍（手勢の十五人と一番隊の三十一人、二番隊の二十三人）を率いて、激しい雨の中を、ひそかに霊山寺を出て箱根へ向かったのである。

　人見が残した書置きには、

「彰義隊の決起を聞いては、もはや当地に在陣している場合ではないから、各々に相談せず自分の一存で今暁街道筋へ出兵した」

とあり、明らかに隊規に違背する抜け駆けの行動だった。だが今はそのことを論難するより、人見の第一軍が敗北すれば、義軍も大きな犠牲を蒙ることになり、抜け駆けの罪はひとまず措いて、第一軍を援護することのほうが先決問題とされ、

「第一軍を見殺しにできない」

となって、義軍は人見軍の後を追うことになった。

夜はとっくに明けていた。外は飛沫《しぶ》くような雨である。

まず伊庭八郎の第二軍（手勢十三人、前田条三郎の遊撃隊十五人、蔭山頼母の二番隊三十四人）が先発することになり、午前十時、霊山寺の本陣を出撃した。

続いて和多田貢の第三軍（二十三人）、林昌之助の第四軍（六十一人）、山田、大出の第五軍（三十三人）が順次出発し、最後に軍目付、輜重《しちよう》隊が霊山寺を後にしたのが午後四時であった。

抜け駆けを承知で、暗いうちに霊山寺を発した人見第一軍は、折からの豪雨でずぶ濡れになり、鷲頭山麓から濁流の渦巻く狩野川を渡り、そこから三里の三島までやってきた。

三島の宿には小関所があり、旗本・松下嘉平次の家臣・吉井顕蔵が固めていたが、松下家は早くから征討軍に忠誠を誓っていたため、関所では人見軍の通行を拒んだ。

「通せ」

「通さぬ」

の押し問答で、時間だけが移り過ぎるのに苛立った人見は、部下に命じて威嚇の銃砲を雨中にぶち上げながら、強引に関門を押し通った。

三島関門を通過した人見軍は、降りしぶく雨の中を険しい上りの箱根路にかかり、昼前に箱根峠二里手前の山中宿へ着いた。

「峠まであと一と踏ん張り」

胸突き八丁の苦しい登りを、峠にたどり着いたのが午後一時過ぎである。峠は乳色に塗り込められて何も見えない。ここからは下りで、箱根の関所に着いたのは午後二時過ぎだが、深い樹木に被われた関所の周辺は、夜のように暗かった。

人見軍はただちに通行を求めたが、関所はこれを拒んだ。

人見は一瞬、首をかしげた。いままで義軍には好意的で金品の援助も惜しまなかった小田原藩が、掌を返したように硬直したのである。だがそれも事情が判ってみれば、納得ができた。箱根の関門は、大総督府の命令で、軍監・中井範五郎の監視下に三百の藩兵が守備についていたのである。

人見は守備隊長の吉野大炊之介に面会し、談判交渉を始めたが、三島と同じで「通せ」「通さぬ」で埒が明かない。

人見は焦っていた。早く関門を通過し、江戸へ出て彰義隊と合流したいのだ。だが、とうとう我慢が切れて大声を発していた。

「ならば武力をもって押し通るが、よろしいか！」

抜け駆けするほど気性の激しい人見が、ここまで交渉を粘ったのは、味方の犠牲や消耗をできるだけ避けようとしたからだが、それももう限界だった。

交渉決裂した人見は部下の隊士を関門から退らせた。それを見て関所の守備兵は、後方の宿場へ火を放ち、関所に籠もって人見隊へ銃撃を開始した。人見はただちに隊士を高地に散開させて応戦した。

時刻は午後五時前だが、長雨と深い樹立ちの山中は暗く、夜戦と変わらなかった。

人見は戦闘状態に入ると、軍目付の沢六三郎を呼び、

「霊山寺の本隊へ早追い（早駕籠）を飛ばして、援軍を要請してくれ」

と命じて、自分も銃撃戦に加わった。

雨中の銃撃戦はそれから半刻（一時間）も続いた。真っ暗な中で、敵味方の銃口が火を噴くたびに、闇の中から、一瞬、そこだけ明るい景色が、ぱっ、ぱっ、と浮かび上がった。

六

伊庭八郎の第二軍が、軍目付の沢六三郎と出会ったのは、箱根峠の手前の山中である。

沢は駕籠から飛び出すと、八郎に、

「関所では、もう戦が始まっています」

「急ごう」

八郎は峠でも休息を取らずに関所まで一気に下った。

関所の内外では銃撃戦がまだ続いていた。

八郎の第二軍もすぐ戦闘に加わった。

ところが、このあたりから守備藩兵の戦いぶりに、微妙な変化が見えはじめた。始めはガンガン撃ちまくっていたのが、途中から休み休み撃つような撃ち方に、だんだん変わってきたのである。

「弾丸《たま》惜しみではないか」

と言う者もいたが、この程度の小競り合いで、弾薬を惜しんでも知れたものである。

さらにまた、敵は一人残らず関所へ籠もって陣地戦に徹し、外へ出て戦おうとしなくなった。これでは何のために遊撃隊の後方に放火したのかも分からない。豪雨でその炎も消えてしまっていた。

ただ後続の義軍が関所へ到着すると、そのたびに、思い出したように守備兵が、ポンポンと威勢よく発砲し、関門を観音開きにして、大砲を曳き出して見せたりするが、それも単なる示威のようで、銃撃も猟師の鉄砲みたいに途切れ途切れになってしまう。

やがて深夜になった。というより二十日の午前一時である。いつまでこのままでは義軍もすまされない。奉幕義軍には、

「小田原藩に挙兵を促し、箱根の天嶮に拠って東征軍を分断し、彰義隊や大鳥軍と呼応して、関東に入った官軍を撃滅する」

というかねての使命がある。

義軍は全軍が揃ったところで、各隊長、幹部が雨の滴る大杉の下で軍議を開き、

「丑の正刻（午前二時）をもって戦闘再開」

を決定したが、その軍議の席で第二軍一番隊長の前田条三郎から、関門突破の斬り込み隊の申し入れがあった。

前田は部下数人と関門の近くの民家の空き家に潜伏し、敵が砲撃のため関門を開いた隙を衝いて、門内へ斬り込みをかけるという。前田は昨年秋の上洛時から八郎の六番隊に属した遊撃隊士で講武所出の剣客である。

午前二時、林昌之助の第四軍が放った砲撃を合図に、猛烈な銃撃が再開された。

ところがその直後、関所の内から、

「休戦申し入れ」

の狼煙《のろし》が雨中に上げられた。間をおいて、関所から二人の男が、雨の中を門外へ

出てくると、此方《こちら》を向いて、両手を振りながら、

「わぼく、わぼく、発砲中止！」

と大声で叫んだ。

これまでの守備兵のやる気のない戦いぶりが、これで分かった。大分前から関所内では何か重大な変化が起こっていたのだ。

義軍は斬り込み隊長を買って出た前田条三郎を軍使に立てて関所へ乗り込ませた。まもなく前田と一緒に守備隊長の吉野大炊之介が出てきて、義軍の陣地へやってきた。

吉野は神妙に態度をあらため、

「いままで大総督府の軍監が関所にいたので、やむなく敵対したが、軍監が立ち退いたので、これから関所を明け渡しましょう」

と言った。

吉野はそのあと、小田原藩の内情に触れ、藩内は恭順派の家老・岩瀬正敬が抑えていたが、佐幕派の家老・渡辺了叟《りようそう》の巻き返しが成功して勢力を握った。関所を遊撃隊に明け渡すよう指令してきたのは佐幕派の用人・関小左衛門だと言った。

「江戸では、彰義隊の決起で旧幕府軍が優勢で、東北諸藩の連合軍も江戸へ進撃中、榎本艦隊も相模沖へ向かったという風聞です」

吉野はよく喋った。昨日、人見と「通せ」「通さぬ」の一点張りの問答を繰り返した男とは思えない。人見が訊いた。

「軍監の立ち退き先は分かりますか」

「多分、元箱根の宿所でしょう」

吉野は余裕さえ見せて応えた。

そのあと、義軍は時を移さず、吉野の案内で関所へ入ると、守備兵の協力を得て昼過ぎには関所の占拠を完了した。

その後は、守備隊とともにここを本拠として、小田原藩とも緊密に連携し、征討軍に抵抗することになった。

慌ただしい占拠の中で、人見は部下の中から、遊撃隊士の手練《てだ》れ七人を選び、密かに軍監二人の殺害を命じた。

「中井範五郎も三雲為一郎も生かしておいては、禍をもたらす。かならず見つけて討ち果たせ。中井は元箱根の宿所らしい。三雲はまだ小田原だろう。抜かるな、急げ」

七人の刺客が散ったあと、人見は独りでほくそえんだ。抜け駆けをした後ろめたさが、これで消えるとよろこんだのだろう。

翌朝早く、刺客は全員無事に関所へもどってきた。その報告によると、中井範五郎は元箱根の宿所を出て小田原へ向かうところを後を尾け、地先の権現坂で急襲し、中井と従者四人はすべて殺害したが、三雲為一郎は、その足で小田原へ出て探索したところ、一足違いで海上へ逃げられて、仕手《して》は失敗したと言う。

「よくやった」

人見は悔しがったが、刺客たちの労をねぎらった。

その日、義軍は林昌之助の第四軍を関所に残し、以外の軍は畑宿へ下って宿営することになった。畑宿は小田原と箱根関門の中間にある立場《たてば》（街道筋の人馬中継所）である。

七

翌二十二日、伊庭八郎と人見勝太郎は衣服を改め、兵百人を連れて小田原へ向かった。城下へ入ると小田原藩士の丁重な出迎えをうけ、城中へ案内された。

城中では佐幕派の中心人物である家老の渡辺了叟や用人の関小左衛門などと会い、酒膳を供されて懇談した。

義軍側からは伊庭八郎、人見勝太郎のほか岡田斧吉、和多田貢、天野豊三郎、前田条三郎、蔭山頼母、和田助三郎らの幹部が顔をそろえて馳走になった。

「このしばくれ雨（大雨）で酒匂川が川留めになりましてな。商人の往来が断たれ、魚菜が品不足で、ろくな料理が出せませぬが、ま、ゆるりとお寛ぎくだされ」

えびす顔でしきりに酒を勧める関小左衛門は、箱根関門の守備隊長・吉野に、

「遊撃隊に関所を明け渡せ」と指令した男である。

「当藩としては、貴隊に出来る限りの便宜と援助を惜しまぬが、向後《きょうこう》、たがいに結束を強めて、徳川家の挽回に努めたい」

佐幕派の領袖・渡辺了叟は、もっぱら結束と士気の鼓舞に力を入れた。

和気あいあいのうちに、その日は、小田原藩の佐幕派と友好を深めて城を辞したが、八郎は、その席で、えびす顔の関が何気なく洩らした「酒匂川の川留め」という言葉が、ずっと引っかかっていた。

川留めで商人が往来出来ないとなると、江戸からの情報も、川の此方岸に届かないことになる。八郎は畑宿へ戻る途中、そのことを人見に質してみた。人見は八郎の疑問をすぐに理解して言った。

「そう言えば彰義隊がその後どうなったか、何も判っていないな」

「しかし吉野は昨日、彰義隊の決起で旧幕府軍が優勢になった、東北諸藩も江戸へ進撃中だと言ったぜ」

「確かにそう言ったが、昨日の今日では、江戸からの情報は途絶えているはずだ」

「そうだろう。すると佐幕派は事実を確かめぬまま、誤報か単なる噂を信じて、藩論を覆したことになる」

「どっちにしても、ここ二、三日ではっきりするだろう。今頃は、江戸の大総督府が動き出しているにちがいない」

人見が雨空を見上げて一人で頷いた。

雨は止んでいるが傍を流れる早川が水嵩を増して白濁し、音を立てて奔《はし》っている。

「いよいよ箱根戦争が始まるか」

八郎が相槌を打った。

一昨日、危うく小田原から海上へ逃走した軍監の三雲為一郎が、無事に江戸へ着いていれば、今頃は彼によって委細が総督府に報告されているはずである。そこで総督府が征討軍を差し向けてくれば、義軍は小田原藩兵とともに、征討軍を迎え撃つことになる。

胸の奥の血が騒いだ。伏見戦で初弾を受けた悔しさが蘇ってくる。今度こそ満足のいく戦いをするぞと思う。

「彰義隊はどうしたんだ」

人見がまたつぶやいた。

人見には、やはり気になるのだろう。

だがじつは、上野の戦争は一日で終わっていた。午前中は彰義隊がやや優勢に見えたため、あるいはこれが誤伝の因《もと》となったかもしれないが、人見が箱根関門へ向かったときは、彰義隊はすでに壊滅していたのである。

「人見さん、戦になる前に、あんたに頼まれてほしいことがあるんだが……」

承知してくれるか、と八郎が言った。

「いいとも、何でもやるぜ」

やけくそみたいに人見は応えたが、闘志が剝き出ていた。

「品川沖の釜さんに連絡をつけてほしい。軍艦を相模の海に浮かべてもらうのさ」

「面白くなってきたな」

他人事のように言って人見は笑った。

朝から重く垂れていた雨雲の底が破れて、またしとしと降り出してきた。

その夜、畑宿の宿所で八郎は榎本釜次郎に手紙を書いた。箱根関門と小田原の情勢を伝え、軍艦の回航手配を依頼したものである。

翌朝、八郎はその手紙を人見に渡し、二人はまた小田原へ向かった。小田原城中で藩の要人たちと、征討軍を迎え撃つ作戦、戦略を練るためだが、人見は途中から作戦会議の席をはずし、部下五人を連れて小田原藩が用意した船に乗った。

このとき同じ船に第四軍請西隊の飯島半十郎と荒井鎌吉も乗りこんだ。人見は榎本艦隊に連絡するためだが、飯島と鎌吉の役目は、不足したミニエー銃を江戸へ買い付けに行くことだった。

八

その江戸では大総督府が、小田原から逃げ帰った軍監・三雲為一郎の報告を聞いて、小田原藩の背反を知り、小田原藩糾明の軍を起こしていた。

すなわち、大総督府の参謀・穂波経度《ほなみつねのり》を問罪使とし、参謀の河田佐久馬、軍監の三雲為一郎に長州、因幡、津、岡山の諸藩兵を預けて、小田原へ差し向けたのである。

小田原藩は驚き慌て、恐れおののいた。問罪使に同行した恭順派の江戸家老・中垣謙斎は、藩主・大久保忠礼に対面すると、

「すみやかに藩論を謝罪恭順に転換し、遊撃隊や請西隊とは絶縁して佐幕派を退け、藩公には城外に出て謹慎なされますように」

と直諫した。

問罪使が二十四日、大磯へ入ると、小田原藩は謝罪の使者を派して恭順を誓い、その証として遊撃隊・請西隊の討伐を約束する羽目になった。

鎌吉がミニエー銃の買い付けを済ませて隊へ戻ったのは、その二十四日の朝だった。銃も荷駄にして鎌吉と一緒に着いている。

八郎が彰義隊の敗北を詳しく知ったのは、鎌吉の口からだった。

「いやもう、散々な負けようでしたよ。午後になって本郷台から肥前藩の特大の大砲が、不忍池を越してドーンと山内へね、それで黒門口が錦切れ（官軍）に突破されて、さあそれからがいけやせん、総崩れです」

見てきたように鎌吉は話した。

期待していた彰義隊が一日と持たずに壊滅したのは衝撃だったが、あべこべに八郎の闘志をかき立てた。

「黒門口と言えば佐兵衛はどうしている」

「湯屋の旦那なら向島の親類に避難して無事でさあ。もっとも今度は時間がなくて誰とも会えませんでしたが、皆さん、お変わりはないようで……それよりも先生、官軍が押せ押せで来てるじゃござんせんか」

「戦略は昨日のうちに立ててある。これから最後の詰を話しに（小田原城へ）出かけるところだ」

八郎は涼しげな笑いを口元に浮かべて言った。あとは戦うだけという表情である。

征討軍がそこまで来ているのは八郎も判っている。だが小田原藩の家中が恭順に寝返ったことはまだ知らなかった。

まもなく八郎の宿所へ岡田斧吉、天野豊三郎、前田条三郎、小柳津要人、和多田貢、玉置弥五左衛門らが集まってきた。みんな間近に迫った戦を意識してか、どことなく昂ぶりが感じられる。頼もしい同志たちである。

外は薄日が差していた。

「行ってらっしゃいやし」

鎌吉が八郎の背後から、小稲の肌襦袢を縫いこんだ陣羽織を着せ掛けた。

八郎を先頭に屈強な隊士十人が後に続く。やがて小田原城下に着き、城山の大手門に向かったが、

(何か、変だ、おかしい)

大手をくぐった時から、そんな感じがした。昨日と違う異様な空気が城内に澱んでいる。遊撃隊に接する家中藩士の目つきや態度もどこかよそよそしい。石垣や城壁、立木や下草までが冷ややかに迎えるようだ。

客殿へ通されて、その訳がはっきりした。

八郎たちの応対に出たのは佐幕派の渡辺了叟でも関小左衛門でもなく、初めて会う佐藤喜十郎という初老の公用人だった。

佐藤喜十郎は、八郎たちの前に深々と頭を下げると、慇懃を極めた口調で、

「このたび小田原藩は、家中を上げて勤皇恭順に決しましてござる……」

と言って、また叩頭した。佐藤の後ろに控えた藩士たちもそれにならって平伏した。何だか小馬鹿にされている感じがしないでもなかった。

佐藤はさらに、恭順を選ぶしかなかった小田原藩の苦境を縷々《るる》述べたあと、最後に遊撃隊との同盟を破る結果になったことを陳謝し、詫び料のしるしとして、

「金子千五百両、玄米二百俵、酒二十駄、器械、弾薬など、中門に用意したれば、どうか御受納いただきたい」

とまたまた慇懃に頭を下げた。

（ふざけるな）

八郎は腹の中で思っただけで声には出さなかった。腹を立てるより呆れかえったのだ。

明らかな小田原藩の裏切りである。それも二度目の背信で弁解の余地はない。武士の二枚舌では怒る気にもなれなかった。むしろこの場に人見がいないことにほっとしていた。気短な人見がここにいたら、怒りに任せて抜刀していただろう。

「……」

無言でいるが、八郎の背後に居並んでいる隊士たちがざわざわしていた。臆病で

恥知らずな小田原武士に出会って、彼らも我慢がならなかったのだろう。

（まあ、待ちなえ）

八郎は後ろ手で隊士を制する仕草を見せてから、佐藤喜十郎の方に向きなおった。

「公用人さん、折角ですから詫び料は受け取ることにいたしやしょう。受取証文を書くから、済まないが、巻紙と太めの筆と墨をたっぷり、ご用意ねがえませんか」

「証文などと……」

「いやいや、後々の証拠に残しておきませんと、争いのもとになりやすから」

八郎は生真面目に応えると、腕を組み目を閉じて、筆墨が運ばれるのを待った。

やがて茶坊主が筆墨を入れた木箱を捧げて、八郎の前へ持ってきた。八郎はゆっくり筆を執ると、筆先に小鉢の墨をたっぷりと含ませてから、巻紙には目もくれず、背後にある襖の前に立つと、襖紙の上部の白い部分へ、いきなり筆を走らせた。

反覆再三
怯懦千万
堂々たる十二万石中
また一人の男児なきか

箱根三枚橋

一

八郎は湯本茶屋にいる。

小田原藩と決裂したあと、遊撃隊は湯本に主力をおいて数カ所に分宿したが、翌二十五日は全軍が湯本茶屋へ移り、米屋方を本陣とした。

その日は名主や村役に近隣を案内してもらい、まる一日を戦闘の準備に費やした。農民を雇って地の利を調べ、入生田《いりうだ》から山崎、三枚橋まで、砲台を造ったり、堀を掘ったり、土のうで胸墻《きょうしょう》（射撃を防ぐ堆土）を積み上げたり、邪魔な木や枝を切り倒したりして、一日が暮れていった。

遊撃隊は右腕に桃色の腕章を巻いて識別とした。桃色は散りぎわのいい桜からの連想である。隊の一部は先鋒部隊として三枚橋へ布陣させ、人見がいない第一軍は、岡田斧吉が指揮を執った。

そして迎えた朝は、爽やかだった。やるだけのことはやった、あとは敵を迎えるだけ、悔いのない心境である。

昨日、今日と雨も上がっていた。八郎は朝のうちに田村銀之助を連れて、陣地を見て廻った。ある隊士は土のうに寄りかかって、本を読みながら声を上げて笑っていた。滑稽本であろう、なかなかの度胸である。ある者は紙将棋を楽しみ、ある者はミニエー銃を磨き立てていた。隊士の表情は明るく、闘志は充分と見た。

宿舎に戻ったのは、午前九時過ぎである。八郎は煙草を吸いつけると、

「そろそろ来る時分かな」

青い煙を吐いて銀之助をふりかえった。銀之助は街道が見える縁先から、表の方を見ていた。桃色の識別章をつけた稽古着に木綿袴、鋲打ちの鉢巻を締め、やや蒼ざめた顔色には緊張も隠せないが、箱根関門の戦闘では、隊士に交じって銃撃戦を経験していた。

「何がですか」

銀之助が訊きかえした。

「お客さまさ、敵さんだよ」

「なんだ」

詰まらなそうにつぶやくと、銀之助はまた表へ目を向けた。その視線の先で、子猫が古草履にじゃれていた。銀之助はさっきからそれを見ていたのである。

（まだ子供だ）

と八郎は思った。

「銀、おめ、羽織なしで寒かねえのか」

「寒くありません」

「そうか、元気があっていいな」

ふっとそのとき、八郎は迷いを感じた。

銀之助は土方歳三から預かった十三歳の少年である。侍に憧れて新撰組に志願した子供だが、農民出の土方が彼を可愛がったのは、そこに自分を重ね見たからだろう。その銀之助を伊庭八郎に託していった土方の中には、侍になる銀之助を見届けてくれという念いがあったのではないか、だとすれば、十三歳の子供を敵の正面に立たせるわけにいかない。そんなふうに八郎は思ったのだ。

ところでもう一人、八郎には、戦場に晒したくない男がいた。鳥八十の鎌吉だが、こっちの方はうまく追い払うことが出来た。

昨日のことである。鎌吉がやってきて、

「名主さんから軍鶏《しゃも》を貰ったんで、今夜は腕をかけて、ご馳走しますよ、先生」

「ありがてえが、おいらはいいから、林の殿様にご馳走してやってくんな、山の中だし、碌なものは食べてねえはずだ」

「泣かせるなあ……ようがす、林の殿様にしっかり食べていただきやす」

鎌吉はすぐその気になり、軍鶏を下げて箱根新屋へ出かけたのである。

新屋には林昌之助の第四軍が宿陣し、箱根関門を守備しているが、ここだとて戦場にならないという保証はなかった。大総督府は、下参謀の渡辺清左衛門に大村、砂土原の藩兵を付けて、沼津、三島方面から箱根関門へ攻め上るよう指令しているからである。

それでも確実に激戦となる山崎、湯本周辺よりは、こっちの方が安全だし、相模湾には人見とともに旧幕艦が到着する頃である。

「隊長、報告です」

表で伝令の声がした。小田原方面に放った斥候からの順達である。

「小田原を発した敵軍（小田原藩兵と征討官軍）は現在（午前十時）、風祭村、早川村、水之尾村を進撃中、先鋒部隊は小田原藩兵で長州、因州、備前、津の各藩兵が続き、街道を入生田に向かう」

報告を聞くと八郎は、わざとつぶやいた。

「両軍の戦闘（接触）は昼過ぎか」

それから銀之助の方をふり向くと、

「銀、重要な連絡が生じた。今から用件を書面にするから、おめ、それを持って箱根新屋の林隊長まで届けてくれろ」

「はい」

「届けたあとは林隊長の指図に従うこと、分かったな」

「はい」

銀之助は、八郎の作為に気づくどころか、一人前の隊士として扱われたと思い込み、目を輝かせて、八郎が書面を書き上げるのを待っていた。

銀之助が新屋へ出発すると、身軽になった八郎は、近くに宿陣している第三軍の隊長・和多田貢に使いをやって将棋に誘った。戦が始まるまで何もすることがなかった。

和多田は脱藩する前は藩の医者だったが、将棋が抜群の腕といわれ、以前から八郎と一度手合わせしようと言いながら、その機会がなかったのである。

その和多田は背中に「義」と大書した陣羽織を愛用し、このときも着てきたが、座敷へ上がっても脱ごうとせず、陣羽織を着たままで将棋盤に向かって座った。

(こいつも相当変わったやつだ)

八郎はうれしくなった。

二

対局中に何度か斥候の報告が入った。そのたびに敵軍との距離が縮まっていた。

午後一時過ぎには、

「小田原藩の先鋒部隊が入生田の山中から街道へ出たところを、遊撃隊の斥候隊が狙撃し、敵が応戦した」

という報告があったが、二人は対局を止めず、悠々と将棋を打ち続けた。

午後三時前、山崎の辺りか、砲声がとどろいた。盤面の決着はまだついていない。和多田がようやく顔を起こして言った。

「この勝負、預かりじゃのう、伊庭さん」

預かりと聞いて、八郎の脳裏にある名前が走った。ふだんは忘れていて、何かのときに突然、出てくる名である。

（諏訪隼之助、どうしているやら……）

八郎は目を遠くしながら、和多田と一緒に盤上の駒を片付けてから立ち上がった。

そのとき二発目の砲声が響いた。

八郎は本陣から第二軍を率いて山崎へ出撃した。岡田斧吉の第一軍、和多田貢の第三軍も続いた。あわせて百五十人ほどの小勢である。敵は総勢二千に近く、数の上でも味方を圧倒していた。やはり小田原藩の裏切りが大きくひびいている。

前線の山崎では銃撃戦が展開していた。敵の先鋒は木立ちや民家の陰に隠れて銃撃しながら進んでくるが、動きが鈍くて攻撃が手ぬるいのは、小田原藩兵だからだろう。昨日まで味方だった遊撃隊に、煮え湯を飲ませておいて士気が上がるはずがない。

しばらく距離を置いての戦闘が続いた。銃砲声が街道を挟む山々に響き、木々が揺れ、木霊が山間の空気を震わせて尾を引いた。

午後四時頃になって、敵の後方にいた長州藩兵が小田原藩兵に代わって前進してきた。小田原勢の生ぬるい攻撃に業を煮やしたのだろう。真っ先に走ってきた隊長が抜刀し、

「突撃！」

を命じたとたん、銃弾を受けてのけぞり、兵に助けられて後方へ送られた。

だが長州部隊の闘志は盛んで、隊長の負傷にも怯まず、全部隊が刀を抜いて突進し、味方数人を斬り倒して山崎の土塁を突破した。因幡、備前、津勢も突撃に移って山崎村へ殺到し、小田原勢も雪崩れ込んだ。

多勢に無勢が囲い込まれる形で、戦場は入り乱れ混戦状態になった。銃撃よりも斬り合いが主になった。

味方は勇戦奮闘したが、何としても敵は圧倒的多数である。多くの隊士が犠牲になり、味方の劣勢は覆らなくなった。残兵の敗走がしだいに増えてきた。

日が傾いて、戦場が少し昏《くら》くなった頃、八郎は兵を指揮しながら敵五人を斬り倒し、混戦から脱け出していた。後方の三枚橋まで退いて、態勢を立て直すつもりである。

八郎は血刀を下げたまま、ひとり三枚橋の方へ向かっていた。前方の樹の下に数人の兵が立ち話をしているのが見えた。夕闇でぼんやりしていて、見分けがつかず、

「誰か」

と呼ぶと、一人が大声で「おう」と応えた。

八郎は味方だと思い、合流するつもりで近づいていくと、そこへ銃弾が飛来して八郎の腰のあたりを貫通した。

「うむっ」

衝撃で思わず八郎が尻餅をついたところへ、敵兵の一人が勇敢に飛び込んできて、八郎めがけて力いっぱい刀を振り下ろした。

八郎は左腕を斬られたが、とっさに座ったまま、右手の血刀を振るって相手を斬り伏せた。さすがに心形刀流の一太刀は鋭く、その場に相手は倒れて即死した。この男は後に小田原藩兵の高橋藤太郎と判った。

気がつくと八郎の左腕は手首が半ばから斬られ、皮一枚でぶら下がっていた。血がぼたぼたと流れ落ちた。八郎はふらつきながら刀を杖にして立ち上がった。左腕を近づけて傷口の血を吸ったが、そんなことで深傷の血は止まらなかった。

この光景を見て、樹の下にいた残りの小田原兵たちは走り去った。その後へ味方の兵四人が通りかかった。いずれも山崎で敗れて湯本へ退く途中だったが、中の一人が第三軍の隊長・和多田貢の従者の治兵衛だった。

「や、隊長さん」

驚いた治兵衛は、腰を痛めている八郎を脇から支えると、あとの者が近くの民家に走って戸板を用意してきた。

八郎は戸板に仰向けに寝かされ、四人の肩で後送された。

(こんちきしょう!)

戸板の上で声にならぬ声を八郎は発していた。頭上の雨雲が切れて小さな星が瞬いていた。涙が出てきた。傷の痛みよりも不覚をとった自分に腹を立て、傷ついていた。悔しくて唇を噛んで泣いた。

戦闘は午後七時前に、ほとんど終わっていた。本戦に突入してから三時間と経っていない。官軍は敗走する味方を五、六町追撃しただけで引き上げていった。無残に敗れた遊撃隊は、湯本茶屋まで退却し、ここで兵を収束すると、敵の追撃を逃れるため、湯本茶屋一帯に火を放ち、箱根道をさらに奥の畑宿へ後退した。

八郎は戸板に乗せられたままである。須雲川の水音が、敗残の身になぜか辛く聞こえる。畑宿まで二里の夜道だが、八郎の脇には和多田貢がずっと付き添ってくれた。

「腕はまだ一本あるんじゃから、将棋の続きは打てますわ」

和多田らしい労りが、また八郎の胸にこたえた。こんな失敗《しくじり》をやらかすくらいなら、あのとき死ぬべきだった、いや今でも死ねる、死んでしまおう。八郎は、腰から小柄を引き抜いて、何度、喉を掻き切ろうと思ったか知れなかった。

三

林昌之助には請西《じょうざい》藩を脱藩したときから、藩医の服部周庵が従いてきていた。

急報で八郎の重傷を知ると、昌之助はすぐさま箱根新屋から服部を畑宿へ下した。鎌吉と銀之助が一緒についてきた。

八郎の傷を見て、服部周庵はさっそく応急処置にかかった。用意させた焼酎を口にふくんで、傷口にパーッと吹きかけ、皮一枚でぶらぶらしている手首を腕から切り離し、止血をし、包帯で安定させた。腰の銃創にも手当てをおこない、

「しばらくはこれで保《も》ちますが、早急に本格的な手術をする必要があります」

と八郎より周りの者に注意を与えた。

八郎はやっと落ち着いて眠りに就いたが、鎌吉と銀之助は心配でたまらず、八郎のそばに付きっ切りだった。

十二時近くなって、昌之助が家臣十人ほどを連れて畑宿へ下りてきた。

八郎が目を覚ましたので、昌之助は各隊長を集めて話し合い、ここで、

「全軍退却」

を決めた。山崎の戦闘だけで遊撃隊は三十人を超える戦死者をだしていた。すなわち遊撃隊本隊十九、駿府隊四、勝山隊五、前橋隊三、行方不明三である。

「このままでは箱根の天嶮は支えられない」

それが退却の大きな理由だが、昌之助の考えは、箱根占拠がだめなら榎本の旧幕軍艦で奥州へ行き、東北諸藩に合流してあくまで政府軍と闘うことだった。ただそうなると、負傷者は連れていけない。

当然ながら八郎とも別れることになるが、八郎を深く信頼してきた昌之助だけ

に、それが残念で仕方がなかった。

「退却には箱根関門から鞍掛山、日金山（十国峠）と山越えの険しい道が続く。そこもとの傷が心配だ……」

昌之助は八郎の身を気遣いながら、八郎の目を見ようとしない。辛いのである。

「殿様、ご心配には及びません。じきに快《よ》くなって後から追いつきますよ」

八郎は言った。八郎もそのつもりである。男がいちど誓い合ったら、死んでも誓いは貫くものと決めている。

（徳川回復の戦いが、殿様とおいらの誓いだったはずだ）

片手を喪うという重傷は、一方で八郎の気を昂ぶらせてもいた。箱根で敗れても命が続く限り戦い抜くぞと、八郎は自分に言い聞かせていた。

夜明け近くなって、箱根関門に残留していた昌之助の部下たちが、残らず畑宿へ下りて来た。元気な者たちが出発の準備にかかった。負傷者や病人には乗り物や山駕籠、杖などが用意された。

午前十時、一同は畑宿を出発した。畑宿から権現坂を過ぎて箱根新屋まで来ると、ここで殿軍《しんがり》三十人を割いて、本軍は左へ曲がり、間道伝いに十国峠を越えて熱海へ出る手筈である。

箱根新屋は関所の西にある村落だが、ここに残った殿軍は、敵の追撃や新たな攻撃に備えたもので、小田原口の官軍が追撃してきても、また三島口から別の官軍が関門へ攻め上ってきても、そのときは新屋一帯を焼いて、出来るだけ敵を防ぎ、熱海へ下る本軍の安全を図ろうというのである。熱海まではおよそ五里の山道である。

負傷者、病人を連れた本軍が、熱海へ無事に着いたのは午後五時過ぎである。熱海の海は暮れなずみ、風に吹かれる磯の香りが一同をほっとさせた。

熱海には人見勝太郎が待っていた。八郎は駕籠に乗ったまま人見と再会した。

「えらい落し物をしたな、伊庭さん」

人見は手首のない八郎の左腕に、露骨に目を当てて言った。林の殿様とは反対で、これが人見の友情の表し方だった。

「面目ねえ、おめさんの留守に、苦戦の甲斐もなく多くの同志を失ってしまったよ」

人見の第一軍は岡田斧吉が指揮して、八郎に直接の責任はなかったが、八郎はそれでも人見に済まないと思った。

「戦だからな、誰だって死ぬときは死ぬ」

けろりと人見は言ってのけ、これから漁船で網代港まで行き、そこから大船に乗りかえて館山へ向かうのだと言った。

だが重傷の八郎をはじめ傷病者は、館山で軍艦・開陽丸へ移され、さらに品川沖の病院船・旭丸へ収容された。

八郎は館山を去るとき、田村銀之助を人見勝太郎に預け、再会を約してひとまず別れていた。重傷の身ではそうするほかなかった。

鎌吉とは品川沖の病院船までは一緒だったが、ここから、むりやり鳥八十へ帰らせた。鎌吉は八郎の世話を強く望んだが、

「おめに戦場でうろちょろされるのは目障りなんだよ」

「解っていますよ、先生がそうおっしゃるお気持ちは。でもそのお身体では、あっしが傍についてねえと……」

「頼むから、帰ってくれ、帰《け》えれってのが判らねえのか！」

さいごはわざと叱り付け、鎌吉は泣きっ面で陸へ上がった。

そのあと八郎は旭丸で再手術を受けることになったが、切断手術には榎本釜次郎が立ち会ってくれた。八郎は手首のない左腕を眺めながら、ため息をついて榎本に、

「榎本さん、おいら、やりそくなった。やりそくないました」

と繰り返し言って情けない顔をした。

手術の執刀をしたのは篠原という外科医だが、手術に麻酔薬を使うように八郎に

勧めても、そんなものは嫌だと断り、

「先生、それよりおいらの骨を削ってください。眠れなくて困っています」

と冗談を言い、手術が終わるまで顔色一つ変えなかった。これには榎本も感心するよりあきれた。こんな肝っ玉の太い意地っ張りはやたらいないからだった。

四

六月一日、八郎が手術を受けて三日目である。館山で再編成した林昌之助の請西隊と、人見勝太郎の遊撃隊百三十人が、再起を賭けて、輸送船・長崎丸で奥州へ向かった。

岡田斧吉、和多田貢、福井小左衛門、滝沢研三、蔭山頼母、小柳津要人、沢六三郎、それに田村銀之助も——生きのいい元気な連中が奥羽の戦場へ合流した。

取り残された淋しさがないではないが、八郎もいずれ負傷が癒えれば彼らの後を追う気でいる。そのことは榎本にもよく頼んであった。

手術後は痛みで眠れない夜が続き、退屈する間もなかったが、だんだん快方に向かい、船内を自由に歩けるようになると、八郎は来るべき日に備えて射撃の訓練を始めた。天気の良い日は甲板に出て、前方に瓶などを幾つも吊るし、左腕の肘に銃身を乗せて狙い撃つのである。

これまでは剣士の反動で銃には愛着が持てなかった八郎だが、その気になるとけっこう射撃も面白かった。上達も早かった。剣と同じで八郎には武術武技といったものに無類の才があった。いまや距離が離れても、標的が揺れていても百発百中の腕前になった。

そうして待ちに待ったその日――榎本艦隊脱走の日がついにやってきたのである。すでに榎本艦隊の脱走は旧幕兵諸隊の間で密かに連絡がとられ、各自が搭乗する艦船も割り振りが決められていたのである。

病院船生活二カ月半、その夜、旭丸の船長から非公式に榎本艦隊の出動を報されて、八郎はようやく「伊庭の小天狗」の死場所が与えられたと思った。

八郎は、片手のない身体でいつまでも生きたくないと、ずっと思っていた。早くどこかで死に花咲かせて散ってしまいたい。こんなぶざまな姿では、みっともなくて、江戸へも帰れないと思い続けていた。

榎本艦隊の脱走は、その八郎の心に適う唯一最後の機会に思われた。八郎は甲板へ出ていた。月光が冴え渡っていた。品川の宿場の明かりが地上の星のように瞬いて見える。同じ夜空を小稲と何度も眺めながら、いろんな話をしたことが思い出された。

小稲ともう会うことはないだろう、それでもおいらたち夫婦だぜ、約束しただろう。あのときも明るい月夜だった。幸せな夜だったなあ。

ひたひたと舷側を叩く波音が、あの夜の二人の会話のように聞こえる。思い出すのは小稲のことばかりで、片腕の喪失さえも八郎は忘れていた。

八月十九日の未明、榎本釜次郎は、開陽、回天、蟠龍、千代田の四軍艦と、長鯨、神速、咸臨、美加保の四運送船に、松平太郎、荒井郁之助、永井尚志らの同志やフランス軍事教官ほか旧幕陸兵二千三百を乗せ、蝦夷地をさして品川沖を脱走した。

榎本は、かねて、生活困窮の幕臣のため蝦夷地を開拓し、北方防備に当たるという趣旨の請願をしていたが、脱走の直前『徳川家臣大挙告文』を草し、その中で次のように言っている。

「今の政体は公明正大と言うが、実体はちがう。王兵が東下して主君（慶喜）に朝敵の汚名を被せ、城地を没収し、幕臣の居宅さえ保有出来なくした。これは一、二の強藩の独見私意から出たもので、真正の王政ではない」

欺瞞の政体だと断じているのである。

そもそも将軍が政権を返上し、新政府に服して江戸城を明け渡したとき、幕臣の多くは主家が徳川藩として存続を許され、自分たちも藩士として暮らしが立つと考えていた。

ところが事実は旧領地六百万石から駿府七十万石が与えられただけで、これでは幕臣の生活が成り立つ道理がない。そこで蝦夷地決起となったが、蝦夷は榎本が早くから深い関心を持っていた土地（幕領）で、したがってここに拠った榎本軍は、単なる抵抗集団ではなく、東北諸藩と協力しつつ、武力によって徳川家臣団による新政権を樹立し、徳川勢力を回復するのが狙いであった、旧幕臣たちも、その榎本軍に最後の拠りどころを見出したのである。

旧遊撃隊は蟠龍丸と美加保丸の二艦に分乗した。八郎が乗船したのは輸送船の美加保丸だったが、ここで八郎は中根淑《しゅく》と本山小太郎に再会した。

中根も本山も八郎が箱根の戦で片腕を無くしたことを知っていた。八郎も二人の前では、ことさら左腕を隠そうとはしなかった。

「悔しかったろう、穎《さと》」

「派手に斬られたもんだな、八郎」

中根は眉をくもらせ、本山は笑い飛ばしてそう言った。どっちも八郎にとってはかけがえのない親友である。

「忠さんはどうしている」

八郎は訊いた。本来ならもう一人いるはずの親友・忠内次郎三の顔が見えない。

「忠内は蟠龍丸に乗った。乗船前に向こう（蝦夷地）で会おうと言って別れたよ」

中根が応えた。

「お直さんは？　元気でいるのか」

「お直さんは先月亡くなった。それも皮肉なことに、江戸が東京と改まった七月十七日だ。忠さんの知行所でな」

「今年は夏が越えられなかった。いや、越えようとして燃え尽きちまったんだ。忠さんもおれも水戸にいて、死水を取ってやれなかった」

本山がしゅんとした声で言った。

その夜も穏やかな月光が、海上を照らしていた。やがて出航合図の銅鑼《どら》が緩やかに船内に鳴り響いた。

五

海は信じられない荒れ方をする。

十九日の払暁、穏やかに江戸湾を滑り出した榎本艦隊が、房総半島の東を回る頃から北風が吹きはじめ、雨も降り出して、二十一日には時化《しけ》の只中へ入るのである。

美加保丸は全長五十二メートル、八百トンの老朽木造帆船である。艦隊の中では速力が劣るうえに、船倉に大小砲、弾薬、電信器械を積載して喫水が重いため、開陽丸（全長七十二・八メートル、二千五百九十トン）がケーブル二本を繫いで曳航した。

艦隊が暴風雨の中を鹿島灘へかかったとき、命綱のケーブル二本が続けて切れ、美加保丸は、みるみる開陽丸から引き離されていった。他の艦影も遥かに遠ざかり、美加保丸一隻が荒海の中に取り残されていた。

凶暴な嵐の虜となった老朽船は、やがて二本の帆柱を折られ、舵を失い、船底から浸水がはじまった。波浪を頭から被りながら、船体は陸地を去ること数十里の東南へ流されていった。

船倉には固定もせずに積み込んだ大小の砲身があり、これが船体の激しい揺れとともに転がって、今にも舟板に大穴を開けそうで危険きわまりなかった。

翌日は嵐はおさまったが、乗船の幕兵は残らず船酔いに罹ってどうにもならず、乗組員だけが浸水をポンプで排出しながら、必死に船首を北に向け、三日後にようやく鹿島灘まで船をもどした。

ところが、その夜からまた海上は時化に見舞われた。傷だらけで疲れきった美加保丸は、嵐の追い打ちに遭って、こんどは陸地の方へ吹き寄せられていった。海岸から三丁の沖合で、突然、船底がばりばりと音を立てた。暗礁に乗り上げたのである。場所は銚子の黒生浦《くろばえ》で深夜のことだった。

船底が裂けて、海水がどんどん浸入してくるが、もはや手のほどこしようがなかった。船は海中に傾きはじめ、乗船者が甲板にあふれた。乗組員は対岸の村に助けを求めることになった。

夜明けが近い海へ、勇敢な水夫が一人、船上から身を躍らせたが、わずかに泳いだと見えて、たちまち逆巻く波に呑まれて二度と水面に浮かんでこなかった。さらに続いて海軍士官の石塚重太郎が飛び込み、どうにか対岸に泳ぎ着いた。さらに三、四人が石塚に続いて浜へ泳ぎ着いた。

対岸の漁民も美加保丸の座礁に気づいて、漁船を何艘も出して救出にかかったが、激浪に阻まれて漁船は美加保丸に近づけない。石塚は漁民を指揮して、漁船を縦に綱で結び、これを美加保丸に繋げ、その綱を伝って船中の人々を浜へ上陸させようとした。

美加保丸には乗組員も含めて七百人が乗っていたが、救助の綱に縋《すが》っても、途中で綱から手が離れたり、波に攫《さら》われたりして、溺死した犠牲者は数十人もいた。中でも痛ましい死を遂げたのは、救助作業の先頭に立っていた石塚重太郎だった。

石塚は水際で人々の上陸や積荷の受け渡しをしていたが、水夫の一人が銃口を上向きにした小銃を石塚に手渡してきた。小銃には弾が込めてあったが、火急のことで、石塚はそのまま銃を受け取って手元へ引いたため、水夫の指先が引き金に懸かって銃が暴発した。弾丸は石塚の胸を貫き、石塚は朱に染まって浜に倒れ即死していた。

救出作業は徹夜で続けられ、大分の者が助かったが、夜が明けた黒生の沖の美加保丸は船首を海面に出して、ほとんど沈没していた。八月二十七日のことである。

危うく一命を取りとめて、無事上陸はできたものの、七日にわたる凄まじい海難に遭い、誰もが死人のように真っ青な顔をして、ふらふらになっていた。胃の腑は空なのに食欲はまったくなく、口を利くことさえ出来なかった。それでもこの者たちは、休養を取る余裕はなかった。

ぐずぐずしていれば、官軍側の追っ手がかかるからで、現に銚子陣屋から、

「美加保丸黒生浦漂着」

の飛報を受けた大総督府は、ただちに長州藩の林半七を軍監として現地へ急行させ、また銚子が飛領地である高崎藩にも出兵を命じ、脱走兵追捕に当たらせたのである。

脱走諸隊は上陸早々、追捕の手が延びて来る前に、一刻も早く銚子から離れる必要に迫られたのである。しかも武器弾薬は水浸しになって使い物にならず、おまけ

に船酔いで歩くのもやっとというのでは、戦闘集団としての行動も取れなかった。

やむなく諸隊はここでいったん解散し、各自ばらばらに分散し、敵の追及を逃れて再起を図ることになった。遊撃隊も解散して銚子を退転し、おのおのが箱館をめざし、現地で合流することに決まった。

こうして別れ別れになった脱走兵の中には、途中で捕えられたり、投降したり、江戸で捕縛されたりした者もあったが、大分の者は陸路を潜行して、東北仙台方面へ落ち延びていったのである。

六

(おいら、ここで腹を切る)

八郎が、そう決めたのは黒生浜へ上陸して二日目の朝である。

八郎は上陸後、浜に近い小さな寺の本堂で、一人、疲れた身体を休めていた。陸では「伊庭の小天狗」も、荒れ狂う海神には勝てず、病み上がりに等しい肉体は、重苦しい疲労と絶望感に打ちひしがれていた。

遊撃隊が解散したため、八郎も単独行動をとることになったが、八郎の場合は、片腕のない目立つ身体で、追捕の手を逃れながら、官軍の只中を箱館へ辿りつくのは、ほとんど不可能に思われた。

仲間と一緒なら迷惑が掛かるし足手まといになりかねない。さらに敵の縄目に掛かる屈辱は、それ以上に耐えられそうにない。それならいっそ、ここで腹を切って死ぬべきだ……、そう決めたのである。

昼過ぎ、中根淑と本山小太郎が連れ立って寺へやってきた。そこで八郎は言った。

「おいら、ここで切腹する」

中根も本山もはじめは冗談と受け取った。

「藪から棒に、何かと思えば、腹を切るだと、ばかを言うなよ」

本山は笑って取り合わなかったが、八郎の真剣な眼差しに気づいて表情を変え、

「おい、本気なのか」

「本気だ。おいら、ここで死ぬ」

八郎は頷いて応えた。

八郎が死を考えたのは今が初めてではない。箱根の戦闘で左腕を斬り落とされ、戸板で畑宿へ後送されながら、何度、喉を突いて死のうと思ったかしれない。だが今度は、あのとき以上に切実だった。

「穎、何を言うんだ。昨夜も三人で、どんなことがあろうと、箱館で再会しようと

誓いあったばかりじゃねえか」

「おいらは箱館へは行かない。ここで切腹して果てる。黙って勝手に死ぬのは友誼に反するから断ったのだ。止めても無駄だ。おいらはここで腹を切る」

八郎は首を振って頑固にゆずらない。

「こんなところで切腹しても、犬死と変わりゃしねえ。伊庭八郎の意地や士道が立つわけでもねえ、それでもいいのか、八郎。直参の誇りはどこへいったんだ」

「もう決めたことだ」

「穎、軽々しく死を考えるな。諦めるのはまだ早い。おまえの死場所はここではないはずだ」

中根が八郎の膝をつかんで必死に訴えた。涙ぐんでさえいた。

「淑さん、小太郎、この身体で箱館までどうやって行けると思う。無理だ、頼むから、ここで死なせてくれ」

今度は八郎が二人に頭を下げた。

「勇気を出せ、生きる勇気を持て、死ぬのはいつでも死ねる」

「小太郎の言うとおりだ。生きてこそ花なんだ。何もしないで死ぬなんて、卑怯未練な女々しいふるまいだ」

「……」

「男なら、今日まで生きて戦ってきた証を立てろ、意気地なし！」

本山が本気で腹を立てて言った。

「穎はいつからそんな弱虫になったんだ」

中根は泣きながら八郎の膝をゆすった。八郎がたまりかねて低い叫びを上げた。

「おいら、弱虫じゃねえ、ほんとは箱館へ行きてえ、行きてえんだ」

「だったら一緒に箱館へ行こう。かならず行けるように段取りはおれが考える」

「でも、おいらは……」

八郎は手首のない左腕を右手で押さえた。

「大丈夫だ。穎はおれが護ってやる。今の穎にはおれが必要だ」

「それならいっそ三人一緒はどうだ」

本山が言ったが、中根は首を横にふり、

「三人はかえって目立つ。二人がいい。小太郎には、遊撃隊士の連絡役という大事な任務が別にあるだろう」

ここはおれに任せろと中根は言った。八郎がやっとその気になったのを見て、ほっとした表情だった。

八郎は肩を落としてうなだれたまま無言でいた。箱根から持ち越した激しい心身の痛みに打ちのめされている八郎がそこにいた。

切腹なんて言い出したのも、気が弱くなっていたせいだと、中根は思った。

「そうと決まったら、ぐずぐずしちゃあいられねえな」

本山が笑顔になって腰を浮かした。

「どこへ行くんだ。小太郎」

中根が言った。

「銚子の古着市ですよ。まさか侍姿で道中する気じゃねえでしょう」

「なるほど、旅支度か」

「おれが戻る前に、中根さんも八郎も、頭を坊主に刈っておくんだな」

笑いながら言うと、本山は古着や旅道具の調達に出かけていった。気は短いが、こまめに他人の世話を焼く本山である。

会話が途絶えた本堂に、遠く近く揺れるように潮騒が聞こえてきた。嵐が去って穏やかに晴れた黒生の浜は、嘘のような風景絶佳の浜辺に変わっていた。利根川河口の突端にある夫婦ヶ鼻から海鹿《あしか》島まで、大小の黒い岩礁が遠浅の沖まで無数に散らばり、黒生の名の由来になっている。

中根が言った。

「とりあえず木更津を目指そう」

「木更津――」

八郎はうなずいた。木更津から船便で、とりあえず江戸へ出る目算だろうか。

木更津には伊庭道場一門の門弟が何人かいるが、木更津の北方にある中島村は、忠内次郎三の知行所である。思い出すのはこの四月、人見勝太郎とともに遊撃隊三十余人を率いて上陸したのが木更津で、そこから請西藩の真武根《まぶね》陣屋へ林の殿様を訪ねたのだった。

すべてがそこから始まったような気が、いま八郎はしていた。心が静かになると、切腹を考えたのも一時の迷いのように思い返されて、恥ずかしい気持ちになった。

「淑さん、ありがとう」

八郎は素直に中根に礼を言った。

七

本山が古着市からもどる間に、八郎と中根はおたがいに相手の髪に鋏を入れ、講武所風の髷を短く切ってざんぎり頭にした。江戸では流行りのざんぎりも、御家人で剣客の二人には少なからぬ抵抗があった。

「手ぬぐいでも被るさ」

顔を見合って苦笑するほかなかった。

夕方近くなって、本山が市の男に大八車を引かせて戻ってきた。

「高崎の藩兵が木下《きおろし》のこっちまで来ているらしい。出立を急いだ方がいいな」

本山は抜かりなく市で仕入れてきた情報を二人に伝えてから、ざんぎり頭を見て、

「似合うぜ、ご両人」

と冷やかした。

大八車には、本山が調えてきた旅商人の服装一式が積まれていた。粗い縞木綿の単《ひとえ》に独鈷《とっこ》の帯、半合羽、股引、手甲、脚絆、菅笠、草鞋、箱荷とそれを包む大風呂敷などで、なまくらの道中差まで用意してきた。

二人は試しに着替えてみた。刀は大小布に包んで荷箱に入れることにした。荷の中には小稲の陣羽織もあった。

どうにか俄か商人が出来上がった。生まれて初めての変装に、笑うに笑えぬ情けない思いで、二人はお互いを見比べてみた。

その夜は、本山が買ってきた酒で、三人で別宴の盃を酌み交わした。生きて会える保証はないが、かならず再会しようと誓い合った。

翌朝は、暗いうちに出発した。名残が尽きず、本山が名洗浦まで送ってきた。銚

子の磯回りもここまでである。

本山と別れた二人は、屛風ヶ浦伝いに飯岡へ向かう。苦難潜行の旅の始まりである。中根が行先を木更津にしたのは、伊庭家の先代軍兵衛秀業《ひでなり》の門弟で大河内一郎というのが、木更津で心形刀流の小道場を開いているからで、ひとまずそこに落ち着いて、後図の策を考えるためだった。

それはいいが、二人は道中の先々で、今まで経験したことのない、さまざまな苦労を味わった。すでに村や町の入口には関門が設けられ、官兵の見張りが通行人に目を光らせて、怪しいと見れば詰所へ連行していた。

関門に出会うたびに、八郎は左手に菅笠を結わえ付け、手に持っているように見せかけて通り過ぎた。武芸の心得はそんなときにも役に立ち、自然に振舞えるので見咎められることはなかったが。

宿で食事をとるとき苦労するのは中根である。八郎の左腕を知られぬため、わざと用事を言いつけて、女中を給仕から退《さ》がらせて、その間に食事を済ましてしまうとか、あるいは逆に、八郎の方に用事があるように取りつくろい、後で食べるから握り飯にして取って置くように言いつけるとか、そのたびに臨機応変の工夫をして八郎を助けた。

飯岡、野栄、蓮沼と九十九里浜沿いに泊まりを重ね、図らずも蓮沼の宿内で大河内一郎の噂を、二人は耳に入れた。

「木更津の大河内一郎が、官軍の手に捕えられた」

という。噂は事実であるらしい。

武芸の立つ大河内は、門弟のほか漁師や遊俠の徒に慕われていたが、佐幕派のため、彼らに担がれて、上総へ進駐してきた官軍に抵抗し、捕縛されたというのである。

「そうか、大河内が頼れないとなると、忠さんの知行地・中島村が頼りだな」

「忠さんの支配地なら、かえって安心かもしれねえ」

「富津にも門人の横山左門がいる」

「富津は不便だ」

そのわりには中根も八郎も落ち着いていた。上総には伊庭道場と縁故の者が多い。警戒すべきは、そこへ行くまでの道中である。

二人は中島村へ行くことにした。

その途中の東金へ入って、街道の茶店で昼飯をつかっている時だった。五十がらみの店の主が奥から出てきて、言葉をかけた。

「失礼でございますが、これからどちらへ参られますか」

目の配りといい腰の据わりといい、ただの茶店の親爺ではなかった。親爺の方も二人を旅商人とは見ていないようだった。官軍に追われる脱走兵だと、すでにその正体を見破っていたのだろう。

「行く先はまだはっきり決めていないが、どうしてです」

中根が商人らしい口の利き方をして、行先を誤魔化すと、親爺は頷いてから、

「この先の長南の関門は危のうございます。代官の厳しいご詮議で、関わりのない通行人までが難儀をしております」

「わしらは中島村に用がある」

中根がこんどは事実を口にすると、親爺はにっこりして、

「中島なら鶴牧（姉ヶ崎）から回った方が安心でございます。鶴牧は御旗本の水野様の知行所で、関門通過も他所より、よほど楽でございます」

「ご亭主、おめさん何者だい」

八郎がずばりと訊いた。親爺は微笑をくずさずに、すこし皮肉な調子で応えた。

「ご覧のとおりの茶店の親爺でございます。お客様方はお武家様でございますな」

「判るか」

「ご無礼ながら、その着こなしでは、商人に見ろと言う方が無理でございます」

「旅商人には見えねえか」

「商人は旅中でも往来の真ん中は歩きませぬ。いかがです、よろしければ、この親

爺が、あらためて旅商人らしく仕立てなおして差し上げますが、奥へいらして下さいまし」

「それはかたじけない」

「ご遠慮には及びません。さあどうぞ」

親爺の案内で、茶店の奥座敷へ入った二人は、下帯一つの裸にされて、親爺から着付けのやり直しをさせられた。そのとき八郎は、親爺の耳の裏側に、刀傷のような痕が走っているのに、初めて気がついた。

着付けが終わると、ふしぎなことに、二人とも本物の商人になった気がした。武芸の技に通ずるなと八郎は思った。

親爺は再び笑顔になると、

「これで商人に見られます」

「こんどは往来の端を歩くことにしよう」

中根が言うと、親爺は声をあらためて、

「木更津に山口屋徳兵衛と申して廻船問屋を営む男がおりますが、もしも船の手配などでお困りの節は、東金茶屋の親爺から聞いたと申して、何なりと遠慮なくお申し付けくださいまし」

八

八郎と中根が姉ヶ崎回りで、中島村へ着いたのは九月五日である。

二人は中島村の年寄(役)・原田六左衛門方に、草鞋を脱いで厄介になったが、中根が中島に滞在したのはたった一日で、つぎの日は、六左衛門に送られて、木更津湊から一人で旅立っていった。

出立の前の晩、中根は自分が考えている計画を、余さず八郎に明かしていった。

それによると、陸路をとって箱館へ行くのはとても無理だから、海路をとる計画だと言い、それも日本の船には乗れそうもないから、外国船を利用すると言う。

「おれの学友で乙骨太郎乙《おっこつたろういっ》というのが江戸にいる。親父は乙骨耐軒という儒者で、もう亡くなったが、せがれの太郎乙は英学を修めて、いま外国の通詞をしている」

その乙骨に相談してみる。顔も広いし信頼できる男だから、何かいい手づるを探してくれるだろう。

「それともう一人、英学仲間で飯岡金次郎というのが横浜の太田町にいるが、飯岡も元幕臣で乙骨と同じ通詞をしているから、ここも訪ねるつもりだ。時間は少し掛かるが、かならず吉報を持って戻ってくる」

心強い言葉を残して、中根は江戸へ向かったが、このとき中根が乗った船が、東金茶屋の親爺の口利きで知った廻船問屋・山口屋徳兵衛の持ち船の東神丸だった。

八郎は中根を木更津まで送ってもどってきた六左衛門から、初めてそのことを知っておどろいた。

「じつは中島へ来られてすぐに、中根先生から船の手配を頼まれまして、そのとき東金の親分や山口屋徳兵衛さんの話が出たのですよ。さっそく山口屋さんへ使いを飛ばして、配船の手筈がついたという訳でして……」

「東金の親分というのが、あの茶店の……」

「はい、今は隠居していますが、片貝半五郎といって上総では聞こえた大親分です」

「そうだったのかい」

(それにしても淑さん、おめさんて人は……)

八郎はあらためて中根淑の熱い友情に感謝した。しかし中根からは、それきり何の連絡もなかった。

八郎は六左衛門の屋敷の土蔵の二階に寝起きしている。表向きには世間を憚る形を取っているが、むろん屋敷内では自由に過ごしていた。

知行地の農民から見れば、主人の忠内次郎三の朋友という立場は、賓客といっていい。

「ここなら安心でございます」

その六左衛門も家族も奉公人も、主人に仕えるように丁重に扱い、誰も、官軍のお尋ね者などという目をして、八郎を見るものはいない。

さすが関八州の土地柄で、徳川の威光が染みわたっている。上方勤務が長かった八郎はあらためて関東と上方の違いを実感した。

木更津湊が近いせいか、中島村には情報がよく入ってきた。榎本艦隊のその後の消息もここで知った。蔵の二階へ報せにくるのは、六左衛門と決まっていた。

「開陽丸は、帆柱と舵を折られ、海上を三日も漂流して、松島湾の東名浜へ着いたそうです。咸臨丸は伊豆の下田まで流されて、駿河の清水港で政府軍の軍艦に拿捕《だほ》されました。旦那さま（忠内次郎三）が乗り組んだ蟠龍丸も流されましたが、清水港で修理を終え、どうやら東名浜にたどり着いたようで、一安心いたしました」

温暖の房総にも秋がどんどん深まっている。昨日は澄み切った高い空に、雁渡しが見られた。あの鳥たちは何処へ行くのだろう。わが身に置きかえて、雁の行列を飽きず見守る八郎であった。

会津落城の報が伝わったのは、その頃である。奥羽で転戦している新撰組の土方歳三や、遊撃隊の人見勝太郎、岡田斧吉たちはどうしているだろう。請西隊を率いる林の殿様のその後も気にかかる。

それにしても、淑さんからの連絡がまだ来ないのはどうしたことだろう。その身に何か起こったのだろうか。すでに別れて一月余が経過していた。

日増しに不安を募らせているその日、江戸から客来だと六左衛門が知らせてきた。やっと来たという思いで、

「淑さんだな」

思わず口走ると、

「いいえ、中根先生ではありませぬ、別人です。本山小太郎と申されました」

「小太郎が、一人か」

「はい」

「すぐ通してくれ」

ほどなく六左衛門に案内されて、本山が蔵の二階へ上がってきた。本山も頭をざんぎりにして口髭を生やしていた。元気そうで、八郎の顔色を読むと、いきなり本山は言った。

「中根さんは来ないぞ、静岡へ行った」

「静岡へ何をしに」

「亀之助（徳川十六代当主・家達《いえさと》）さんの下で、沼津兵学校の創設に関わっている」

「いつの話だ」

「半月、いやもう少し前になるか。おまえを箱館まで外国船で送る段取りを、しっかりと付けて、それから静岡へ行った」

「淑さんは箱館へは行かないのか」

「おまえと一緒に箱館へ行くのは、この本山小太郎だ」

「知らなかった」

「もっと早く、知らせればよかったが、連絡しなかったのは中根さんのせいではないぞ。あの人はよくやった。まず、そのことから話をしよう」

本山はそう言うと、蔵の窓から差し込む明るい日差しに目を細くして、一月ぶりに再会した八郎の変わらない美貌を、あらためてしげしげと見た。

九

一月前、木更津から山口屋の廻船で江戸へ入った中根淑は、その足で乙骨太郎乙を赤羽橋の家に訪ねた。そこで中根は、外国船による伊庭八郎の箱館移送計画を打ち明けて、乙骨の協力を求めた。すると乙骨は、

「そんな大事を託せる人間は、たった一人しかいない。横浜で米国公使館の通詞を

している尺《せき》振八だ。尺に会って頼んでみるといい。侠気のある男だから相談に乗ってくれると思う。おれからも一筆書こう」

といって紹介状を書いてくれた。

横浜には中根の友人でやはり通詞をしている飯岡金次郎が太田町にいる。中根は尺を訪ねる前に飯岡の家に立ち寄った。すると偶然にも、そこへ尺振八が飯岡に会いに来た。幸運だった。

中根はむろん尺とは初対面だったが、乙骨の紹介状を渡して大事を話した。

「伊庭八郎は、私の命に代えても守らねばならない大切な友人ですが、去る箱根の戦で左腕を失い、そのことが、すでに官軍の手配書に、片腕の遊撃隊長として、記載されているため、陸路を経て箱館へ向かうのは、不可能な状態です」

すると尺は、一つ頷いただけで、

「分かりました。箱館移送の件、やってみましょう」

とその場で引き受けてくれた。

「私は江戸佐久間町で生まれ育ったので、すぐ鼻先にある伊庭道場のことはよく憶えています。伊庭の小天狗と言われた八郎さんの噂も聞いています。他人のようには思えんのですよ」

と人懐こい顔で言った。尺は中根や忠内と同じ天保十年（一八三九）生まれで、幕臣であることも共通し、話もはずんだ。

「外国船の出港予定もあるし、船長へ渡りをつける都合もあるので、すぐに乗船できるわけではありませんが、かならず箱館へ行けるよう計らうので安心してください。木更津の八郎さんにはいずれ早めに、江戸か横浜へ移ってもらいます。いざ出港と決まってから、木更津を発つのでは乗船に間に合わず、折角の機会を逃してしまいます」

「心得ました」

「あとは船賃が入用になります」

「どれくらいを見積もれば……」

「それは、これからの交渉次第です」

中根はその夜は飯岡の家に泊まり、翌日、江戸の自宅へもどったが、つぎの日は芝露月町に隠れ住む本山小太郎と会い、横浜の一件を話し、木更津の八郎を受け入れる環境をどうやって整えるか話し合った。

それからの二人は江戸と横浜を何度も往来して、尺振八とも連絡を取りながら、八郎の受け入れ態勢と横浜の地理や情勢の調査に時間を費やした。

沼津兵学校の話が、元海軍所の上司で今は駿府徳川家に仕える畑中磋之助から、中根に伝えられたのは、そんなときであった。

畑中碌之助の話は、中根に沼津兵学校の設立に参画し、教授陣に加われという、願ってもない名誉な話で、中根に支障がなければ、有難く受けたであろう招請だった。ところが、

（今のおれには穎を無事に箱館へ送りつける仕事と責任がある。傷ついた友を放り出して、自分だけ甘い蜜を貪ることはできない）

中根はそう思うのである。中根にとって学問は生涯の夢ではあったが、友情はそれ以上のものだった。

沼津兵学校は、旧幕府が残した膨大な書籍や器械、優れた人材の活用を図るため、旧幕陸軍の幹部が中心となって設立し、当初は徳川家兵学校と称したが、中根には夢を叶えるまたとない機会であることも確かだった。

だが中根は、傷ついた八郎や本山と、共に箱館を目指そうと誓ったことに後悔は感じていなかった。だから沼津兵学校のことは、誰にも話さなかった。

ところが本山小太郎に兵学校の話をした者がいたのである。乙骨太郎乙だった。乙骨は別のところからこの話を耳に入れ、本山に話して、あらためて中根の学才を生かしてやったらどうだと、本山に訴えたのである。

蔵の明かり採りの窓から差す光が、よほど翳ってきた。空気も少し冷えてきた。

「八郎、これで中根さんが来ない訳がわかったろう」

本山が言った。

「おれも乙骨から聞くまでは、そんな話があったとは知らなかった。乙骨の言うことは道理だとおれも思ったから、二人で中根さんを口説いたのさ。口説き落とすのに朝から夜明けまでかかったぞ。最後は泣きながら静岡へ行くと約束してくれた。顔を裏切ってしまって、合わせる顔がないと、泣きじゃくっていたよ。おれたちも一緒に泣いてしまったがな。八郎、許してやれ、裏切られたなんて思ったら罰が当たるぞ。あの人は充分におまえのために尽くした。箱館で戦うだけが徳川への奉公ではなかろう。中根さんは学問で箱館の何層倍もお役に立てるのだ」

「小太郎、ありがとう。よく淑さんを説得してくれた。許すも許さねえもねえ。おいらの方こそ、淑さんには百万遍も礼を言わなきゃなんねえ立場だ」

淑さんの優しさは、おいらが誰よりいちばんよく知っていると八郎は思った。八郎は腕を組み、やや上を向いて両目を閉じた。中根淑と一緒に過ごした日々が、つぎつぎと浮かんできた。

御家人桜

一

本山が江戸の隠れ家として使っている芝露月町の仮住まいは、湯屋佐兵衛《ゆうやさべえ》が上野戦争（彰義隊）のとき、家財諸道具を運び込んだ別宅である。

木更津から、とりあえず江戸へ戻った本山と八郎は、ここで横浜の尺《せき》からの連絡を待つことになった。だが、ふたりとも世を忍ぶ身だから大っぴらな動きはできない。

とくに八郎は目立ちやすいので、用心してほとんど外へは出なかった。軽率な行動から、これまで受けてきた周りの親切や好意を無にしてはならなかった。

その隠れ家へ一夜、鳥八十《とりやそ》の鎌吉がこっそりやってきた。おりから本山は横浜へ出かけて、八郎が留守をしていた。鎌吉と会うのは病院船の旭丸で別れて以来である。頬被りの手ぬぐいを取った鎌吉の顔は、嬉しさでくしゃくしゃだった。

鎌吉は一通の手紙を持ってきた。鳥八十に託した八郎宛の書状で、紀州にいる速水三郎からのものだった。

内容はごく簡略で、和歌山城下で寺子屋を開いているが、落ち着いたら江戸の妻子を呼んで、穏やかに暮らしたい……といった近況報告に過ぎなかったが、読み終わった八郎は、しばらく黙然としていた。さまざまな思いが脳裏を駆けめぐったのである。

「速水先生は、江戸をお見限りになったんでしょうか」

「そんなこたァあるめい。何処で暮らそうと、あの人も徳川の御家人で、江戸で産湯を使ったことに変わりはねえんだ」

「湯屋の旦那が言ってましたよ。江戸の名を東京に変えようと（七月）、慶応を明治に改めようと（九月）、江戸っ子と隅田の流れは変えられないって……ざまあみろだ」

「佐兵衛には今度も世話になった」

「中根先生や忠内先生も、お元気なのでしょうね」

「淑さんは駿河へ行った。新しい旦那（徳川家達）の下で、沼津兵学校の設立に参画している。忠さんの方は元気に奥州で戦っているんだろう」

「奥さま、亡くなりましたねえ」

「お直さんか……」

胸を病んだ人妻の美しく儚い微笑が、八郎に向けられていた。

「お直さんは亡くなったが、これで忠さんも後髪を引かれずに戦えるだろう」

「若先生は、どうなんです。花魁のことが気になりませんか」

ふいに鎌吉が強い眼差しで、八郎の顔を下から覗き込むようにして言った。

「気にしてどうなる」

「せっかく江戸へ出られたのに、花魁に会いたくねえんですか」

「おいらに吉原へ行けというのかい。そんな勝手が、今のおいらに許されると思っているのか」

「だれも吉原へ行けと言ってやしません。でも花魁の方から出て来たらどうします。会ってくれますか」

「小稲を吉原の外へ連れ出すのか。そんなこと吉原の掟が承知するものか」

「承知するかしないか、若先生がその気なら、湯屋の旦那とあっしとで稲本楼に掛け合いますよ。なあに天下御免の吉原といったって、所詮は売り物買い物の世界だ。難しい話じゃありませんよ」

「折角だがそれはやめてくれ、おいらの面目が立たなくなる。気持ちは嬉しいが小稲とも会う気はない」

「それでいいんですか、このまま箱館へ行っちまってもいいんですか」

「小稲とは、その話もしてきた。だから、もういいのだ」

八郎は拝むような調子で鎌吉に言った。

話せば話すほど未練を引きずりそうで怖くなる。吉原の外で会えるように段取りを付けるという鎌吉の心遣いが、かえって有難過ぎて恨めしくなる。

「小稲の話はここまでだ。なあ、鎌吉」

「――――」

鎌吉は黙ってしまった。

一息ついて、八郎は言った。

「和泉橋の家は変わりはねえかい」

「へえ、大先生も奥様も、別棟のお母様もお舎弟衆も、みなさん息災で、お変わりありません。いや一つあるな、礼子お譲様がお嫁に行かれやした」

「礼子の婚礼は小太郎から聞いたよ」

「小太郎先生は、がっくりきたんじゃありませんか」

「礼子に惚れていたからな」

小太郎の傷心を思うと、これも辛くなって、言葉が続かなかった。

「恋は思案のほかけ船と言いやすからね」

鎌吉の返事も湿っていた。

それでも義父上《ちちうえ》はほっとされただろう、と思う。口には出せないが礼子に対しても、八郎は忸怩たるものを感じていた。

「大先生は、箱根で負傷した若先生の身体を、心配されていましたよ。あっしも呼ばれて詳しい話をしやしたが、ときどき深い溜息をついておられました」

「ほんとに、おいら、取り返しのつかねえ親不孝をしちまったい」

「ご自分を責めちゃいけやせん」

「道場の方は、どんな按配《あんべ》えだ」

「若先生の前ですが、ひところのような活気はなくなりやした。ご時世でしょうかね、門弟衆の数が、がたんと減りやした」

「剣槍の時代は去ったと、土方さんも言っていた」

「小さな道場はどこもここも看板を下ろしてしまい、町ん中を歩いても剣法《やっとう》の声が聞かれなくて淋しくなりやした。あの勇ましい掛け声に、あっしら職人は威勢を貰ったもんでさあ」

秋の夜を話はいつまでも尽きなかった。明け方近くなって鎌吉は帰ったが、

「鎌吉――」

玄関まで送り出した八郎は、雪駄を突っかけている鎌吉の背中に声をかけた。

「へえ、何でしょう」

鎌吉がふり向いて八郎を見上げた。

（小稲に会わせてくれ）

喉まで出ていた言葉を飲み込むと、

「ありがとよ」

八郎は言った。

二

八郎が露月町の家を出て、横浜太田町の飯岡金次郎方へ移ったのは、十月の下旬だった。露月町の家には本山小太郎がそのまま住んでいた。本山には、江戸に潜伏している遊撃隊士の連絡役が一方にあるので、露月町を引き払うわけにいかないのだ。

「四、五日中に北方《きたかた》（本牧）から、尺さんが迎えに来ることになっている。そしたら、あとはすべて尺さんに任せて、出航の日を待つという段取りだ。あと一歩だな」

八郎を飯岡金次郎に預けた本山は、そう言うと、一晩、飯岡方に厄介になり、翌朝、江戸へ戻っていった。

「尺さんというのは、一口で言えば侠客の親分みたいな義侠心に富んだ頼り甲斐のある人ですよ」

横浜で同じ通詞をしている飯岡も、尺には一目置いているようで、相手が尺さんなら、大船に乗ったつもりで安心していればいいと太鼓判を押してくれた。

その尺振八が飯岡方へ現れたのは四日後の朝である。やや縮れ毛の細面で鼻筋が通り、背が高くて、洋杖《ステツキ》を突いた尺の容貌は、日本人離れしていたが、話をしてみると意外と気さくな人物だった。

「中根先生から話は聞いています。貴方が伊庭道場の小天狗・八郎さんですか。なるほど評判どおりの美男ですな。私は佐久間町で育ちましたから、伊庭道場の前は朝に晩に通りましたよ。表の武者窓から背伸びして稽古を覗いたことも何百回になるか、私は天保巳年（十年）生まれで中根先生と同年だから、少年の頃の先生の稽古も、通りの窓から見ていたかも知れませんな、はっはっは」

中根とは初対面でウマが合ったらしく、以後も尺は、中根の話題をよく口にした。八郎も初手から尺には親しみをおぼえた。

尺振八は下総高岡藩の藩医の子として生まれたが、洋学を志して、英語を中浜万次郎、西周《にしあまね》に学んで幕府外国方通弁となり、日本使節に従ってフランス、アメリカを回り、帰国後、米国公使館の通詞となって横浜へ移住し、北方に居を構えて通詞のかたわら英語塾を開いていた。

尺は八郎を太田町の飯岡家から、北方の自宅へともなっていくと、

「伊庭さん、便船が見つかるまで、塾生として預かることにしますが、承知してくれますね、ほかの塾生の手前もあるので」

と念を押した。

「もちろんです」

「まあ気楽にやってください」

「よろしくお頼みします」

「それから名前ですが、いかに何でも伊庭八郎では不味《まず》いでしょう。塾にいる間は伊沢四郎でいきましょう」

「分かりました」

こうして八郎は英語塾へ入門し、塾生として尺家に起居することになったが、その日常は、これまでみたいに人目を避けるといった閉塞状態ではなく、わりあいに自由で余裕のある日々が送れた。むろん、これも中根や本山のおかげだが、何と言っても、米国公使館の信頼を背景にした、尺振八の顔の広さと実力に助けられたと

言っていい。

しかし、外部からは怪しまれずにすんだ八郎も、塾生たちからは妙に疑惑を持たれた。まず彼らは、自分たちより後れて、

「塾生・伊沢四郎」

として入門した後輩のはずの八郎が、個室をあてがわれ、食事も自分の部屋でとることを許され、終わると厨房へもどすという特別待遇を与えられたことに不審を抱いた。

さらに伊沢四郎という侍は、左手を懐に入れっぱなしで、人前で出したことがない。尺先生の授業も懐手のまま受けるし、英語の本を読むときも右手一本で左手は使わない。何をやるにも右手だけである。

「どうも怪しい、変だ」

ということになった。

「左手がないのとちがうか」

「隻手かどうか確かめてやろう」

だが伊沢四郎は尺先生から格別に目を掛けられている侍らしいから、うかつなことは出来ない。尺先生に知れないように試すにはどうすればいいか。そこで知恵を絞って思い付いたのが、鶏の羽むしりだった。

塾生には炊事、洗濯、掃除など共同生活で雑事を分担する習慣があり、八郎に鶏の羽をむしる手伝いを頼んだのだ。

「伊沢さん、夕飯のおかずにする鶏です。人手がないので、お願いします」

一日、塾生の一人が、すでに絞めてある鶏を下げてきて、八郎の左手の前に突き出した。八郎は微笑して、

「ご馳走ですね」

右手で鶏を受け取ったが、その場では何もしないで、誰もいない場所へいって、鶏を片足で踏みつけ、右手で羽をむしった。するとそこへ、尺の妻の菊子が飛んできた。

「わたしが、やりますから……」

菊子は八郎から鶏を奪い、八郎に代わって羽をむしりとって、八郎にもどした。

「やあ、どうも」

「どうぞ、これからも何かお困りのときは、遠慮なく、お声を掛けてくださいまし」

菊子は夫の目が届かぬところで、それとなく八郎の身辺に気を配り、八郎の助けになろうと心がけていたのである。

八郎はその後も菊子から、こうした形で何度も苦境を救われた。

尺といいその妻の菊子といい、この夫婦の親身の庇護には、八郎も生涯感謝の気持ちを忘れなかった。

三

八郎が横浜で待機中、本山小太郎はしばしば江戸から、様子を見にやってきた。そのたびに本山は、

「退屈しのぎだ」

と言って、八郎のために古本を土産に買ってきた。たいがいは肩の凝らない読本《よみほん》だったが、二人が箱館へ去ったあと、この古本が尺家に数十冊も残されたという。

この古本にまつわる後日談がある。

明治二十四、五年頃、中根香亭（淑）が尺振八（明治十九年、熱海で没、四十八歳）の未亡人・菊子を東京牛込の家に訪ねて、八郎の昔話をした。そのとき、菊子は一冊の古本を文箱から取り出して中根に見せた。

これが本山が買ってきた古本数十冊の中の一冊で（あとは引越しなどで散逸してしまったが）、その本の中に、八郎の筆と思われる次の和歌一首が書き込まれていたという。

あめの日はいとどこいしく思いけり
我がよき友はいづこなるらめ

八郎の和歌はこのほかに二首が残っているが、この歌はまさしく横浜の尺宅で詠んだものであろう。

秋雨がしとしとと降る日のつれづれに、親しき友を想っての作歌であろう。人を恋うる若者の感傷がただよう孤愁の詩《うた》である。

ただし、親しき友が誰とは分からない。本山か中根だとする説が一般的なようだが、私（筆者）はむしろ、誰と特定したのではなく、本山小太郎でも、中根淑でも、忠内次郎三でも、速水三郎でも、また人見勝太郎や岡田斧吉、さらには林昌之助や荒井鎌吉であってもいい、その日まで親しく交流した、複数のよき友たちを恋い偲びつつ詠んだ歌だろうと解している。

もう一つ、横浜尺塾時代の八郎を、手紙の中に残した第三者の記述がある。

当時、尺の英語塾に高梨哲四郎という年少の塾生がいて、彼が記した手紙（高梨哲四郎書翰）がそれだが、直接原文に当たっていないので、次の文を拝借引用する。

「尺先生の塾に入門して数カ月、新たに二十歳（二十五歳）前後の若者がやってきた。温雅な風情で色が白く、眉目秀麗、俳優のような好男子で、一緒に英会話を学んだ。いつも左手を懐にして、右手で僕の頭を撫で、哲さん哲さんと呼んで可愛がってくれた。ある時その侍が先生の前に座した。相変わらず懐手をしている侍の態度を、先生に対して無礼だろうと僕が叱ると、彼は何も言わず、ただ静かに微笑んだ。時が経ち彼は塾から姿を消したが、後になってその侍が箱根で戦い、片手を失くした伊庭八郎だと聞いた」（『伊庭八郎のすべて』）

その頃、横浜港には甲鉄艦が停泊し、高梨少年は尺とともにその艦を見学したと言い、また、この甲鉄艦を奪取して箱館へ渡航する計画を、八郎たちが立てていたが、ついに実行できなかったとも書いている。

八郎の闘志を考えれば、実際にそういう計画を立てたかもしれない。実行できなかったのは、尺夫妻に降りかかる後難を考えて、思い止まったからではないか。だとすれば実行できなかったのではなく、実行しなかったのであろう。

その日も本山は古本を手土産にして、尺塾へやってきていた。だが本山の古本もそれが最後になった。二人が八郎の部屋で箱館の地図を広げているところへ、他出から戻った尺振八が顔を見せた。

「御両所、ようやく箱館へ向かう外国船の便が手配できましたぞ」

尺は口髭をしごきながらにこにこして言った。八郎と本山は顔を見合わせた。本山は両手をのばして八郎の右手を握りしめ、激しく上下させた。八郎は目をうるませた。

待望久しい瞬間だった。尺は二人を見て大きく頷くと、目を細めて、

「十一月二十五日、午前九時、英国波止場から出港します」

「ありがとう、尺さん」

二人は異口同音に尺に言った。

まだ見ぬ箱館が、膝前に広げた地図から、八郎の眼前に立ち上がってきた。

「ところで渡航の費用ですが、一人分二十両、これがギリギリの交渉額です。用意してもらえますか」

尺が言いにくそうに言った。

むろん闇値でべらぼうに高いだろうと、覚悟はしていた。八郎がすぐに応えた。

「近日中に二人分、間違いなく調えます。よろしくお頼みします」

本山がその八郎をちらと見た。

尺が部屋から去るのを待って本山が言った。

「八郎、無理をするな。船に乗るのはおまえ一人だ。おれは陸路を行くから、余計な心配はいらん。他の同志もみんな陸行した」

事実、江戸へ潜行した同志は、すでに密かに陸路を北を指して出立し、江戸に残

っているのは本山と八郎の二人だけだった。

「大丈夫、おいらに任せな」

八郎が言うと、本山は首を振った。

「二人合わせて四十両、他に諸雑入用を加えると、ざっと五十両は必要になるぞ。そんな大金どうやって工面するんだ」

「おいらに任せろと言ったろう」

「冗談じゃねえ、一分や二分の端《はした》と違うぞ。言っては何だが、おまえの性分では、今の伊庭家に無心はできめえ。伊庭家も昔の伊庭家じゃねえし、困るだろう。それともなにか、押込み、御用盗でも働いて、心形刀流の名に瑕《きず》をつけようてのか」

本山の短気が噴きはじめた。逆に八郎は冷静だった。

「どうしても小太郎と乗船してえのさ、一人じゃ淋しいもの」

「おれを揶揄《から》かうつもりか」

「最初《はな》から、おいら、そのつもりだった。当てがあるんだよ、五十両でも百両でも」

「いやに落ち着いてやがるな」

本山は何となく不安になってきた。

「それで小太郎に頼みがある。手紙を書くから、明日、吉原まで使いに行ってくれ」

「吉原だと、おまえの当てというのは、例の花魁か」

虚を衝かれたように本山は八郎を見た。

「そうだ。小太郎には好かれていねえようだが、稲本楼の小稲だ」

「あきれたな。ここまでのぼせているとは思わなかった。いくら馴染みの女郎でも、五十両もの金を右から左へすんなり出す道理がねえ。話があべこべじゃねえか」

本山は頭から信用しなかった。

昔から女郎の誠と四角い卵は聞いたためしがないという。そんな言い古された言葉まで喉から先へ出かかったが、さすがに本山もそこまでは口にしなかった。

すると八郎が言った。

「小稲のことは何と言われてもいい。だから小太郎、ここはおいらに騙されたと思って、小稲に会ってくれ。きっと金は用立ててくれる。頼む、この通りだ」

言い終わると八郎は、片手を突いて本山の前に深く頭を下げていた。

四

夜明けの星が瞬く下を、吉原大門口から駕籠に乗り、衣紋坂から土手八丁を山谷堀へ着くまで、本山小太郎は、小稲のことが頭から離れなかった。往きと帰りの感覚がこれほど違ったこともめずらしい。

（八郎が言った通りの女だった）

そう思い、今は自分の不明を恥じる気持ちが強かった。

本山も吉原を知らないわけではない。それなりに遊女とはどんなものか、解っているつもりだった。だから八郎の言うことなど、初めは半分も信じていなかった。ただ、頭まで下げた八郎の顔を立て、ほんとに騙されたつもりでやってきたのだ。

本山は、吉原へ着くと、回りくどい手続きは省いて、茶屋を通さず、いきなり京町二丁目の稲本楼を訪ねて、楼主の治左衛門に会い、伊庭八郎の名を出して、八郎から手紙を託されてきたので、花魁の小稲にじかに手渡したいと申し入れた。

ここで楼主がどういう態度をとるかで、八郎が稲本楼でどう扱われているか、その軽重が計れるというものである。

「これは伊庭先生のお使いで、ご丁重なご挨拶、痛み入ります」

治左衛門は慇懃だった。だが相手は忘八《くつわ》と名の付く女郎屋の亭主である。油断はできない。気を引き締めた。

治左衛門は、しばらくお待ちをと席を立ったが、まもなく戻ってくると、遣り手を呼んで本山を二階座敷へ案内させた。

小稲は十畳と八畳の部屋持ちで、客の前ではいつも新造や禿《かむろ》を引き連れているが、本山の前に現れたときは一人だった。花魁が客をもてなすというより、八郎の友人だから、礼を尽くすといった小稲の応対ぶりである。

「初めてお目に掛かります。小稲でございます。本山さまのことは、八郎さまから伺い、存じ上げておりました」

本山は目の前の遊女にどきりとした。艶やかで、ため息が出そうな解語の花である。それに名代の遊女であるのに、清らかで慎ましく、驕りが微塵も見られない。

「八郎からの手紙だ。読んでくれ」

本山はすぐに懐中から手紙を出し、無愛想に小稲に手渡した。八郎の筆跡を見て、小稲の顔色が変わった。小稲は手紙を押し戴くと、本山に一礼し、隣の座敷で読ませてもらえないかと、許しを乞うた。

「よかろう」

本山は応えた。

小稲が、衣擦れの音を残して隣座敷へ消えた。本山はまだ半信半疑だが、小稲が「女郎の誠」と同列の遊女だとは、もう思わなかった。それよりも、箱館が最後の死場所になるかもしれないのに、そこへ行く費用を、小稲は用立てるだろうかと思った。

本山は火鉢の前で腕を組み目を閉じて、小稲の返答を待ち受けた。

四半刻（三十分）してようやく小稲が姿を見せた。目が赤くなっていた。泣きはらしたにちがいないが、化粧は崩れていなかった。

小稲は本山の前に白い指先をつくと、毅然とした物腰で言った。

「ご入用の金子は、明朝までに間違いなく用意いたします。恐縮至極のことながら、本山さまには、それまで廓内にて、ゆるりとお過ごし下さりますよう」

「うむ、八郎に何か伝えることはねえかえ」

本山は言った。

「ござりませぬ」

きっぱりと小稲は応えた。

本山はその返事の中に、小稲の「覚悟」を見たように思った。

翌朝、約束どおり小稲は五十両の金を用意して本山に渡した。金の出所は判らない。あるいは前借かも知れないが、本山はあえて訊かなかった。訊いても意味のないことだし、小稲もその方がよかったろう。

妓楼のくぐり戸まで送って出た小稲に、

「小稲さん」

本山は、花魁と言わずに名前で呼んだ。

「はい？」

「箱館へ行く前に、おめえさんと知り合えて、ほんとに良かったと思っているよ」

「ありがとうございます」

小稲が微笑んだ。昨夜いらい初めてで、そして最後になった小稲の微笑だった。

山谷堀で駕籠を捨てたときは、夜はすっかり明けていた。駕籠の垂れを撥ねて堀端に立ったとたん、大川から吹きつける北風と朝寒で、本山は思わず大きなくさめをした。同時に懐中にした五十両の重みを実感した。

横浜港が暮色に包まれる頃、本山は北方村の尺塾へ帰ってきた。八郎は酒を用意して待っていたが、本山は八郎の顔を見るなり、ぐっと睨みつけてから、

「この、女殺しめ！」

「……」

八郎は黙って微笑を返した。

すぐに、じゃこの佃煮と酒盗で飲みはじめたが、本山はじきに酔った。酔って、早くも呂律《ろれつ》が怪しくなった。

「八のバカたれが、おれに恥を掻かせやがって、この」

寝不足だ、と八郎には解った。昨夜は、小稲のもてなしにあって、ろくに寝ていないにちがいない。頭をふらふらさせて、

「中根さんの目は正しかった。おれは、お嬢を好いていたから、おまえと小稲の仲が曇って見えたんだ。悪かった、悪うござんした。でも、八郎、女郎のま、こ、と……」

その先の言葉はもうなかった。上体がぐらりと前に傾ぐと、そのままコトンと、本山は眠りに落ちていた。

五

横浜を発つ日が刻々と近づいていた。

美加保丸の遭難から早くも三月である。苦しかった潜伏の日々から、新たな戦闘の場が展けようとしていた。

(こころゆくまで戦い抜くぞ)

朝を迎えるごとに、闘志が湧き上がってくるのは八郎も本山も同じであった。二人は日に何度となく、物干し場に上がって、海を眺めた。

先に、銚子沖で暴風雨に遭遇し、美加保丸、咸臨丸の二船を失った榎本艦隊は、残る諸艦船も傷つき疲れ、ばらばらの航海を続けながら、九月下旬、どうにか全艦船六隻が松島湾へたどりついて投錨した。各艦船はここで破損箇所の修理に全力をあげた。

そのころ奥州は、拠点の会津若松城が落城し、奥羽列藩同盟は米沢藩の裏切りで瓦解し、南部藩は謝罪、仙台藩は降伏、庄内藩も武器を放棄するなど、奥州にはもはや旧幕府軍を受け入れる地はなくなっていた。

しかし、仙台周辺には、榎本艦隊に投じて蝦夷で再起を図ろうとする、旧幕諸隊が続々と集まってきていた。

歩兵奉行の松平太郎、老中の板倉勝静《かつきよ》、老中格の小笠原長行《ながみち》、陸軍奉行の竹中重固《しげかた》、桑名藩主の松平定敬らも仙台へやってきた。

江戸から戦い続けてきた大鳥圭介、土方歳三、古屋佐久左衛門、本多幸七郎や、遊撃隊の人見勝太郎も仙台付近で合流した。

フランス軍事教官ブリュネ以下のフランス軍人七、八人も蝦夷行きに参加した。

さらに嬉しいのは、銚子黒生《くろばえ》海岸で座礁大破した美加保丸で、辛くも一命を得た遊撃隊の生き残りが、陸路を着のみ着のまま歩き続け疲労困憊して、榎本艦隊にやっと追いついたことである。彼らも艦隊に収容され、ふたたび蝦夷で戦闘に参加するのである。

ちなみに、人見勝太郎の遊撃隊とともに、六月三日、奥州小名浜へ上陸した林昌之助は、平潟、会津、米沢と転戦して仙台へきていたが、ここで仙台藩に勧められ、十月三日、降伏した。

榎本艦隊は、これら旧幕軍三千五百を乗せて、十月十二日、松島湾を出航した。開陽、長鯨、神速、回天、蟠龍、大江、鳳凰の七隻である。出航に先立って榎本は、征討軍平潟口総督に「蝦夷地を開拓し北辺を鎮護する」趣意書を提出した。

艦隊は北上し、十月十三日、南部の宮古湾に入って燃料の薪を積み、十七日、宮古を出港、さらに北上を続け、十九日、先頭の開陽丸は蝦夷地内浦湾の鷲ノ木村沖に達し、後続の艦船も相次いで到着し、搭乗の陸軍諸隊は二十日、全軍が鷲ノ木村に上陸した。

主戦地は、海峡を越えて蝦夷へ移ったのである。二十一日、旧幕陸軍は二軍に分かれて雪中を箱館へ進撃し、逐次、敵を退けて、二十五日には箱館を手中にし、五稜郭へ無血入城を果たしていた。

八郎と本山が横浜港を発つことになった十一月二十五日という時点では、蝦夷地はすでに旧幕軍によって、あらかた平定されていたが、むろん、二人とも、そこまではまだ知らない。

出航の前日、太田町から飯岡金次郎がやってきて、尺夫妻とともに二人のためにささやかな送別の宴を開いてくれた。

その席で、尺は自分が撮影したアルバムを皆に見せた。写真の趣味があったのである。八郎がそれを見て、思い出に夫妻の写真が欲しいと言うと、尺は快く承知して、居留地の埠頭を背景に撮った写真を、自分から選んで署名を入れ、八郎に贈った。

その写真は、以後、小稲の懐中鏡とともに八郎の肌身から離れることはなかった。

英国波止場は英国公使館の裏手にある。八郎と本山が乗る船はイギリスの商船で、この波止場から出航する。

尺に付き添われて二人は波止場へ入った。初めて見る居留地の光景である。外国人と洋館ばかりで、海風までが異国の匂いがする。乗客も外国人ばかりで、侍姿の日本人がここではめずらしい。岸壁には、本船へ客を運ぶ艀《はしけ》が着いて、上下に揺れていた。

いよいよ乗船というときになって、乗客係の外国人が、八郎と本山を脇へ除けて何か言った。青い目で鼻の尖った異人である。

不審を持たれたらしいと、相手の態度で察しがついたが、何が原因なのか判らない。

（身なり風体かも知れんな、それとも荷物改めか）

八郎と本山はおたがいの服装を見比べて、小首をかしげた。二人とも、木綿の袷《あわせ》に羽織を重ねて大小を差し、足元は足袋と雪駄で、ごく普通の身なりである。

「わずか三日の船旅に、厳重な旅ごしらえは無用でしょう。気楽に行きなされ」

そう言ったのは尺である。

箱館へ着けばいやでも軍装になるので、八郎も本山も尺に従ったが、ここで乗船拒絶でもされたらえらいことである。さすがに少し不安になった。

少し離れたところにいた尺が、すぐに気づいて飛んできた。尺は目を怒らせて外国語で青い目に言った。

「君ハ、コノ人タチニ何ヲスルツモリデス」

「不審ナノデ取調ベヲシマス」

「何ヲモッテ不審トシマスカ」

「……？」

尺はそこで外国公使館通詞の身分証明書を、青い目に突きつけると、

「コノ人タチハ私ノ大切ナ友人デス。正規ノ手続ヲヘテ乗船許可モ得テイマス。ソレデモ取調ベルナラ、私ハ君ヲ公使館ニ訴エマス」

「ノー、ノー」

青い目が顔まで青くして肩をすくめ、両手を広げると、八郎と本山を手招いて乗船を促し、こそこそと去っていった。

尺が二人に近づいてきて、

「驚かせてしまいましたな。申し訳ない。あの乗船係は、ときどきああなんですよ。心形刀流の侍を舐《な》めちゃいけません。ここは外国じゃない。日本なんだ。はっはっは」

笑ったと思うと、すぐその後でペロッと長い舌を出した。

幽鬼の刺客

一

八郎と本山を乗せた英国商船が、箱館へ着いたのは十一月二十八日の夕刻である。

箱館は雪だった。暮れなずむ箱館湾を、塗りこめるような濃密な雪である。

上陸したその足で、二人は杉浦清介を宿舎に訪ねた。杉浦は鳥羽・伏見戦のあと水戸から奥州へ転戦、仙台で榎本艦隊に搭乗した遊撃隊士である。詩文を能くし、八郎や中根も影響を受けたが、箱館の仮政権下で箱館奉行（永井尚志《なおむね》）配下の頭取外国掛をしていた。四十三歳で『苟生《こうせい》日記』の著がある。

「よう来た、よう来た」

杉浦は大喜びで歓迎し、蝦夷は何層倍も江戸より寒いと、土間で火を焚き、酒を温めてくれた。

「松前藩兵は降伏したし、箱館も血を流さずに占領できたので、榎本さんは蝦夷に新政府を樹立する準備をしておるよ」

その杉浦から八郎と本山は、旧幕軍の蝦夷地上陸から箱館占領までの戦況を詳しく知らされた。

十月二十日、榎本艦隊の旗艦・開陽丸は鷲ノ木沖に投錨した。そのときの情景を大鳥圭介は『南柯《なんか》紀行』にこう記している。

「甲板上に出て四方を望むに、積雪山を埋め、人家も玲瓏として、実に銀世界の景なり」

午前中は穏やかな晴天だったのである。

そこで榎本は、遊撃隊長の人見勝太郎と本多幸七郎に兵三十人を付け、箱館府知事の清水谷公考《きんなる》へ宛てた「蝦夷地借用」の嘆願書を持たせて上陸させ箱館へ向かわせた。ところが午後から天候が急変し、飛雪で隣の船影も見えぬほどになった。

しかし翌二十一日、荒天の中を開陽、回天、大江の三艦から本軍の上陸が強行された。激浪のため艀《はしけ》が転覆して氷の海に投げ出され、凍死溺死の犠牲者が何人も出た。

衝鋒隊副長として榎本艦隊に乗船した今井信郎は、もと幕府見廻組の者で坂本竜馬を斬った男とされるが、彼の手記に、

「激浪巌を嚙み、烈風雪を捲いて、寒気指を落し、端舟覆って死者数人」(『蝦夷の夢』)

とある。死者は十六人といわれる。

この日、大鳥圭介、土方歳三も上陸した。

翌二十二日、先発した人見勝太郎たちの後を追って、大鳥軍五百(伝習隊、遊撃隊、工兵隊、新撰組の一部)が大野口から、土方軍五百(額兵隊、陸軍隊、新撰組)が海岸伝いから、それぞれ箱館を目指して進軍した。土方の新撰組には田村銀之助がいた。

雪中の行軍は困難をきわめた。

先鋒の人見隊は二十二日、峠下村に到りここで宿陣した。歩哨を立てておいたが、夜半に政府軍から砲撃を受け、一時は混乱したものの、高地へ出て奇襲攻撃をかけ、明け方には敵を後退させた。

その日の午後、大鳥軍の先遣部隊が追い付き、翌二十四日は、七重村、大野村で政府軍と激戦になった。戦闘は銃撃戦から斬り合いの白兵戦になり、敵の戦死十余人、味方からも五人の戦死者が出た。

人見勝太郎とともに先鋒となった遊撃隊長の大岡幸次郎が重傷を負い、翌月五日に死んだ。二十六歳。同じく遊撃隊副長の杉田金太郎も重傷で入院後に死亡した。二十五歳。同じく諏訪部信五郎も重傷で、二十日後に箱館の病院で死んだ。十九歳である。

新撰組の三好胖《ゆたか》は、肥前唐津城主・小笠原長行の実弟だが、七重村の戦闘で真っ先に敵中に斬り込み、奮戦して討死した。わずか十七歳である。もう一人の戦死は三好の家来の小久保清吉である。年齢は不詳だが、主人とともに斬り死にしたのだろう。正義を信じて散った若者たちである。

一方、風雪に苦しみながら、海沿いに箱館へ進軍した土方軍は、二十四日の夕刻、川汲村で政府軍と遭遇したが、敵は小競り合い程度の抵抗を見せただけで退却した。

その頃、箱館では、戦意喪失した府知事の清水谷が、五稜郭を脱出して市内へ移り、翌日は青森へ逃走していた。

こうして旧幕軍は、二十六日には箱館を占領し五稜郭へ無血入城した。榎本は鷲ノ木沖から回天と蟠龍の二艦を箱館湾に回航させ、二艦からは水兵が上陸して、弁天崎砲台に日章旗を立てた。

十一月一日、榎本の乗る開陽が箱館に入港し、海上に二十一発の祝砲を放って、箱館占領を祝賀した。このあと榎本は、松平太郎や永井尚志、軍事顧問のブリュネらと五稜郭へ入り、永井尚志を仮の箱館奉行とし、市中へ米銭を配るなどして、箱館に新政権ができたことをアピールした。

「しかし、喜んでばかりもおれんのじゃ」

杉浦の顔が曇った。

「このあと松前（福山）城は今月五日、土方歳三さんの率いる諸隊が攻略し、松岡四郎次郎の別隊が中山峠を越えて館城を落とした。続いて土方さんが十五日に、江差を占領した。そこまではよかったが、このときだ」

このとき榎本は、箱館から旗艦・開陽に乗り、松前を経て江差の沖へ向かったのである。海上から土方軍の江差攻撃を援護するためだった。ところが、夕方から西海岸に猛烈な暴風が起こり、開陽は激浪に揉まれて浅瀬に乗り上げて大破し、榎本以下乗組員は辛うじて陸地へ避難した。

しかもこのとき、開陽の遭難を知って、回天、神速の二艦が江差へ急行したが、こんどは救助のはずの神速までが、機関の故障で操舵不能となり座礁するのである。

「言っては何だが、開陽あっての榎本さん、箱館軍の将兵はみんなそう思っている。もちろん開陽丸沈没の痛手をいちばん感じているのは釜さん自身だろう。男泣きに泣いたそうだ。これから政府軍を迎え撃つ戦闘を考えると、開陽のない箱館軍全体の不安は、拭いきれぬほど大きい」

言われてみればその通りで、これまで海軍力では常に旧幕軍は政府軍を圧してきた。その象徴が、艦隊の先頭を威風堂々と泳いできた、三本マストに二十六門の砲を装備した最新鋭の開陽丸だった。

「今夜はゆっくりして、明日、五稜郭へ行ってはどうか、遊撃隊は松前城の守備についているが、そっちへ合流するにしても、五稜郭本営から何か指示があるだろう」

話の区切りをみて杉浦が言った。

外はすでに真っ暗で、雪だけが音もなく降りつづいていた。

二

八郎と本山が松前で遊撃隊に合流したのは、十二月三日のことである。

松前には遊撃隊のほかに、春日左衛門の陸軍隊、仙台脱藩の星恂太郎がひきいる額兵隊、新撰組、彰義隊の残党など五百人ほどが集結していた。うち遊撃隊は百人余である。箱根戦の頃は二百余名いたから、半減したことになる。

しかし数は減っても隊士の意気は盛んだった。誰もが明るく張りのある表情をしていた。その夜は人見勝太郎、岡田斧吉、忠内次郎三、玉置弥五左衛門、沢六三郎、小柳津要人など、なつかしい面々が、八郎と本山を囲んで歓迎の宴を開いてくれた。

宴が引けてからも、忠内と八郎と本山の三人は、夜更けまで語り合った。

「先代（将軍家茂）に従いて、大坂城へ詰めた江戸からの奥詰衆講武所方は、この三人だけになってしまったなあ」

「生きているうちに会えてうれしいよ。八郎が箱根で片腕を失くしたことは知っていたが、心配していたんだ」

「すまねえ、箱館へ来られたのは淑さんや小太郎のおかげだ。忠さんの知行地の中島村でも、それから横浜の尺《せき》さんにも、すっかり世話になっちまったい」

美加保丸遭難から早くも三月余が過ぎている。いずれ政府軍が上陸してくることは目に見えている。そうなればここが最後の戦場となろう。八郎も本山も最後の決戦に間に合えてよかったと思っていた。

「箱館へ合流できたのは、おれたちが最後だろう」

「それはどうかな。松前は諸国の船が多く出入りするし、昆布や鰊《にしん》の漁場でも知られた港だ。げんに漁船で近くの浜へ上陸した同志も少なくない。それだけじゃない、商人や漁師に化けて、政府軍の間者が結構入り込んでくるらしい」

「そう言えば、五稜郭の話題にも間諜の話が出ていたな」

　本山が言うと、八郎が、

「五稜郭では、釜さんが蝦夷に新しい政権を樹《た》てるため、アメリカ式の入れ札（選挙）で、士官以上の役職を決めるという構想を話したが、おいらに言わせると、少し暢気が過ぎる気がするが、忠さん、どう思う」

「外国留学が長かった釜さんには、前から共和政体の幻想があるんだ」

　忠内が応えると、本山が言った。

「その席には土方さんもいたが、何も言わず、黙って渋い顔をしていたよ」

「歳さんは始めから箱館を死場所と決めているから、共和政府も入れ札もない。命が尽きるまで薩長政府軍に反抗するのが、歳さんの立場だ」

　八郎が言った。ここにいる三人は、少なくとも土方の生き方に共感していた。

　八郎と本山は、杉浦清介と会った翌日、五稜郭で榎本と対面したが、そのとき、松平太郎、永井尚志、大鳥圭介、荒井郁之助、土方歳三、ブリュネらもいる席で、榎本から蝦夷地新政権の樹立と、士官以上による役職公選の話が出たのである。

（釜さんは以前とすこし変わった）

八郎はそのとき、そんなふうに思った。

慶喜が大坂城と将兵を捨てて江戸へ逃げ帰ったとき、榎本は大坂城中で、刀の鐺《こじり》で激しく床を打ち、憤怒の形相で、

「咄々《とつとつ》、徳川《とくせん》の命運ここに尽きたり」

と空を睨んで慨然としたという。その烈々たる闘志が、久々に会った榎本からは感じられなかった。

本山が言った。

「釜さんには、最後の一兵まで戦うという、突き詰めた考えはないんじゃないか、総督府の出方次第では、恭順、妥協の方向も探っているんじゃないのか」

その本山の顔色にも一抹の不安がのぞいていた。

先に榎本は、箱館占領直後、各国領事に、

「われわれは、その祖国（幕府領）の土の上に気高く生きる権利を求める」

という声明文を発していた。

折からフランスの軍艦ヴェヌスと、イギリスの軍艦サテライトが箱館へ入港し、運上所で両国艦長と榎本、永井らが会見し、そのとき、両国艦長は箱館の榎本軍を、

「事実上の政権である」

と承認し、今後、列国の軍艦が来訪するときは、国旗を掲げ祝砲を放って、国際的な儀礼を交換することになったという。

榎本はこれを幸いとして長文の嘆願書をしたため、両艦長に託して政府へ届けてくれるよう依頼した。

そのとき榎本は、虎の子の開陽丸を失った直後だった。それだけに外国から「交戦団体」と認められたことは、失意の榎本を元気づけたことだろう。それが蝦夷政府樹立や入れ札の話に高揚されたとしてもふしぎはない。

榎本の嘆願書は、

「徳川家は天恩をもって駿河七十万石を賜ったが、それでは三十万に余る属臣の口は養えない、微臣らは蝦夷を開拓し、北辺警護の任に当たる目的であるから、首長として徳川血統の者を迎えたいと思う。一には皇国のため、二には徳川家のため、御垂情を願い奉る」

といった内容だが、聴許される見込みは限りなく零に近かった。事実、このあと十二月十四日になって、嘆願は屈辱的に拒絶され、却下されるのである。

忠内が改まった口調で言った。

「ここまで来たら、釜さんを信頼してついていくしかないだろう。おれはただ、アメリカ式の入れ札が気になる。やっと三人一緒になれたのに、公選の結果で、またばらばらに引き離されるのは、かなわねえ」
言われてみれば大いにありうることで、三人は思わず互いに顔を見合わせた。

三

その入れ札（選挙）の日がやってきた。
五稜郭で行われた士官以上の公選による「箱館政権」の役職人事は、つぎのように決まった。

総裁―榎本釜次郎
副総裁―松平太郎
海軍奉行―荒井郁之助
陸軍奉行―大鳥圭介
陸軍奉行並―土方歳三
箱館奉行―永井尚志
会計奉行―榎本対馬　川村録四郎
松前奉行―人見勝太郎
江差奉行―松岡四郎次郎

開拓奉行―沢太郎左衛門
裁判役頭取―竹中重固　今井信郎
歩兵頭―本多幸七郎　古屋佐久左衛門
歩兵頭並―伊庭八郎　春日左衛門　滝川充八郎
（以下省略）

アメリカ式といっても、結果は投票前の予想とほとんど変わらなかった。そしてそれは榎本の読みとも一致した。これで榎本は名実ともに、箱館新政権の首長に選ばれたことになったのである。

選挙が終わると、榎本はつぎの行事を用意していた。蝦夷全島平定を記念して、箱館市街に盛大な祝賀会を開いたのである。

十二月十五日、箱館は晴天だった。その前日に「嘆願書」がにべもなく却下されたことを榎本はまだ知らない。

この朝、箱館港内に停泊する全艦船は、五色の旗で飾り立てられ、潮風に翻った。やがて回天、蟠龍、千代田の三艦から、そして弁天台場の砲台から、百一発の祝砲が冬空を震わせてとどろいた。

頭上に白く炸裂する祝砲の下では、陸海軍部隊の市中パレードが華やかに行われた。「仙台の赤服」と呼ばれる額兵隊は、赤い制服の軍楽隊を先頭に、勇壮な曲を奏して行進する。諸隊が揃いの軍服でそれに続き、榎本をはじめ首脳たちが新調の礼服に身を包み、騎馬で悠然と進む。騎乗の姿では、サーベルを長く提げ、制帽の顎紐を斜に掛けたフランス教官団が、ひときわ颯爽と鮮やかで、沿道で見物する箱館市民の喝采を浴びた。

夜は全市街に花灯が灯って、昼を欺く眩しい夜景が、箱館湾上に映し出された。戊辰の年を、苦しみながら戦い続けてきた旧幕将兵にとって、その一日は久々に味わう晴れがましい日になった。

むろんこの日の戦捷《せんしょう》祝賀は、単なるお祭りではない。箱館市民に対する示威はもちろん、局外中立の外国が認めた「事実上の政権」として、朝廷（政府）と対立する交戦団体であることを宣揚したのである。

戦捷祝賀は華やかに幕を閉じた。だが、これを境に榎本軍の財政は底をつき、その穴埋めは占領行政に跳ね返ってくるのである。

榎本は大坂城を引き上げるとき、城中金蔵にあった軍用金十八万両を富士山丸へ積み込んで大坂湾を脱出したが、軍用金の半分は徳川家へ返納し、残りを北航の資金に充てた。

ところが、予想外の障害に遭うなどして、早くも財政が行き詰まったのである。一つには榎本の周囲に財務に通じた人材がいなかったせいもあろう。

しかも十二月二十八日になって、横浜で行われていた六カ国公使会議は局外中立協定の撤廃を決め、各公使がこれに署名するのである。つまり、日本の主権はミカド（天皇）に帰すものとし、徳川脱藩家臣団は交戦団体として認めないと声明したのである。

これによって箱館に立ち上げた榎本の「事実上の政権」は泡沫と消え、以後、榎本軍は北海で咆哮するだけの単なる反賊集団として、孤立を深めていくのである。

中立協定撤廃は榎本軍の財政急迫にも拍車をかけた。商人たちが榎本軍との取引に背を向けはじめ、外国商人も足元を見透かして、あくどい商法をする。財政はますます苦しくなる。そのしわ寄せが、榎本らしくない性急なかたちで、占領地政策に現れた。

祭礼の出店や芝居から法外な上納金を取り立て、あちこちに賭博を公認して税を課し、売春婦からも重税を徴収した。関所を設けて通行税を払わせ、箱館しか通用しないニセ金まで発行した。新城砦（四稜郭）の築造には箱館の町人を無償で使役するといったふうである。兵士の給料一両一歩も遅配がつづき、

給金が出るか出るかとまったいら
一両一歩なんとせんしゅう

そんな戯れ歌まで唄われた。

まったいらは副総裁の松平太郎で、せんしゅう（泉州）は榎本の官名が和泉守だったからである。

これでは榎本軍の人気が下降するのは当然で、急速に地元民と乖離《かいり》していった。

四

北の果てで戊辰の年は暮れ、明けて明治二年（一八六九）の春がめぐってきた。

伊庭八郎は松前の守備についている。五稜郭の改選で歩兵頭並となった八郎は、陸軍奉行（大鳥圭介）に属する第一列士満《レジマン》第二大隊長として、遊撃隊と新撰組の一部、彰義隊を預かっていた。列士満はフランス語の連隊を充てたものである。

しかし遊撃隊からも他へ転出した者もいるので、たとえば人見勝太郎は松前奉行に、沢六三郎や佐久間悌二は五稜郭付になった。そこで八郎は、一月下旬、改めて遊撃隊の編成替えを行った。

隊長　　伊庭八郎
副隊長　　忠内次郎三
改役頭取　本山小太郎　岡田斧吉　柴田真一郎
差図役　小柳津要人　森弥惣次　玉置弥五左衛門

調役　　野村源六　古沢勇四郎

（以下省略）

やがて三月に入った。それでも北の大地はまだ雪解けとはならない。

八郎は当月から、新撰組にいる田村銀之助を遊撃隊隊長付として手元に置いていた。大坂にいた頃はまだ初々しかった田村少年は、箱館で再会したときは見違えるほど逞しくなっていた。土方歳三らと東北を転戦してきた厳しい風雪が、わずかな時間に人間的成長を遂げさせたのだろう。

その日、銀之助が第三列士満第一大隊長の春日左衛門を、八郎の宿舎へ連れてきた。

春日左衛門も歩兵頭並で松前の守備に当たっているが、もとは彰義隊の頭並で、上野戦争に敗れたあと、陸軍隊を率いて東北戦線を戦い、仙台で榎本艦隊へ合流した歴戦の士である。八郎より一つ若く二十五歳だった。

戸外は雪晴れの好日である。

春日は屈託のない様子だが、銀之助の表情がどことなく硬い。

八郎は二人を奥の自室へ通すと、

「どした、銀。浮かねえ顔だな、何かあったのか」

春日の顔を見ながら、銀之助に言った。すると笑顔になって春日が応えた。

「じつは親子になった報告に来たんですよ」

「……………?」

「銀之助を養子にしたんです」

春日が言い直した。八郎はあらためて二人を見比べてみた。十一歳の年の差は、どう見ても親子より兄弟である。二人が親しいことは前から知ってはいたが、結縁までするとは思ってもいなかった。

「歳さんは承知しているのか、銀」

八郎は質した。土方歳三が知らないではおかしい。

「その土方先生から、親子になれと厳命されたのです」

応えたのはまた春日だった。銀之助はきまりが悪いのか、俯《うつむ》いて黙ったきりである。

「はじめは冗談のつもりで、義兄弟になると言ったら、土方先生が、義兄弟はいかん、親子になれ、と承知をしません」

どうやら酒の上から出た土方の茶目っ気が、二人を親子にしたらしい。

八郎はかるく吹きだした。

「やっぱり、おかしいですかね」

春日も笑った。

ふだんは士道の権化みたいで、厳《いかめ》しい土方だが、ときにこんな洒脱も見せるのである。死と向き合った者のゆとりだろう、と八郎は思った。八郎は春日に言った。

「歳さんはおいらのことを喧嘩友達なんて呼んでいます。洒落が解る人です」

「喧嘩友達……？」

春日が言い、銀之助が目を上げた。

八郎は、喧嘩友達の由来を二人に話して聞かせ、ついでに、土方が伏見の戦で敗れたあと、新撰組の誰よりも早く、洋風の軍服に改めたことも話した。

「そういう切り替えもパッとできる人です。そのとき土方さんは言ったそうですよ、もう剣や槍では戦争は出来ないねって」

おそらくその時から、土方歳三という侍は死と向き合ったに違いない、八郎は思いながら、二人を見て言った。

「土方さんがそう言うなら、いいじゃないですか、親子でも。おめでとう」

一本つけましょうかと言うのを、春日は辞退してから、

「もう一つ報せがあります。箱館からの情報で、長州、伊賀、筑後、徳山、松前、弘前、福山の諸藩の増援軍五千余が、青森、野辺地、小湊の周辺に分屯し、対岸進撃の船待ちをしているということです」

「だんだん（戦が）近くなりやしたな」

八郎は目を宙に据えて言った。どうせのことなら早く戦いたいと思った。

まもなく春日は、銀之助に送られて帰っていった。

一人になると、八郎は読みかけの兵書『兵略奇論』を開いた。途中まで読んだが、なぜか気が乗らず投げ出した。後ろへ寝転がってぼんやりしていると、また小稲のことが思い出された。このところ、よく小稲を思い出す、退屈の日々が流れているせいかと思う。

（どうしているかなあ）

腕を組み、目をつむると、

「逢いてえなあ」

思わず声になった。

芝露月町の隠れ家へ、鎌吉がこっそり訪ねてきた夜のことが瞼に浮かんだ。

『花魁に逢いたくねえんですか、このまま箱館へ行っちまってもいいんですか』

鎌吉の声が耳元によみがえった。

逢いたくないはずがない。死ぬほど逢いたかった。鎌吉が帰ってから、八郎は誰もいない座敷を転げ回り、畳を叩いて泣いて悔しがったのだ。

（もう、小稲と逢うことはあるまい）

近く上陸してくる官兵の大軍を相手に、どう戦ったところで、生き延びられるとは思えない。潔く散るだけである。そのとき、

「伊庭先生」

土間から声がした。銀之助が戻ってきていた。銀之助の声が続いた。

「表にお客人が見えています。速水三郎と名乗っていますが……」

八郎は飛び起きた。

（速水さんが来たのか）

だが銀之助の声がさらに続いた。

「でも表のお客人は、速水さんではありません。別の人です」

銀之助は、前に一度だけ、大坂天満宮の新撰組屯所へ、八郎と一緒に土方歳三を訪ねてきた速水三郎と逢っていた。銀之助は、そのときの速水をしっかり憶えていたのである。

五

雪晴れのまばゆい光の中に立っていたのは、紛れもない諏訪隼之助だった。

やっぱり——と思った。銀之助が、速水ではないと言ったとき、閃くように諏訪

隼之助の名が、八郎の脳裏をかすめたのである。

「お久しぶりでした」

諏訪がていねいに言った。頬の肉が削ぎ落としたようにこけて、昔日の美貌は失われていた。そのかわり眼光は鋭く、全身から「気」のようなものを発していた。

「ここは不味い、浜へ行こう」

八郎は言った。今でも諏訪は旧幕府遊撃隊の脱走人に変わりはない。諏訪を知る隊士に見られでもしたら面倒なことになる。

諏訪は黙ってついてきた。浜へ出るまで双方一言も発しない。だが八郎は歩きながら、諏訪を味方に呼び戻すことはできないかと考えていた。

浜辺は海風が強く二人の着衣をはためかせた。八郎は風を避けて松林に入った。諏訪と向き合うと、八郎は口を開いた。

「諏訪さん、徳川の家来に戻る気はねえか、何なら、おいらから榎本総裁に話をするが、どうだい、考えちゃくれめいか」

「――」

「屈辱より死を選ぶのが、箱館徳川家臣団の信条だ。おめさんも以前は奥詰の名誉に選ばれた講武所の手練《てだ》れだろう。共に義のために戦おうじゃないか」

「――」

諏訪は腕組みをしたまま、八郎の説得にまったく耳をかさなかった。白々とした表情で、目だけは八郎を愚弄するように不気味に笑っていた。

八郎が沈黙するのを待って、ようやく諏訪から言葉が出た。

「伊庭さん、私がここへ来たのは刺客として貴方を殺すためで、貴方と勝負をしに来たのではありません。貴方は、もはや、私があれほど真剣勝負を切望した、あの伊庭八郎秀穎《ひでさと》ではありません。私には、片腕の伊庭八郎なんて興味はないし、立ち合う気にもなれません。しかし刺客となれば、相手が誰であろうと斬らねばなりません」

「……………」

「伊庭さん、私は示現流を使う薩人の剣士を二人も殺害して、薩藩にも居られなくなりました。なぜ斬ったかと言えば、その者たちが心形刀流の伊庭八郎を侮辱したからです。それほど私は伊庭八郎との勝負を神聖視してきたのです」

「……………」

「その伊庭さんが、箱根の戦争で、まさか、あのような不覚を取るとは、夢にも思いませんでした。私がすべてを捨てて命懸けで慕った伊庭八郎の剣は、その瞬間に幻で終わってしまったのです」

「……………」

「でもこうして再会できたのも、ふしぎな縁かもしれません。今の私は箱館民遊隊で暗殺を請け負っています。人斬り稼業です。遊撃隊長の伊庭八郎が暗殺されたとなると、榎本軍の士気に与える影響は小さくない。民遊隊の狙いです。伊庭さんのつぎは土方歳三、いや榎本釜次郎かもしれません」

そのとき一陣の強風が、海浜の雪を巻き上げて、松林を吹きぬけた。

諏訪の長い独白に、八郎が終止符を打った。

「それは無理だ、その前に刺客が倒されている。そんなことより、おめさん、民遊隊の殺し屋で生涯を終えるつもりか、なぜ義に生きようとしない」

八郎には同じ剣客として、やはり諏訪隼之助の才を惜しむ気持ちが強かった。

「民遊隊の殺し屋、結構じゃないですか」

不敵な笑いを見せて諏訪は一歩下がっていた。すでに右手は腰に掛かっていた。

民遊隊というのは、箱館に潜伏した政府軍の役人や武士が組織した諜報機関に、榎本軍の占領行政に不満する箱館市民のゲリラ運動が加わったもので、医者、神官、僧侶、商人、職人、農民など、多彩な階層によって、諜報活動だけでなく、榎本軍兵士の厭戦気分を煽ったり、降伏を勧告するビラを市中に張ったり、政府軍が上陸すると、上陸部隊を手引きしたり、弁天砲台の大砲を発射不能にさせるなど、榎本軍をかなり悩ませた地下組織で、後には遊軍隊と呼ばれた。

「どうしても承知できねえか」

「伊庭さん、問答はそこまでです」

諏訪は言って、わずかに腰を動かすと、ゆっくりと先に刀を抜き放った。

「伊庭先生！」

背後で銀之助の叫びが起こった。二人の後を追ってきたのだ。八郎は言った。

「銀、手出しは無用だ。おめはそこで見物していろ」

八郎も言い終わると抜刀していた。

新陰流の青眼に構えた諏訪の目が妖しく輝きはじめた。隻腕の八郎を頭から見下した気振りには、これまでの諏訪にはない荒々しさがあった。

八郎は右手一本で、心形刀流移写《いしゃ》水月（刀）の位を取った。刀流の教えに「水は静かにして動く者なり、故に静処《じょうしょ》に動きを発するを謂《い》う。月は即ち突きに通ず」とあり、青眼に近いが〈突き〉の構えである。

新陰流にも「水月」の太刀があり、どれほど踏み込んでも敵の切先が届かない位置に構える間積り（間合い）が大切だと教えている。諏訪もまた八郎の突きには充分に警戒していた。

諏訪がじりっと間合いを詰めた。八郎が後退する。秒分を刻んでさらにまた諏訪が前に出る。八郎は退く。ときおり浜風が音を立てて二人の間を吹き抜けた。八郎は後退を続けていた。位取りでは諏訪が押しているかに見えるが、八郎も退がりながら巧みに背後の障碍を避けていた。

だが潮風を背にした位置へ移ると、わずかに諏訪が有利になった。諏訪が切先を上下させて、また一歩出た。攻撃の擬態である。むろん八郎は誘いに乗らない。

諏訪の目が笑った。その笑いに思い上がりがあるのを、八郎は見逃さなかった。これまでほとんど互角に立ち合ってきた相手が片腕を失った。それが落とし穴になることに、諏訪はまだ気づいていない。

諏訪がまた切先を激しく上下させ、追い風に乗って間を詰めてきた。後退する八郎は、受身の中で動揺を見せた。誘いの動揺だった。冷静な諏訪なら無視したであろう。諏訪の驕りが油断を生んでいた。

つぎの一瞬、諏訪は気合鋭く攻撃に移っていた。刀身を揚げて襲いかかる寸前に生じる、一毛のスキをついた八郎の切先が、諏訪の刃の下を稲妻のように走って、相手の喉へ達していた。

「ぐうっ」

異様な叫びとともに、鮮血がほとばしり、辺りの雪を真っ赤に染めた。血まみれの諏訪が崩れるように、赤い雪の上に倒れてきた。ほとんど即死であった。

八郎は血刀を下げたまま諏訪に近寄ると、雪の上に膝をついていた。銀之助が走ってきた。八郎は諏訪の死顔を見つめて、片手拝みに拝みながら、血刀を銀之助に手渡した。そして言った。

「銀、おめは死ぬんじゃねえぞ」

言い終わると、涙があふれてきた。泣けて泣けて仕方がなかった。

松前の海がようやく暮れようとしていた。

血涙五稜郭

一

政府軍の艦隊（甲鉄、春日、陽春、丁卯、飛龍、戊辰、豊安、晨風）八隻が、南部領の宮古湾へ入港したのは三月二十日である。

この情報は箱館港を出入りする船舶によって、いち早く榎本軍に伝わり、榎本軍では、宮古湾へ奇襲をかけて、主力艦の甲鉄を奪還しようということになった。

主力の甲鉄艦は、もとは旧幕府がアメリカから買い付ける約束をしていたストンウォール号で、鉄で装甲された最新艦だったが、諸外国の局外中立宣言が撤廃されたため、政府軍に引き渡されたものである。

榎本軍は、回天、蟠龍、高雄の三艦が二十日の夜、箱館を出港して宮古湾へ向かったが、回天には土方歳三が乗り込んでいた。三艦は二十二日、八戸沖まで来たが、ここで暴風雨に遭って三艦ともはぐれてしまった。

二十四日、回天と高雄は合流できたが蟠龍は不明、やむなく二艦で奇襲することに決め、二十五日の夜明け、回天はアメリカの国旗を掲げて宮古湾内へ突入したが、速力の遅い高雄は回天についていけない。

回天は単独攻撃に決して甲鉄に接近する。米国旗を下ろし日章旗を上げて砲撃を開始したが、鉄で装甲した甲鉄艦には通じない。回天はさらに前進して甲鉄に接舷し、敵船中へ斬り込みを図るが、甲鉄の甲板が三メートルも低いため思うようにいかない。

大塚浪次郎（測量士）が「一番」と叫んで甲鉄艦へ飛び降り、続いて野村利三郎（新撰組）、渡辺大蔵（軍艦役）、笹間金八郎（彰義隊）、加藤作太郎（同）らが白刃をかざして、勇敢に敵艦内へ斬り込んだが、哀れにも全員が犠牲になった。

甲鉄艦はガットリング機関砲で回天の司令塔を狙い撃ち、この銃撃戦で回天艦長の甲賀源吾、士官の矢作仲磨、酒井扇太郎らが戦死し、フランス海軍士官のニコールが左大腿部に銃創を負った。

やがて二艦は離れたが、回天は甲鉄の僚艦からも集中攻撃を受けて損傷した。回天の死者十九人、負傷者三十人、甲鉄側は三十余人におよぶ大激戦だった。

海軍奉行の荒井郁之助はついに退却を命じ、回天は敵弾を浴びながら湾外へ逃走した。湾外で高雄、蟠龍に出会えたが、敵艦隊の追跡があり、各艦は全速で逃走を開始、回天、蟠龍は逃げ切ったが、速力の遅い高雄は自ら海岸へ乗り上げて艦を焼き捨て、乗員は上陸したものの後に南部藩に降伏した。

宮古湾の奇襲は失敗し、榎本軍の艦船は回天、蟠龍、千代田、長鯨の四隻を残すのみとなり、津軽海峡の制海権も政府軍に奪われて、海軍力は完全に逆転し、圧倒的に政府軍が優勢になった。

政府軍艦隊はそのまま北上を続けると、二十六日に青森港へ入った。青森には対岸上陸を待つ陸兵が分屯していた。

長州藩兵	六百六十人
備前藩兵	三百九十五人
筑後藩兵	百六十一人
福山藩兵	四百五十人
津藩兵	八十七人
大野藩兵	百七人
徳山藩兵	百六十七人
松前藩兵	三百八十六人
弘前藩兵	二百七十七人

の計二千六百九十人である。
これらの兵員を乗せるため、外国からチャーターした輸送船、イギリス船のヤンシー号、アメリカ船のオーサカ号、プロシア船のヤングチ号なども、つぎつぎに入港した。
これに対して榎本軍の配備は、
五稜郭に　五百余人
箱館に　三百余人
松前に　三百余人
江差に　三百五十余人
五稜郭から松前まで（有川、富川、茂辺地、当別、札刈、木古内、知内、福島、吉岡）の要所に　七百余人
室蘭に　二百五十余人
鷲ノ木沿岸に　四百余人
石崎・湯川に　八十余人
の計二千九百人余が守備に就いていた。
回天、蟠龍、千代田の三艦は箱館湾内を遊弋《ゆうよく》して警戒に当たったが、長鯨は室蘭に停泊していた。

政府軍は、陸海総参謀の山田顕義が第一次渡海部隊を率いて四月六日に青森を出港、乙部へ上陸することに決した。

山田は予定通り六日、運送船の豊安丸、オーサカ号、ヤンシー号に、長州、福山、大野、徳山、松前、弘前の諸藩兵千五百と大砲六門を乗せ、これを甲鉄、陽春、春日、丁卯の四軍艦が護衛して青森を出港、乙部へ向かった。

山田は長州藩士で伊庭八郎と同年である。吉田松陰を慕って松下村塾に学び、尊攘運動に奔《はし》って禁門の変に参戦、四国連合艦隊とも交戦し、第二次長州征伐の四境戦争でも奮戦し、兵事にも精通しているという。

山田は輸送船のオーサカ号に乗り組んで指揮を執っていた。ところが陸奥湾を出たあたりで船団は時化《しけ》に遭い、やむなく津軽半島東端の平館に退避して二日間、風浪がおさまるのを待った。

そして八日の朝十時、陽春、甲鉄、丁卯、春日の順に平館を出港し、輸送船がそのあとにつづいて、一路、江差の北方十二キロにある乙部をめざした。

このとき乙部は、ほとんど無防備だった。まさか政府軍が西海岸も奥地の乙部へ上陸してくるとは、榎本軍の首脳は予測しなかった。誰もが東海岸か、もしくは直接、箱館を上陸地点として、攻撃してくると見ていたのである。意表を衝かれた、というよりも裏を掻かれた狼狽を、緒戦の榎本軍は隠せなかった。

二

翌九日朝六時、政府軍の第一陣は、地理に明るい松前藩兵を先頭に、何の抵抗も受けず易々と乙部に無血上陸した。

江差奉行の松岡四郎次郎は、その朝、

「敵艦隊、乙部沖に現る」

という報せを受けて、一瞬、首をかしげた。松岡も、官軍の挨拶があるのは、津軽海峡の内側だと思い込んでいたからである。

だが事実とあっては猶予はならない。ただちに歩兵頭並の三木軍司が、江差から三小隊（三十人）を率いて乙部へ急行した。その途中、三木小隊は、乙部から南下してくる政府軍と遭遇した。

政府軍は乙部で軍を二分し、一軍は海岸伝いに松前口から、一軍は二股口の間道から、箱館へ向けて進撃していた。素早い行動で、かねての作戦を実行したのである。

三木小隊が遭遇したのは、松前藩兵を先導にした長州、福山、弘前、大野の各藩兵から成る六百の部隊である。

わずか三十人の小隊で六百の部隊に当たるのは蟷螂《とうろう》の斧に等しい。三木は正面攻撃を避けて部下を山上へ移動させ、そこから銃撃して何とか敵の前進を阻もうとした。

ところが地勢に通じた敵は、たちまち兵を散開させ、逆に一分隊が三木小隊の側面へ回って狙撃してきた。

しかもこのとき、護送の任務を終えた甲鉄、春日、丁卯、陽春の四艦が、陸地に沿って南下をはじめ、海上から山上の三木小隊を砲撃してきたのである。もはや銃撃どころではない。三木は急ぎ部下を下山させると、

「江差へ後退」

を命じた。兵は一目散に江差へ走った。

政府軍は敗兵を追って江差に迫ったが、それよりも早く、四隻の軍艦が縦列で江差沖へ現れていた。

江差の守備兵はうろたえた。敗走してきた三木小隊から、艦砲射撃の物凄さを聞いたばかりである。時を措かず最初の一発が、江差陣屋の後方で轟然と炸裂した。つかの間、天も地も人も揺れ動いた。

江差は一連隊を率いて江差奉行の松岡が守っているが、三百五十人の守備兵と、

たった二門の旧式野砲があるだけである。蝦夷いちばんを誇る鰊漁場《にしんば》の江差に、兵士や大砲は似合わないが、これが江差の兵力である。

江差の沖の鷗島には砲台を構築中で、昨年ここで座礁沈没した開陽丸から引き上げた大砲二門が据え付けられたが、砲弾を引き上げていないので、まるで役に立たなかった。

そのうえ二門ある野砲も旧式であるため、艦砲射撃を受けても、此方《こちら》からは、悲しいかな、敵艦まで砲弾が届かないのである。

江差奉行並の小杉雅之助は、後にこのときのことを、『麦叢録』でこう記している。

「わが江差を守るところの兵は、いたずらに敵艦の運転によって陸上を奔走するのみ、ついに戦わずして潰ゆ」

艦砲射撃のたびに、陸地では兵士たちがおろおろ、うろうろしたのだろう。

この情況を見て、江差奉行の松岡も奉行並の小杉も、撤退やむなしと判断し、

「戦って敗れるよりも、退いて松前の守備軍と合流し、態勢の立て直しを図るべきだ」

と結論した。江差奉行の補佐として、松岡に同行しているフランス歩兵下士官のブユフイエーの意見も、

「このさい人的損失は避けたい」

として江差の放棄に賛成した。

こうして松岡もまた守備兵に向かい、

「松前へ退却」

を命ずるほかなかった。

政府軍が殺到する寸前に、松岡隊は江差を脱して松前へ向かったが、全軍の士気はまだ衰えてはいなかった。

乙部に続いて、江差もほとんど無抵抗で占領した政府軍は、松岡隊の追撃を命じると同時に、江差からも別軍を起こして、木古内口へ進撃させた。

また海上の四軍艦は、津軽半島外ヶ浜の三厩港を基地にして、いつでも出撃できる態勢をとり、輸送船団は増援軍を運ぶために、青森港へ向かった。いまや政府軍の艦船は、津軽海峡を自由に航行した。

一方、二股口の山間道から箱館へ向かった政府軍（松前、長州、津、福山の各藩兵）五百は、俄虫村からその先の鶉村までの付近一帯を制圧し、なお箱館をさして前進を続けていた。

江差を放棄した松岡隊は、政府軍の追跡を受けながら、石崎村から江良村と南下を続け、四月十一日の朝、ようやく松前（福山）城へ入った。

松前は、松前奉行の人見勝太郎に、伊庭八郎の遊撃隊、春日左衛門の陸軍隊、新撰組の一部の三百余人が守備していた。すぐさま幹部が集まり、軍議が開かれた。人見勝太郎、伊庭八郎、春日左衛門、松岡四郎次郎、忠内次郎三、本山小太郎、岡田斧吉、柴田真一郎、小杉雅之助、ブユフイエー、堀覚之助、杉山敬次郎、それに遊撃隊、陸軍隊の補佐として松前にいるフランス飼育伍長のカズヌーブらである。

カズヌーブについては、大鳥圭介の評（『幕末実戦史』）がある。

「カズヌーブは、学術浅き人なれども、篤実朴実の性にして、西洋にても、再三度戦場に出て、すでにキリム役（戦）の時、セバストポールに行き戦いし由なり、戦地にては鋭敏にして、臨機の策に長じ、すこぶる勇敢にして、兵隊に先立ち、松前進軍の時も、しばしば功あり」

榎本軍の軍事顧問・砲兵大尉のブリュネは、カズヌーブの上官であり、横浜兵学校伝習生時代の大鳥圭介の教師でもあった。そしてブリュネとカズヌーブは、榎本艦隊が江戸湾を脱走したときから、榎本軍と行動を共にしてきた仲であった。

三

さて松前の軍議は、多くの言葉を要せず、

「江差奪回」

に一決した。

その日の夕刻、軍装を整えた五百の兵が、大砲二門を牽《ひ》いて松前城を進発した。いくらも進まぬうちに、政府軍の斥候隊と出会ったが、かるく一蹴して北上を続けるうち、根部田村で南下してくる敵の本隊と遭遇した。

夜空の下で激しい接近戦となり、白刃がきらめいたが、斬り合いとなれば歴戦のつわものや剣客が多い松前軍は強かった。とくに遊撃隊には生え抜きの剣士がぞろぞろいる。

政府軍はみるみる前線を切り崩されて後退を余儀なくされ、松前軍はこれを追って札前村から赤神村まで猛進する。たまりかねた政府軍は、茂草村まで退いて抵抗したが、ついに支えきれず、村に放火して、さらに後方の江良町まで退却した。

翌十二日、江良町まで進んだ松前軍は、そこで五稜郭からの指令を受け取った。

「松前へ引き上げて、木古内口の救援に備えよ」

という命令である。木古内口へ派遣した大鳥（圭介）隊と政府軍の戦闘如何によっては、救援の必要が生じるから、松前で待機せよ、というのである。

「なぜだ、なぜ今、松前で待機なのか」

八郎も人見も松岡も春日も、そして忠内や本山や岡田も、陣頭に立って戦を引っ張り、政府軍を押しまくってきた隊長、幹部たちは、五稜郭の指令に納得がいかない。

松前軍の今の勢いなら江差は奪回できる。江差を奪回すれば、二股口の土方（歳三）隊と木古内口の大鳥隊と、東西三方から、内陸にいる政府軍を押し詰め殲滅できる。松前で待機するのは、いたずらに敵の増援軍到着を待つようなものだ。

誰もがそう思ったし、じっさいそれは出来ないことではなかった。

「釜さんは弱気の虫に取り付かれた」

歯ぎしりして悔しがったのは人見だけではなかった。

先に主力艦の開陽と神速を失い、諸外国からも局外中立を撤廃され、さらに宮古湾奇襲作戦の失敗で、崖っぷちに立たされた榎本が、弱気の守勢に回るのも無理はないが、ここで奮い立たなくて、どこに榎本軍の正義はあるのか。

それでも五稜郭の指令にあえて逆らう者はいなかった。無念をこらえて一同は松前へ引き返した。だが結果で言えば、榎本の消極的な命令は外れてはいなかった。

松前軍が江良を引き上げたまさにそのとき、西の洋上では増援の兵二千を乗せた政府軍の輸送船が、江差に向かっていたのである。したがって松前軍の江差奪回も微妙だったと言えるだろう。

皮肉なことに、この日、木古内口の大鳥隊は、五時間に及ぶ戦闘の末に、政府軍の猛攻を退けたため、松前軍が救援に向かう出番もなかった。

二股口を守る土方隊でも、この日は十六時間という激しい銃撃戦を展開し、政府軍を撃退した。榎本軍が費消した弾丸三万五千発といい、従軍したフランス教官フォルタンは、五稜郭のブリュネに宛てた報告書の中で、こう記している。

「味方の人、その顔を見るに、火薬の粉にて黒くなり、あたかも悪党に似たり」

木古内口の大鳥隊も、二股口の土方隊も共に敵を撃退したという通報を得た松前軍は、十四日、ふたたび江差奪回を期して江良まで出たが、またも五稜郭の指令で松前へ引き戻された。

十五日になると、先の増援軍に続いて二回目の増援軍二千が、黒田清隆、大田黒惟信の両陸軍参謀に率いられて江差に上陸し、二股口、木古内口、松前口へ分遣された。

榎本軍も十四日、仙台藩の脱走兵四百余人が、箱館へ上陸して見国隊と称したが、援兵はそれきりである。武器や弾薬も政府軍はどんどん補給されるが、榎本軍は皆無である。この差は急速に戦局に現れてくる。

十六日の夜、松前軍は三たび江差奪回を策して江良へ出撃した。このとき江差でも政府軍が南進を開始した。

ところが江良の松前軍を襲撃したのは政府軍の陸兵ではなく、兵員輸送を終えて南下した春日艦だった。春日は江良沖から松前軍の頭上に猛烈な砲撃を浴びせてきた。これには歴戦の勇者もなすすべがなく、全軍が算を乱して右往左往するところを、政府軍に攻め込まれ、ついにたまらず江良を捨てて松前へ奔《はし》った。敵も味方も死力を尽くした凄まじい戦いで、松前軍は戦友の死体を収容する暇さえもなかった。

敗走する松前軍の殿軍《しんがり》を引き受けたのは、伊庭八郎の率いる遊撃隊だった。勢いづいた政府軍は江良町を占領し、清部を奪取すると、敗兵を追って松前城へ迫った。

松前の沖にはすでに甲鉄、陽春、丁卯、飛龍、朝陽の五艦が現れて、松前海岸の砲台と激しい砲撃戦を展開していた。海岸砲台は七座あるが、遊撃隊はいちばん西の砲台がある折戸浜に踏みとどまって、追走してくる政府軍を迎え撃つことになった。

四

折戸浜は暮色に包まれていた。

遊撃隊は折戸浜の東方台地に布陣しているが、ここからの浜の眺めが美しい。砂浜と岩に砕ける白い波と明るい空の色が、飛天の舞いと楽の音が聴こえるような夢幻の世界を想わせる。

その幽遠な舞台で四時間にわたる死闘が続けられ、三度まで政府軍を撃退して、味方将兵の疲労は限界にきていた。今朝から休む間もない戦闘の連続である。困憊は敵も同じだった。さすがに反撃の気配はなく、艦砲射撃だけは後方の松前で続いているが、折戸の戦場は一とき不気味に静まりかえっていた。

夕闇迫る浜景色を眺めていると、戦の現実が嘘のようだが、今日一日の戦闘で、遊撃隊は九十二名いた隊士中、じつに三十九名を失っていた。

松前軍の抵抗もここまでが限度だった。

今しがた、各隊長に伝令が回り、

「福島へ撤退」

が決まったところである。

退却に先立って隊長の伊庭八郎は、戦死者の遺骸の始末と弔葬を済ませた。三十九名の戦死者の中には、副隊長の忠内次郎三をはじめ本山小太郎、岡田斧吉、佐久間悌二、森弥惣次、古沢勇四郎、野村源六、吉永徳太郎、大木佐内、鈴木徳蔵など幹部級の歴戦の勇者がばたばたと斃《たお》されていた。

とくに本山小太郎、忠内次郎三、岡田斧吉の三人の死が、八郎にはこたえた。

小太郎は敵弾を受けて倒れると、一言、

「おれは死ぬ」

と叫んで絶命したという。

忠さんは、弾丸を足に当てて転倒したフランス教官カズヌーブを介助しようとして、自らが敵弾に脳を貫かれて即死した。

岡田斧吉は重傷で起てぬ身体を、副官に介錯させて果てたという。

痛恨の極みだった。

松前法華寺の僧が手向ける読経と、折戸浜から聞こえる潮騒が、日没の闇の底に緩やかにながれた。

無言で合掌する八郎の目に涙はない。ほんとうに深い悲しみは、これからやってくるのかもしれない。今は友の無念を晴らしたい気持ちで一杯だった。

(小太郎、忠さん、岡田、おいらもすぐ後から行くからな)

八郎は不敵な笑いさえ浮かべて、潮騒の高鳴る暗い浜辺のほうを見た。朝に夕に見慣れてきた折戸浜が、なぜか今日は、天女の舞う浄土に映ったのは、彼らの死がそうさせたのかもしれない。

このとき八郎の胸底に、友を悼む歌がしぜんに湧いてきた。八郎は読経が済むと、その歌を、あらためて友の墓前に捧げてくれるよう、口頭で法華寺の僧に依頼した。

待てよ君冥土も共と思いしに

しばし遅るる身こそかなしき

弔葬のあとは慌ただしい出発になった。

八郎は傍らで、ミニエー銃を重そうに肩に乗せた銀之助を目にとめて、

「銀、歩けるか、歩けなければ、山の中でも置いていくぞ」

むろん冗談にからかったのだが、

「歩けます」

銀之助はむきになって、怒ったような顔で応えた。

退却する福島までは五里の道程で、途中に吉岡峠がある。負傷者を抱え、重い兵器や弾薬を担いで、疲労困憊した部隊が、峠を越えて福島へ着くのは、明日の朝になるだろう。落後者も出ることであろう。

「出発」

の命令に、気力だけは失わず、隊士たちは立ち上がった。

負傷者を助けながら、敗残軍は夜通し歩き続け、政府軍の急追を逃れて、翌十八日の朝、ようやく福島へたどり着いたが、休息している余裕はなかった。

疲れた身体に鞭打って、さらに福島峠を越えて知内まで達すると、ここで五稜郭本営から松前軍に指令が来た。

「知内、木古内および札刈、泉沢に分陣して、木古内へ攻め下る政府軍に備えよ」

という。

木古内口には、大鳥圭介の指揮下に額兵隊（星恂太郎）、彰義隊（池田大隈）、伝習歩兵隊（大川正次郎）が布陣して、東方の笹小屋から進攻する政府軍と戦っていた。八郎の遊撃隊は札刈に、松岡四郎次郎の一連隊は泉沢に、それぞれ宿陣することになった。ところが翌十九日、木古内口を守備していた彰義隊と伝習歩兵隊が、後方の茂辺地へ移動を命ぜられ、木古内口の守備がにわかに手薄になった。このため、あらためて五稜郭本営から、遊撃隊長の八郎に、

「遊撃隊と一連隊は、彰義隊、伝習歩兵隊に代わって木古内口の守備に就け」

という伝令がとどいた。

どうやら五稜郭本営の考えは、戦線を縮小して箱館中心にするらしい。移動命令

を受けたのは十九日の午後であった。

たまたまそこへ、諸隊を巡察中の松前奉行の人見勝太郎がやってきたが、

「伊庭さんよ、おれは海軍のことは知らねえが、釜さんも陸《おか》の上の河童だねえ」

戦下手《いくさべた》だと皮肉を言って去っていった。

松前を政府軍に奪回された人見としては、見通しの甘かった榎本の作戦に、文句の一つも言いたかったのだろう。

八郎はそのあと差図役の玉置弥五左衛門に、遊撃隊の即時移動を命ずると、自分は単身、泉沢の一連隊へ馬を飛ばした。

五

馬を飛ばしながら、八郎は何とはない予感を感じていた。明日あたり政府軍が大挙して木古内口へ来襲するのではないか、万一そうなれば、守備に万全を期さねばならない。一連隊の移動は一刻を争うのだ。

笹小屋の政府軍は、江差から送り込まれた千五百の援軍を得て、兵力二千五百という情報も入っていた。対する味方は額兵隊、一連隊、遊撃隊を合わせて五百に満たない。

移動は夜間に行われ、どうにか夜明け前に完了し、兵たちは仮眠を取ることができた。だが、わずかな油断がそこに生じた。

このとき援軍で増強された政府軍は、全軍が散開隊形をとって、粛々と木古内口へ迫りつつあったのである。しかも、この朝（二十日）は霧が深く、木古内背後の山中は濃霧に閉ざされて、一歩先が見えなかった。

このため味方は警戒監視を立てていたにもかかわらず、政府軍に哨戒線を突破されても、まったく気づかなかった。敵は味方陣営のすぐ近くまできて、額兵隊の番兵六人を斬り倒し、そこで初めて、どっと喊声《かんせい》を上げ、いっせいに斬り込みを掛けてきた。

寝込みを襲われたも同然で、不意を食らった陣営内は周章し、しかも圧倒的多数に斬り立てられて、後退する一方である。乱戦の中で額兵隊頭取の武藤勝作をはじめ、差図役の遠藤良治、調方の高橋権兵衛らが壮絶な斬死を遂げた。

勢いに乗った政府軍の攻撃は凄まじく、ついに味方は陣地を捨てて後方の札刈へ退却をはじめた。

八郎は遊撃隊を指揮して、木古内村の西方の原に踏み止まって最後まで奮戦した。すでに何人もの敵を片手斬りに倒していたが、目の前で隊士の堤兼七郎や成瀬金之亟が討たれるのも目撃していた。

もう引き上げ時だと八郎も判断した。そしてまさに退却命令を出そうと思ったその瞬間、どこか遠くから放たれた流弾が、八郎の右腕を通って胸部に突き刺さった。衝撃で八郎は転倒し、ほんの数秒間、意識を失った。弾丸は胸に残ったままだった。

近くにいた隊士が二人、駆け寄ってきて抱き起こしたとき、意識が戻った。八郎は刀を投げ出し、血が流れ出る胸を右手で押さえながら、切れ切れの言葉を吐いた。

「おいらのことは、いいから、差図役に退却しろと伝えろ。遊撃隊は退却するが、おいらはもう駄目だから、ここで死ぬんだ」

苦しそうだが、悔しさを剝き出しにして、さらに言った。

「おいらを、敵中に放棄してくれろ」

だが、そうはいかず、隊士二人は八郎を左右から抱きかかえると、八郎の刀を拾って後方へ退がった。

田村銀之助が飛んできた。

「先生、伊庭先生」

「ああ、銀、おめか」

「また、やられましたね」

銀之助がわざと元気づけるように言うと、八郎は右の手を挙げて見せ、

「この手が動くから、また帰《け》えってきたよ」

と笑いを覗かせて、強がりを言った。

八郎はただちに札刈へ後送され、さらに札刈から戸板で泉沢まで運ばれ、ここから他の負傷者とともに和船に収容され、箱館病院へ送られることになった。

箱館病院は榎本軍が箱館を無血占領したときに、もとからあった箱館病院を野戦病院として接収したもので、病院長は元幕府奥詰医師の高松凌雲である。

凌雲は緒方洪庵に西洋医術を学び、ヨーロッパ諸国を回って近代知識と赤十字精神を身につけて帰国した。ちょうど戊辰戦争が始まったときで、凌雲は薩長の変節に怒りを覚え、榎本と意気投合したのである。

箱館占領当時、病院には政府軍の傷病兵が入院していたが、凌雲は彼らにも平等の治療を行い、回復後は旅費を与えて青森へ送還している。このことは日本における赤十字精神の最初の発露としてよく知られる。凌雲三十四歳。榎本軍の歩兵頭で衝鋒隊長の古屋佐久左衛門は、凌雲の実兄である。

八郎は泉沢から和船で箱館の沖ノ口へ運ばれ、箱館病院へ収容されたが、本人が元気なわりに、銃創は予断を許さぬ重症だった。医師の診断では、被弾は深く内臓に達していて、弾丸を抜けば死ぬ、つまり手術は不可能ということで、

「養生不叶《かなわず》（手の施しようがない）」

とされたが、むろん、八郎本人には最後まで知らされなかった。

八郎は病室へ運ばれ、寝台に寝かされると、

「おいら五稜郭へ来たんだ。用が済んだら五稜郭へ連れていけ」

と喚《わめ》いたが、さすがに疲れが出たのだろう、やがて落ち着いたとみると、目を閉じて眠りに入った。ときどき呼吸が乱れるのは銃創のせいだろうか、それでも眠りは深くなり、まる一昼夜を、昏々と眠り続けた。

八郎が目覚めたのは二十二日の夕暮れである。病室の窓から差し込む夕日に、しばし、まばたきしていると、

「先生、お目覚めですか」

すぐ耳もとで声がした。聞き覚えのある声である。そっちを見ると鳥八十の鎌吉が、布団の脇に座っていた。

「おめ、鎌吉？」

「へえ、荒井鎌吉でござんす」

「おいら、江戸にいるのか」

八郎は、夢の中かと一瞬思ったが、あたりを見回してわれに返った。

「今朝、箱館へ着きました」

「よく来られたな。道中大変だったろう」

「なに、あっしは板前職人だから、包丁一本ありゃあ、何処だろうと一宿一飯の楽旅ができます。錦切れの関門でも怪しまれずに通ってきましたよ」

鎌吉は応えたが、その声には鎌吉らしい明るさがなく、どことなく沈んでいた。

鎌吉は青森からアメリカ商船で箱館の沖ノ口へ上陸したが、船番所で遊撃隊の消息を訊ねると、たまたま隊長の伊庭八郎が箱館病院へ後送されてきたと聞かされ、急いで病院へ駆けつけたが、そこで銀之助と再会し、これまでの事情を知ったのだった。

むろん講武所以来の八郎の親友だった本山小太郎と忠内次郎三の戦死も聞かされていた。二人は鎌吉にとっても忘れがたい御旗本である。

さすがに鎌吉もしゅんとして、八郎と逢えても、はしゃぐどころではなかったのだ。

「江戸の人たちは元気でいるかい」

「へえ、元気でいますとも」

「鎌吉、すまねえが、銀を呼んでくれ。喉が渇いた、水が飲みてえ」

「へえ、すぐに……」

鎌吉は席を立って病室を出たが、とたんに瞼が熱くなり涙がこぼれてきた。

日を追って八郎の容態は悪化した。

皮膚がかさかさに干からびて艶を失い、眼窩が陥没して眼光だけが鋭くなり、あの美貌の剣士「伊庭の小天狗」の面影は、無残に消えていた。頻繁に喉の渇きを訴え水を要求した。たえず口の中でぶつぶつ言うが言葉にならない。

八郎の容態悪化と並行して、榎本軍の戦況も日増しに劣勢に追い込まれていた。

五月に入ると、榎本軍の兵力の大半が五稜郭に籠もるようになった。五稜郭は孤立し、周辺の地は政府軍の勢力で固められていった。それでも榎本軍は、徹底抗戦の姿勢を崩さない。近く政府軍の箱館総攻撃があることも噂になっていた。

六

箱館病院長の高松凌雲が、入院患者の緊急避難を五稜郭に要請したのは、五月三日のことである。この日は、午後から空が荒れ模様となったが、これをさいわい、凌雲の実兄で衝鋒隊長の古屋佐久左衛門と、額兵隊長の星恂太郎が、二百を連れて政府軍の大川の陣営に奇襲をかけた。

同じころ大鳥圭介も春日隊、遊撃隊の百六十で七里浜の政府軍陣地を急襲した。どっちも、それなりの戦果はあったが、今となっては腹癒せのような抵抗でもあった。

凌雲の緊急避難は、箱館が戦火に遭う前に、入院患者を箱館郊外の湯川（温泉）へ移すということで、すべての患者が納得したのに、たった一人、伊庭八郎だけが頑として凌雲の勧めに応じなかった。

「おいらは五稜郭がいい。みんな湯川へ行くなら、おいらを五稜郭へ棄てていってくれ」

八郎は梃子でも動こうとしない。そういえば、入院当初から八郎は五稜郭へ行きたがっていた。

「先生は、最後の最後までみんなと一緒に戦いたいのさ」

鎌吉にも銀之助にもそれは解っていた。できれば望み通りにさせてやりたい。同じ思いが凌雲にもあった。

五稜郭内にも分院設備はあるが、医師が付ききりとはいかない。そこにためらいがあったが、凌雲は踏み切った。

「いいでしょう、伊庭さんのお世話は、銀之助さんと鎌吉さんに任せよう」

凌雲の優しい眼差しには、「養生不叶」の八郎が、最後の命を終わるその日まで、せめて気まま自由にさせてやりたい、そんな労りが滲んでいた。

二日後、鎌吉と銀之助は、荷車に布団を積み重ね、八郎を乗せて五稜郭へ運ん

だ。その布団は、かつて松前藩主が使っていた絹布団だった。荷車の上でときどき八郎は、

「おいら……おいら……おいら……」

と口走ったが、その言葉が鎌吉には、「おいら（自分）」の他に「おいらん（花魁）」と聞こえた。

（小稲姐さんを呼んでいるんだろうか）

と思うと、また泣けてきた。

郭内へ移ってから八郎の症状は最悪になった。しばしば戦のことらしいうわ言は吐くが、ほとんど口も利けなくなり、胸部は紫色に変色して、近寄ると異臭がした。肉の腐蝕がはじまったのである。

八日の朝、銀之助の養父の春日左衛門が瀕死の重傷を負って、八郎と同じ病室へ運び込まれた。明け方、大鳥隊と七重に出撃して銃弾を浴びたのだ。戦いは敗北していた。銀之助が養父の介護に回ったが、八郎は春日を見ても反応しない。

十一日、ついに政府軍の総攻撃が開始された。早暁から激戦が続き、政府軍の猛攻で弁天台場と五稜郭は遮断され孤立した。激烈な戦闘で箱館の上空は晴天にもかかわらず、「蒸気の煙と大砲の煙にて五月曇り、闇の夜同然にて、ただ音のみ分かり候」（『箱館軍記』）というありさまになった。

その日の午後、箱館奪回のため出撃した土方歳三が、一本木第一関門付近で敵弾を受け、落馬して戦死した。宮古湾奇襲でも死場所を得られず生還した土方が、やっとつかんだ最期だった。降伏したら地下の勇に合わせる顔がないと、八郎にも洩らしていた土方の、まさに「士道」を貫いた死であった。

「先生、土方さんが戦死なされやした」

鎌吉が報告すると、八郎は静かに眼を閉じてから、はっきりと一言だけ、

「歳さん」

と言った。口も利けないような状態でいて、何でも解っていたのである。

この日、榎本艦隊も全滅した。

翌十二日、すでにほとんど箱館を制圧した政府軍の攻撃は、この日から砲撃中心に変わった。早朝から五稜郭は集中砲撃に晒されて、間断なく砲弾が飛来し、凄まじい轟音と震動をともなって炸裂した。

その爆裂音が響くたびに、八郎は死にかけた身体をぐっと起こし、閉じていた両眼をカッと見開いて、獣のように、

「うーっ」

と凄い唸り声を上げた。

気性の勝った八郎の闘志は、最後まで衰えを知らなかった。その闘魂を詠み込ん

だ杉山文之丞（遊撃隊士）の句がある。

猛《たけ》る気の満ちて労《つか》れし若鵜《わかう》かな

昼過ぎに榎本釜次郎が若い医師を伴って病室へ下りてきた。医師は麻薬（モルヒネ）を入れた薬椀を二つ手にしていた。

榎本は、薬椀を医師から受け取り、八郎と春日左衛門の枕元へ置くと、

「伊庭さん、春日さん。いよいよ最後の時が来ました。覚悟してもらわねばなりません。われわれもすぐ後から行きますが、貴公たちは、これを飲んで、一足先に旅立ってもらいたい」

冷徹な面持ちでそう告げていた。

榎本の偽りない覚悟のほどが、八郎にも通じたようだ。八郎が微かに頷くと、榎本が微笑んだ。榎本もこのときまでは降伏する気はなかったのである。だからこそ、半死の状態で切腹も出来ない二人のために、医師に諮って、麻薬の服用を勧めたのである。

榎本が去ると、こんどは八郎と春日が、眼を見交わし、頷き合っていた。

その二人の頭上で、砲撃はいっそう激しさを増していた。

東京は夏

一

　和泉橋通りの伊庭道場を辞去すると、その足で鎌吉は浅草へまわった。

　鎌吉が箱館から江戸へ、いや東京へ戻ってきたのは、五月の下旬である。ところが帰る早々、風邪を引き、鎌吉にしてはめずらしく寝込んだりして、やっと元気になったときは、東京はもう夏を迎えていた。町場には早くも風鈴や金魚売りの呼び声がして、あの箱館の戦争が夢のようである。

　吉原は恒例の玉菊追善行事で賑わっていた。仲の町の引手茶屋は軒並み揃いの切子灯籠（提灯）を吊るし、趣向をこらしたつくりものを飾って、見物衆を惹きつけている。

（ここが東京であるもんかい、べらぼうめ、吉原と言やあ江戸に決まってらあ）

そんな文句を吐きながら、鎌吉は汗を拭き拭き仲の町を通り抜け、京町二丁目の角を曲がった。稲本楼はすぐ先である。

稲本楼まで来ると、片手に抱えた風呂敷包みへちらと目を落としてから、見世の若い者へ手招きして来意を告げた。若い者が引っ込むと、ほどなく、二階回し(遣り手)が出てきて、鎌吉を見世へ上げ、そのまま二階座敷へ案内した。

小稲がすぐに座敷へ現れた。夏用の常着のままで、禿も連れずに一人で入ってきた。その顔にやつれが見えたのは、暑さのためではなく、鎌吉が来るのを身の細る思いで待ったせいだろう。箱館から帰ったことだけは、鎌吉も前に知らせていたのである。

「花魁、ちょっと、おやつれになったんじゃありませんか」

「そう言う鎌吉さんも、お顔の色が冴えませんね。どうぞしましたか」

「なあに、あっしのは、バカだけが引く夏風邪に罹っただけの話でして……」

「何にしても、ようご無事でお戻りになりました。戦がすんで、かえって道中関門のお調べが厳しいと聞いておりましたが」

「へえ、そこいらは職人なんで何とかなりやしたが……それより花魁へ、ご報告がすっかり遅くなって、相済まぬことでした」

鎌吉は言い訳をしながら、脇へ置いた風呂敷包みを前へ押し出すと、小稲を真っ直ぐ見て、あらためて口を開いた。

「花魁、伊庭先生は五月十二日、箱館五稜郭で、お亡くなりになりやした。それはもう、立派な最期でござんした」

「はい」

小稲はやっぱりという顔で頷いた。覚悟はしていたのだろうが、落ち着いていて取り乱す様子はなく、

「ありがとう、ご苦労さまでした」

そう言うと、包みを手元へ引き寄せて結び目を解き、中をあらためた。八郎の遺髪と小さな白木の位牌、ぼろぼろになった陣羽織と懐中鏡が包みの中のすべてである。遺書は誰にも残していなかった。

陣羽織と懐中鏡は鎌吉もよく見覚えている品である。小稲の襦袢を縫いつけたこの陣羽織を着て、いつも陣頭で指揮奮戦した八郎の姿も、鎌吉の眼には焼きついている。

小稲は遺髪と位牌と鏡を手元に置くと、陣羽織を抱きしめて、鎌吉の前もはばからず、いたいけな少女のように、何度も陣羽織に頰ずりをした。それから言った。

「鎌吉さん、八さまの最期の様子を聞かせてくださいまし」

「ようがすとも」

鎌吉は大きく頷いた。それを話しにきたのである。

鎌吉は箱館五稜郭の八郎の最期のことから、箱根戦争のことも、八郎について知る限りのことを小稲に話した。三枚橋で片腕を斬られたこともありのままに伝えた。小稲はときおり指先で目頭を押さえたが、最後まで辛い話に気丈に耐えた。気を張り詰めて、後で一人になったとき、悲しみに押し潰されてしまうのではと鎌吉は恐れたが、小稲は冷静だった。

まもなく、小稲の心づくしで酒と台の物（料理）が部屋に運ばれてきた。

「本職の板前さんには、お口汚しかもしれませんが……まあ、お一つ」

小稲が銚子をとって勧めた。

「ありがとござんす」

鎌吉は小稲の酌でしばらく盃をかさねたが、なぜかそれきり八郎の話は出てこなかった。とりとめもなく世間話で時が過ぎ、小稲は鎌吉に、団扇《うちわ》の風を送りつづけた。

おたがいに、もっと八郎のことを話したい気持ちはあったが、無言でもよかった。鎌吉にも、小稲にも、通じ合うものがあった。それでよかった。

「それじゃ花魁、ぼつぼつ……」

頃を見て鎌吉は腰を浮かした。

「お帰りですか」

小稲もむりに引き止めなかったが、

「ちょっと待ってください……」

つぎの間へ入ると、細長い桐の小箱を持ってきて、鎌吉に手渡した。

「かんざしです。お気に召すかどうか、お芳さんへ」

「お芳に、でやんすか」

鎌吉は照れながらも、有難く頂戴しますと受け取っていた。

ここでは口にしなかったが、八郎の死に遭って、初めて鎌吉は、お芳と所帯を持って地道に生きることを考えはじめていたのだ。

「お芳を幸せにしてやれ」

何かにつけて年下の八郎から、そう言われたものである。

「また参ります。花魁もお達者で……」

その鎌吉を、小稲は階下の籬《まがき》まで、送っていったが、鎌吉の後姿が見世の外に消えると、階段をかけ上がり、本部屋へ飛び込んで、部屋隅の重ね布団へ突っ伏すなり、声を上げ身をよじって泣き崩れた。

二

それから三年が過ぎた。

鎌吉は、お芳と所帯を持ち、神田佐久間町に小さいながら自分の店「鳥かま」を開業していた。お芳は芸者をやめて「鳥かま」の女将になり、店は結構流行っている。

明治五年(一八七二)、東京にまた暑い夏がやってきた。その日、鎌吉が店の仕込をすませたところへ、上野黒門前役人屋敷の湯屋佐兵衛が、忽然と姿を見せた。

「旦那、ばかに早いな。まだ開店前だ」

「早いほうがいいかと思ってな」

とにかく鎌吉が奥の小座敷へ通すと、

「鎌さん、今日は何日だ」

「六月十二日だ」

「一月前の今日は?」

「五月十二日、あ、伊庭先生の祥月命日だ」

鎌吉は、当日、伊庭家の菩提寺・浅草の貞源寺で八郎の法要が営まれ、自分も末席に加えられたことを思い出した。

　佐兵衛が言った。

「じつはな。今朝、今戸の独り住まいで、小稲さんが自害した」

「旦那、妙な冗談は無しだ」

「ほんとうだよ。今戸の岡っ引（邏卒《らそつ》）から報せがあったんだ。間違いない」

「小稲姐さんは、今年の正月に年季が明けたばかりで、これからは旦那とあっしの二人で、姐さんの後ろ盾になろうって、そう話したばかりじゃねえですか」

「でも小稲さんは自害した。どうも前から自害を考えていたようだ。そういう死に方をしている」

「どんな死に方をしたんです」

「嫁入りの白無垢姿で、裾を細紐で縛って、北向きに死んでいたそうだ。しかも八郎先生と同じ服毒自殺だ。祥月命日を一月ずらせて死んだのは、伊庭の本家を憚ったからだろう。すべてが覚悟の上の自害と思える」

「分からねえ」

　鎌吉は両手で頭を抱えた。

「一日も早く、八郎先生のそばへ行きたかったのだろう。鎌さん、そう思って冥福を祈ってやろうじゃないか」

「やっと夫婦になれたんですねえ……」

言ったきり、鎌吉は口が利けなくなった。三年前、八郎の遺品をとどけて、小稲と会った日のことが思い出された。あのときから、小稲は今日という日を、千秋の思いで待ち焦がれていたのだろうか。

鎌吉は一人で店の外へ出た。ここから伊庭道場はそう遠くない。鎌吉はそっちを見た。

(若先生が小稲姐さんを呼んだんだ)

そんな気もした。

日盛りはやや越えたが、向かいの家の屋根庇には、まだ陽炎《かげろう》が燃え立っていた。その陽炎の中を共にゆらゆら揺れながら、今しも通り過ぎていく若い男女の後姿があった。

鎌吉は何度も目を瞬かせた。若い男は片腕がなかった。

【伊庭八郎年譜】

西暦	和暦	事項
一八四四	弘化元	心形刀流八代目・伊庭軍兵衛秀業の長男として生まれる。
一八四五	弘化二	秀業隠居。門弟塀和惣太郎が九代目を継ぐ（軍兵衛秀俊を名乗る）。
一八五六	安政三	秀俊、講武所開設にあたり、剣術教授方出役として参画。
一八五八	安政五	秀業、コレラに罹り急死。八郎、この頃に秀俊の養子となる。
一八六三	文久三	秀俊、講武所剣術師範役に昇進。この頃、八郎も講武所剣術方となる。
一八六四	元治元	八郎、将軍家茂警護として上洛。奥詰衆に抜擢される。
一八六五	慶応元	第二次征長のため家茂を警護して上洛。
一八六六	慶応二	奥詰衆と講武所方を中心とした幕府遊撃隊発足、八郎も加わる。
一八六七	慶応三	大政奉還後の政情に対処するため遊撃隊を率い上洛。
一八六八	慶応四	一月、鳥羽伏見の戦いで胸に被弾。四月、江戸城開城。閏四月、請西藩士らと新遊撃隊を結成。五月、箱根の戦いで左手を失う。八月、美加保丸で蝦夷地に向かうも黒生浦で座礁。上総、横浜に潜伏。
	明治元	九月、改元。十一月、本山小太郎と再び箱館に向かう。
一八六九	明治二	四月、新政府軍蝦夷地に上陸、戦い始まる。五月、八郎五稜郭にて死去（享年二十六）。

主な参考文献

『旧幕府』(臨川書店)
『史談会速記録』(原書房)
「伊庭八郎征西日記・附記＝伊庭氏世伝」「林昌之助戊辰出陣記」(日本史籍協会『維新日乗纂輯』所収)
『伊庭八郎のすべて』(新人物往来社編・新人物往来社)
『講武所』(東京市史外篇・東京市役所)
『日本武術全集』(新人物往来社)
「箱館軍記」(三一書房『日本庶民生活史料集成』所収)
『箱館戦争のすべて』(須藤隆仙編・新人物往来社)
『戊辰役戦史』(大山柏・時事通信社)
『維新史』(維新史料編纂会・文部省)
『徳川慶喜』(松浦玲・中公新書)
『勝海舟』(石井孝・吉川弘文館)
『続徳川実紀』(黒板勝美編・吉川弘文館)

本書は、書き下ろし作品です。

著者紹介
野村敏雄（のむら　としお）
1926年、東京都生まれ。明治学院大学英文科卒業。教師、雑誌記者、劇団文芸部員などを経て作家となる。主な著書に、小説『葬送屋菊太郎』『新田義貞』『源内が惚れこんだ男』、史伝『武田信玄』、ノンフィクション『新宿うら町おもてまち』など。日本文芸家協会会員。2001年、第36回長谷川伸賞受賞。

PHP文庫　遊撃隊隊長
伊《い》庭《ば》八《はち》郎《ろう》
戊辰戦争に散った伝説の剣士

2004年6月18日　第1版第1刷

著　者　野村敏雄
発行者　江口克彦
発行所　PHP研究所
東京本部　〒102-8331 千代田区三番町3番地10
文庫出版部　☎03-3239-6259
普及一部　☎03-3239-6233
京都本部　〒601-8411 京都市南区西九条北ノ内町11
PHP INTERFACE　http://www.php.co.jp/
制作協力
組　版　PHPエディターズ・グループ
印刷所
製本所　大日本印刷株式会社

ISBN4-569-66206-4